猫武士

⑥ 风暴来袭
The Raging Storm

[英] 艾琳·亨特 ◎ 著
邵萍 席琳 ◎ 译

中国少年儿童新闻出版总社
中国少年儿童出版社
北京

特别感谢凯特·卡里

著作权合同登记：图字 01-2018-5078

The Raging storm
Copyright © 2018 by Working Partners Limited
Series created by Working Partners Limited
Simplified Chinese edition Copyright © 2019 by
China Children's Press & Publication Group
All rights reserved.

图书在版编目（CIP）数据

猫武士六部曲 . 6, 风暴来袭 /（英）艾琳·亨特著；邵萍 , 席琳译 . —— 北京：中国少年儿童出版社, 2019.7（2023.6重印）

ISBN 978-7-5148-5430-5

Ⅰ.①猫… Ⅱ.①艾… ②邵… ③席… Ⅲ.①儿童小说 - 长篇小说 - 英国 - 现代 Ⅳ.① I561.84

中国版本图书馆 CIP 数据核字（2019）第 083379 号

FENGBAO LAI XI
（猫武士六部曲）

出版发行：	中国少年儿童新闻出版总社
	中国少年儿童出版社
出 版 人：	孙 柱
执行出版人：	马兴民

主持编辑：何强伟	责任校对：樊瑞瑞
责任编辑：何强伟	美术编辑：缪 惟
执行编辑：赵 勇	责任印务：厉 静
社　　址：北京市朝阳区建国门外大街丙 12 号	邮政编码：100022
总 编 室：010-57526070	发 行 部：010-57526568
官方网址：www.ccppg.cn	编 辑 部：010-57526271

印刷：北京华宇信诺印刷有限公司	
开本：880mm×1230mm 　1/32	印张：10.5
版次：2019 年 7 月第 1 版	印次：2023 年 6 月北京第 17 次印刷
字数：220 千字	

ISBN 978-7-5148-5430-5	定价：32.00 元

图书出版质量投诉电话 010-57526069，电子邮箱：cbzlts@ccppg.com.cn

目 录

猫族成员	9
引子	1
第一章	5
第二章	23
第三章	41
第四章	56
第五章	63
第六章	74
第七章	85
第八章	96
第九章	104
第十章	120
第十一章	133
第十二章	144
第十三章	158
第十四章	174
第十五章	191
第十六章	203
第十七章	214
第十八章	223
第十九章	232
第二十章	247
第二十一章	265
第二十二章	278
第二十三章	289
第二十四章	300
第二十五章	312

猫视界

- 两脚兽巢穴
- 绿叶季两脚兽地盘
- 两脚兽小道
- 两脚兽小道
- 空地
- 影族营地
- 天族营地
- 小雷鬼路
- 半桥
- 绿叶季两脚兽地盘
- 半桥
- 湖岛
- 河族营地
- 小溪
- 马场

族群标志

- 雷族
- 河族
- 影族
- 风族
- 天族
- 星族

北

月亮池
废弃的两脚兽巢穴
旧雷鬼路
雷族营地
老橡树
小溪
风族营地
坏掉的半桥
两脚兽地盘
雷鬼路

观兔露营地

圣城农场

赛德勒森林

小松帆船中心

小松路

两脚兽视界

小松岛

阿尔巴河

白教堂路

废弃的工人房

采石路

矿场

水晶池

兔山林

圣城湖

兔山

兔山驯马场

兔山路

图例

落叶林

松树林

沼泽

湖

小路

北

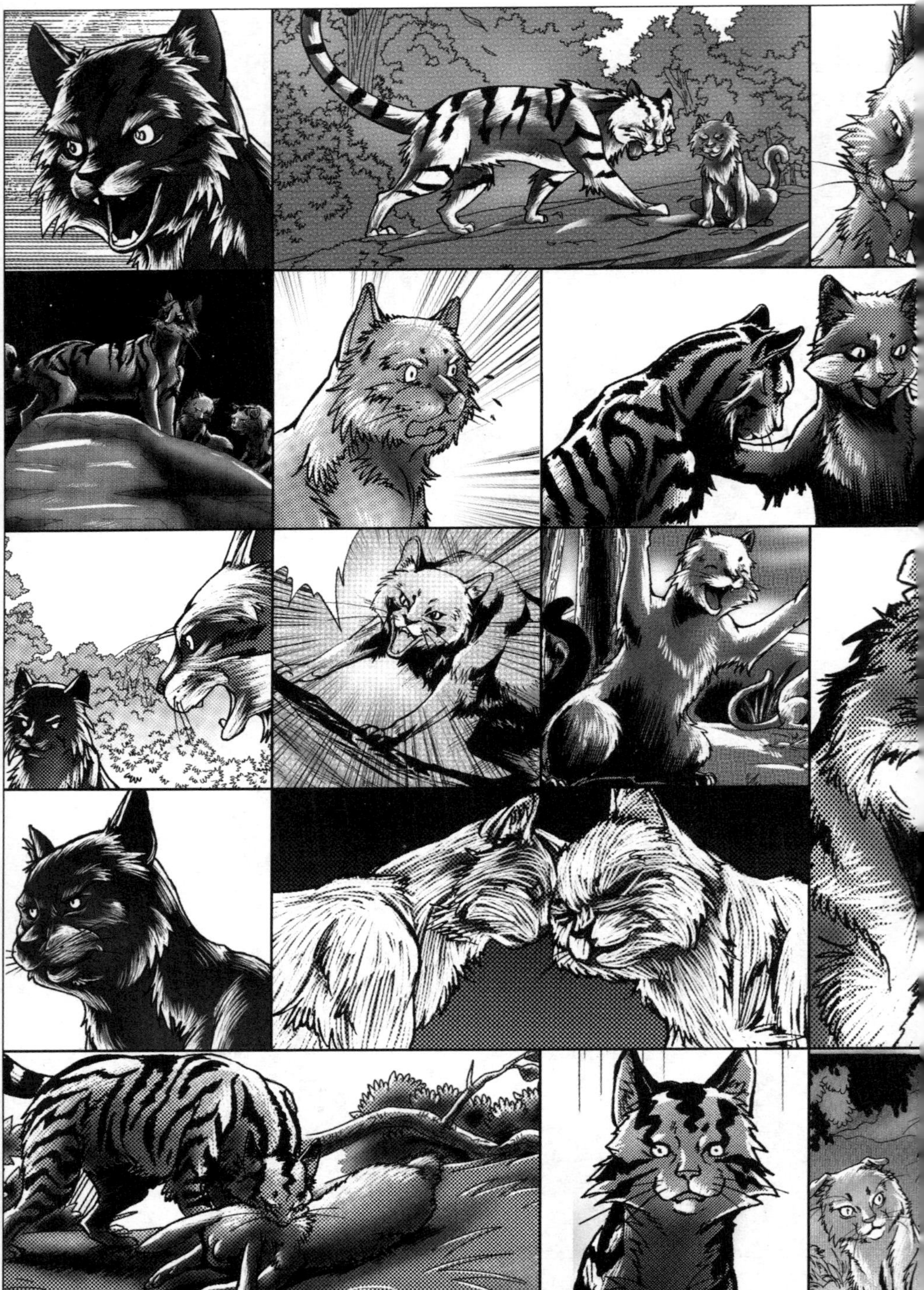

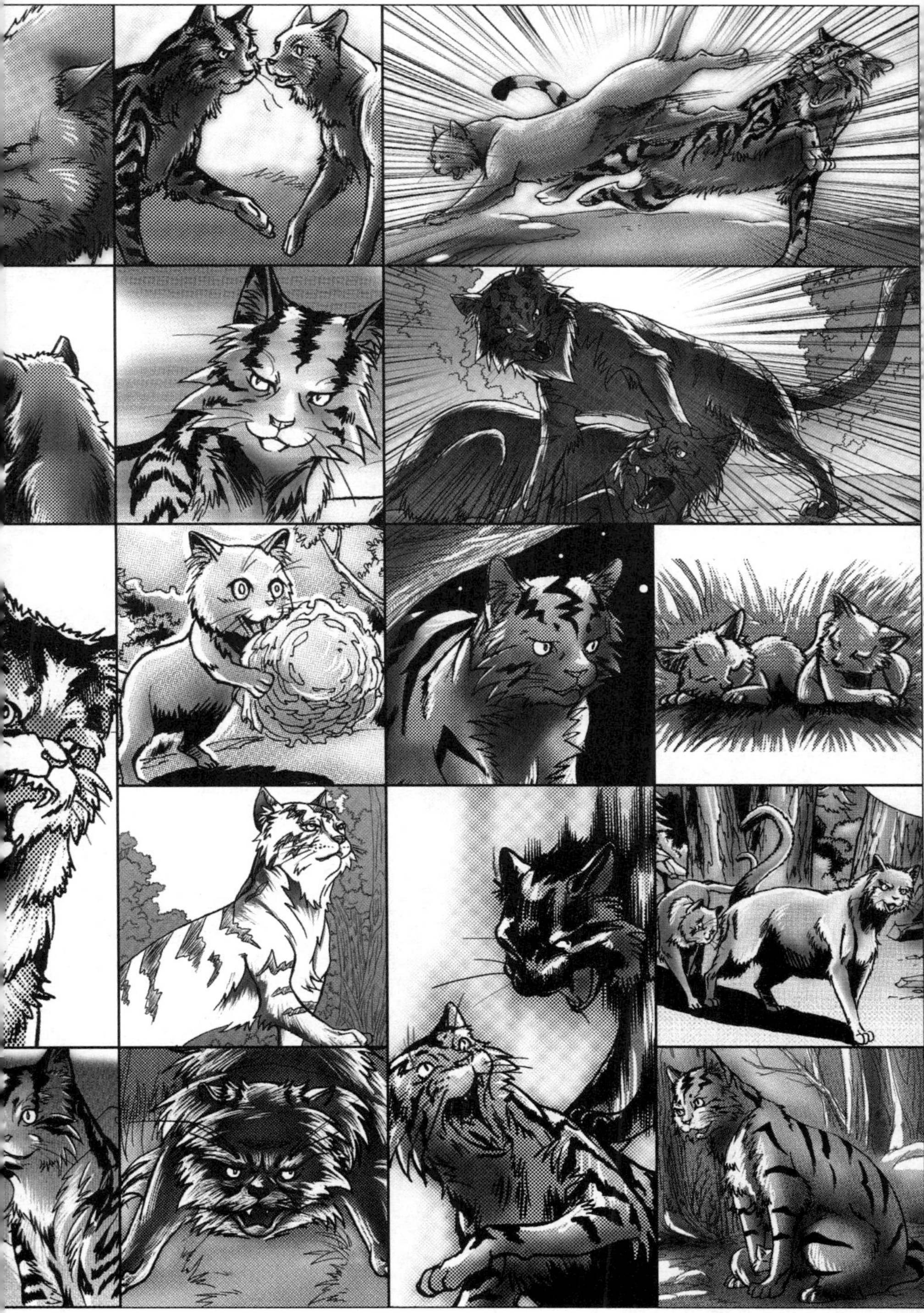

猫族成员

雷 族

族长
黑莓星——暗棕色虎斑公猫,琥珀色眼睛

副族长
松鼠飞——暗姜黄色母猫,绿色眼睛,一只脚掌是白色的

巫医
叶池——浅棕色虎斑母猫,琥珀色眼睛,脚掌和胸脯是白色的
松鸦羽——浅灰色虎斑公猫,蓝色眼睛,双眼失明
赤杨心——暗姜色公猫,琥珀色眼睛

武士(公猫及不在育婴期的母猫)
蕨毛——金棕色虎斑公猫,琥珀色眼睛
云尾——白色长毛公猫,蓝色眼睛
亮心——长着姜黄色斑块的白色母猫
刺掌——金棕色虎斑公猫
白翅——白色母猫,绿色眼睛
桦落——浅棕色虎斑公猫
莓鼻——奶油色公猫,尾巴只剩一截
鼠须——灰白相间的公猫
 (所指导的学徒是李爪。李爪是一只黑色和姜黄色相间的母猫)
罂粟霜——浅玳瑁色和白色相间的母猫
狮焰——金色虎斑公猫,琥珀色眼睛
玫瑰瓣——暗奶油色母猫
 (所指导的学徒是茎爪。茎爪是一只橙白相间的公猫)

百合心——小个头深灰色虎斑母猫，皮毛上有白色斑块，蓝色眼睛
黄蜂条——淡灰色公猫，长着黑色条纹
　　（所指导的学徒是贝壳爪。贝壳爪是一只玳瑁色公猫）
樱桃落——姜黄色母猫
鼹鼠须——棕色和奶油色相间的公猫
琥珀月——浅姜黄色母猫
　　（所指导的学徒是雕爪。雕爪是一只姜黄色母猫）
露珠鼻——灰白相间的公猫
暴云——灰色虎斑公猫
冬青簇——黑色母猫
蔷薇歌——淡黄色虎斑公猫
栗条——暗棕色母猫
叶荫——玳瑁色母猫
　　（所指导的学徒是斑爪。斑爪是一只身上有斑点的母猫）
云雀鸣——黑色公猫
蜜毛——长着黄色斑点的白色母猫
烁皮——橙色虎斑母猫
桠枝——灰色母猫，绿色眼睛
　　（所指导的学徒是飞爪。飞爪是身上长着条纹的虎斑母猫）
鳍跃——棕色公猫
　　（所指导的学徒是噼啪爪。噼啪爪是一只金色虎斑公猫）
炭心——烟灰色虎斑母猫
梅花落——玳瑁纹和白色相间的母猫，身上长着花瓣形斑块

猫后（正在怀孕或照顾幼猫的母猫）

黛西——奶油色长毛母猫，来自马场
藤池——银白相间的虎斑母猫，深蓝色眼睛
　　（深灰色母猫小海石竹、浅灰色母猫小鬃、虎斑公猫小翻的母亲）

长老（从武士岗位上退休的老年猫）
灰条——暗灰色长毛公猫
米莉——身上长有条纹的浅灰色虎斑母猫，蓝色眼睛

影　族

族长
虎星——深棕色虎斑公猫

副族长
褐皮——玳瑁色母猫，绿色眼睛
　　（所指导的学徒是松果爪。松果爪是一只灰白相间的公猫）

巫医
洼光——棕色公猫，身上有白色的花斑，浅蓝色眼睛

武士
杜松掌——黑色公猫
涡皮——灰白相间的公猫
击石——棕色虎斑公猫，琥珀色眼睛
　　（所指导的学徒是炽爪。炽爪是一只白色和姜黄色相间的公猫）
石翅——白色公猫
　　（所指导的学徒是蚁爪。蚁爪是一只公猫，身上长着棕黑色的斑点）

草心——浅棕色虎斑母猫

  （所指导的学徒是鸥爪。鸥爪是一只白色母猫）

焦毛——深灰色公猫，两耳都被撕裂了

花茎——银色母猫

蛇牙——蜂蜜色虎斑母猫

石板毛——皮毛光滑的灰色公猫

  （所指导的学徒是蕨叶爪。蕨叶爪是一只灰色虎斑母猫）

苜蓿足——灰色虎斑母猫

雀尾——大个头棕色虎斑公猫

  （所指导的学徒是肉桂爪。肉桂爪是一只棕色虎斑母猫，脚掌是白色的）

雪鸟——纯白色母猫，绿色眼睛

猫后

鸽翅——浅烟灰色母猫，蓝色眼睛

  （灰色母猫小扑、棕色虎斑母猫小光、灰色虎斑公猫小影的母亲）

莓心——黑白相间的母猫

  （黑色公猫小凹、棕白相间虎斑母猫小日、黑白相间公猫小塔尖的母亲）

蓍叶——姜黄色母猫，黄色眼睛

  （身上长着斑点的母猫小蹦、棕色虎斑公猫小亚麻的母亲）

长老

橡毛——小个头浅棕色公猫

鼠痕——深棕色公猫，背上有一道很长的疤痕

天　族

族长
叶星——浅棕色与奶油色相间的虎斑母猫，琥珀色眼睛

副族长
鹰翅——灰色虎斑公猫，黄色眼睛

巫医
斑愿——毛色斑驳的浅棕色虎斑母猫，腿上有斑点
躁片——黑白相间的公猫

调解者
阿树——黄色公猫，琥珀色眼睛

武士
雀毛——暗棕色虎斑公猫
（所指导的学徒是花蜜爪。花蜜爪是一只棕色母猫）
麦吉弗——黑白相间的公猫
露泉——身体强壮的灰色公猫
梅柳——深灰色母猫
（所指导的学徒是晴爪。晴爪是一只姜黄色母猫）
鼠尾草鼻——淡灰色公猫
（所指导的学徒是砾爪。砾爪是一只褐色公猫）
哈利溪——灰色公猫
（所指导的学徒是边爪。边爪是只长着棕色斑点的白色母猫）

梅花心——姜黄色与白色相间的母猫

（所指导的学徒是原鸽爪——原鸽爪是一只灰白相间的母猫）

砂鼻——矮壮的浅棕色公猫，四肢是姜黄色的

（所指导的学徒是鹌鹑爪。鹌鹑爪是一只白色公猫，长着乌黑色的耳朵）

兔跃——棕色公猫

（所指导的学徒是浅爪。浅爪是一只黑白相间的母猫）

贝拉叶——淡橙色母猫，绿色眼睛

芦苇掌——个头很小的浅色虎斑母猫

紫罗兰光——黑白相间的母猫，琥珀色眼睛

薄荷毛——灰色虎斑母猫，蓝色眼睛

荨麻斑——淡棕色公猫

微云——个头很小的白色母猫，深蓝色眼睛

长老

闲蕨——淡棕色母猫，双耳失聪

风　族

族长

兔星——棕白相间的公猫

副族长

鸦羽——烟灰色公猫

巫医

隼飞——棕灰色公猫，毛色斑驳，有着像隼的羽毛一样的白色斑点

武士

夜云——黑色母猫，琥珀色眼睛

纹翅——身上长满斑点的棕色母猫

金雀花尾——灰白相间的母猫，毛色很浅，蓝色眼睛

叶尾——暗姜黄色虎斑公猫，琥珀色眼睛

烬足——灰色公猫，有两只脚掌是深灰色的

烟霭——灰色母猫

风皮——黑色公猫，琥珀色眼睛

蹲足——姜黄色公猫

云雀翅——浅棕色虎斑母猫

莎草须——亮棕色虎斑母猫

轻足——黑色公猫，胸口有一抹白毛

燕麦掌——淡棕色虎斑公猫

羽皮——灰色虎斑母猫

鸣须——深灰色公猫

石楠尾——亮棕色虎斑母猫，蓝色眼睛

香薇条——灰色虎斑母猫

长老

白尾——小个头白色母猫

河　族

族长

雾星——蓝灰色母猫，蓝色眼睛

猫武士

副族长

芦苇须——黑色公猫,蓝色眼睛

巫医

蛾翅——皮毛上有斑纹的金色虎斑母猫,琥珀色眼睛
柳光——灰色虎斑母猫

武士

薄荷毛——浅灰色虎斑公猫
　　(所指导的学徒是柔爪。柔爪是一只灰色母猫)
暮毛——棕色虎斑母猫
　　(所指导的学徒是斑点爪。斑点爪是只灰白相间的公猫)
鱼尾——深灰色与白色相间的母猫
　　(所指导的学徒是微风爪。微风爪是一只棕白相间的母猫)
锦葵鼻——浅棕色虎斑公猫
甲虫须——棕白相间的虎斑公猫
　　(所指导的学徒是兔爪。兔爪是一只白色公猫)
卷羽——淡棕色母猫
豆荚光——灰白相间的公猫
鹭翅——深灰色与黑色相间的公猫
微光皮——银色母猫
　　(所指导的学徒是夜爪。夜爪是一只深灰色母猫,蓝色眼睛)
蜥尾——浅棕色公猫
湾皮——黑白相间的母猫
喷嚏云——灰白相间的公猫
蕨皮——玳瑁色母猫
　　(所指导的学徒是金雀花爪。金雀花爪是一只白色公猫,灰色耳朵,绿色眼睛)

松鸦掌——灰色公猫

枭鼻——棕色虎斑公猫

湖心——灰色虎斑母猫

冰翅——白色母猫，蓝色眼睛

长老
藓毛——玳瑁色和白色相间的母猫

风暴来袭
FENGBAOLAIXI

引 子

黑暗笼罩着山谷,湖面上闪烁着破碎的月光。火星在小岛上走来走去,不时从岸边望着。他嗅到风中有新叶的气息,这是季节的承诺,但也许族群再也感受不到了。

其他族群的族长站在黑星身旁,他们如幽灵一般,星光在他们的毛发间闪烁,黑星不禁颤抖着退回几尾远问:"为什么带我们来这儿?"

高星抖抖他那浓密的黑白相间皮毛,也问道:"有什么话不能在星族说,非要来这儿?那儿多暖和。"

火星并未作答,他望着皮毛般浓密的橡树林覆盖着的湖岸,内心的渴望激荡澎湃。

蓝星用尾巴尖儿碰了碰他的侧腹。"告诉大家为何要来这里吧。"她轻声说。

"你催他也没用,"坐在水边的钩星将爪子蜷在尾巴下,"火星向来是胸有成竹才开口的。"

"他难不成带我们来这儿之前还没想清楚吗!"高星不禁抱怨道。

黑星不耐烦地挑挑尾巴："我们有什么必要站在这黑漆漆的地方讨论族群的未来呢！"

火星转向他。"我们很清楚即将发生什么，但我们不清楚的是，各族群的应对准备有多么糟糕。我们心急如焚，他们却还在安心打盹儿。"他正说着，发现湖岸附近的松树林间有个身影在移动，火星猛地将口鼻转向那个身影，"花楸掌？你在这儿做什么？"

这只影族猫向大家走了过来，他的眼睛在黑暗中闪闪发光，星光在他的毛发间闪烁。"倘若大家来这儿是探讨族群未来的，那我就有资格参与其中。"

"你不再是族长了。"责备的语气使黑星的话显得格外生硬。

花楸掌吼道："是我放弃了自己的九条命，才使得我的族群得以存活。"

"恐怕是你放弃了族群，你才得以存活的吧。"黑星嘶吼道。

"那不是事实。"花楸掌平贴起了耳朵，"事实是只有我一个死了！而我的族群得以重生，我的儿子虎星回归了，他将带领族群走向辉煌。"

"要付出怎样的代价？"蓝星挪动着爪子，"对于影族猫，我唯一清楚的就是，他们只会对其他族群的领地虎视眈眈。"

花楸掌眯起了眼睛："影族决不能再濒临灭亡，它需要夺回自己的领地。"

"难道天族就得失去自己的领地不成！"火星翠绿色的眼睛反射着星光，他的目光掠过大家星光闪烁的皮毛，望向遥远的树

风暴来袭
FENGBAOLAIXI

林，那里是天族的领地，"他们理应住在湖畔。"

"他们当然应该住在湖畔。"高星咕哝着。

蓝星盯着花楸掌说道："你的儿子会让他们留在那儿吗？"

"虎星会尽一切努力让影族强盛起来。"花楸掌反驳道。

火星摆摆尾巴说道，"花楸掌有一点是对的：影族必须强大起来，我们不能再冒失去他们的危险了。不止影族，每个族群都必须强大起来，然而，强大自身并不能以强占他族领地为手段，他们必须学会共存共生。倘若五个族群不能团结一致，那么，即将到来的黑暗将摧毁所有族群。"

"我们之前就在黑暗中存活下来了啊。"钩星争辩道。

"这次的情形不一样。"火星坚称道，"年轻猫们少不更事，看不清危险所在。虽然他们抵抗过入侵者，也熬过了万难，但他们远没有意识到，恐惧之感将如阴影一般在族群间漫延开来，而贪婪之心将使大家分崩离析。"火星说着，毛发不安地竖了起来，星光在他的皮毛间闪烁。

黑星轻蔑地质疑道："难道各族群还没从暗尾身上吸取教训吗？"

"我觉得他们吸取得还不够。"火星与黑星四目相对，"看看暗尾在离间各族群上是如何得逞的，河族之所以衰落，影族之所以垮掉，是因为需要各族群团结奋战的时候，他们却各自为战了。"

"但河族现在已重归族群。"钩星提醒道。

"而且，影族也有了自己的新族长。"花楸掌也争辩道，

猫武士

"那是一位强有力的族长,一定会引领他的武士们走向更加美好的未来。"

"但也是一位年轻的族长,"火星警告道,"年轻的族长总想证明自己以及族群的力量。现在不是战斗的时候。天族仍在这里寻找他们的位置,正是他们的回归在考验着每一只猫,而这场考验尚未结束。其他族群必须彻底接受他们,如果不能和平相处,大家该如何应对未来的凶险呢?"火星的眼神黯淡下来,蓝星也看向远方,剩余的猫都紧张地相互看着,仿佛因为过于恐惧而无法开口。火星继续说道:"各族群要团结一致,就像一只脚掌的五个脚趾,要深深地抓进土里。只有每个脚趾都强壮有力,这只脚掌才能抓紧地面。但只要有一个脚趾放松了抓力,整只脚掌就将被来临的暴风雨卷走。"

"被卷走的将不仅仅是湖畔的族群。"蓝星眯着眼,新叶季的风拂动着她的毛发,"我们都将被遗忘,星族也将会消失。"

"所以我们必须警告他们。"高星激动地左右摆动着尾巴。

"我们警示过他们太多次了。"蓝星叹息道,"曾多少次,我们呼吁大家一定要团结一心,面对未来?"

火星眯起了眼睛:"我们能做的就是指明道路,但我们无法强迫他们一路同行。"

蓝星的目光越过湖面:"让我们祈祷他们重归正道吧,他们若迷失,我们将什么都留不下,甚至武士守则也不例外。"

风暴来袭
FENGBAOLAIXI

第一章

"我们为什么非要清理出这些脏东西呢？"飞爪一屁股坐了下来，虎斑皮毛抽动着，盯着空地上零落的树枝问道，"我们都已经忙了好几天了。"

桠枝放下手中正拖拽的树枝，朝自己的学徒不耐烦地眨眨眼睛："你如果想在这儿练习战斗技能，就必须清理出这块训练场地。"

"那斑爪和茎爪为什么不来帮帮忙呢？"飞爪抱怨道，"他们也要在这儿训练的。再说了，李爪比我强壮多了，拖起树枝来，比我更有力。"

"李爪、雕爪、贝壳爪和他们的老师外出狩猎去了。"桠枝强压着自己心中的怒火。我做学徒时也这么多的抱怨吗？

"我们为什么不狩猎呢？"飞爪嘟囔着。

"你还没有掌握足够的狩猎技巧。"

飞爪摇了摇尾巴："如果你让我训练，而不是在这儿清理树枝的话，我的进步就会快很多。"

如果你少花点儿时间和我斗嘴，抓紧点儿工作，我们早就清理

完场地了。桠枝将到了嘴边的话憋了回去。"自从暴风雨过后,这里就一片狼藉,黑莓星希望把训练场地尽快打扫干净,所以指派我们来清理。"桠枝瞥了一眼噼啪爪,他正帮鳍跃把一根树枝拖到空地边上,"你的同窝手足可没你那么多的牢骚。"

噼啪爪丢下手中的树枝。"鳍跃说过,挪树枝一样会使我强壮。"他挺起胸膛,"我要成为雷族最强壮的学徒。"

飞爪沉下了脸:"你最好别太强壮,不然,黑莓星会让你把整个森林里的每根树枝都清理干净的。"

鳍跃同情地朝桠枝眨眨眼。"你们已经辛苦一早上了。"他看着她的眼睛说道,"我们何不教他们几招战斗技巧呢?"

噼啪爪竖起了耳朵:"真的?"

"求你了!"飞爪跃过树枝,兴奋地蹲伏了下来,臀部悬在空中,龇着牙,抽动着尾巴喊道,"看!我已经准备好攻击了。"

噼啪爪咕噜一声,冲到飞爪身边。

桠枝气恼地闭上了眼睛。以这个速度,他们永远也清理不完训练场了。如果作为老师,她不能带领自己的学徒完成最简单的任务,黑莓星会怎么看呢?他一定会后悔这么早就晋升她为一位老师吧?

正想着,鳍跃的皮毛蹭过桠枝的脸颊,他围着桠枝说道:"我们可以稍后清理剩下的树枝,现在花点时间出去练练战斗技术,肯定没什么坏处。"他看起来那么热切,桠枝并不想让他扫兴。可是,今天桠枝并未打算教授战斗技术,她还没练习过呢。

风暴来袭
FENGBAOLAIXI

"我不知道。"桠枝眉头紧蹙。

"你在担心什么呢?"鳍跃眨眼望着她,"我们是老师!我们训练自己的学徒并未破坏什么规矩。"

桠枝压低声音说道:"可万一我做错了怎么办?"

鳍跃睁大了双眼:"你怎么会做错呢?你当了那么久的学徒,一定对训练早已了如指掌了。"他瞪大的黄眼睛里清晰地闪烁着爱慕之情。

桠枝温柔地咕噜了一声,感觉很欣慰。她没办法不爱鳍跃,虽然鳍跃有时有些愚笨木讷,但心地善良。

大家都期待他俩早日结为伴侣,鳍跃更是如此。他与桠枝几乎形影不离,也时常被桠枝逗得大笑,每晚鳍跃都会从猎物堆为桠枝带来猎物,桠枝很庆幸有他在身边。

但桠枝并不确定自己是否准备好与鳍跃结为伴侣了,她才成为武士没多久,而且还有一个急需训练的学徒。是需要大量训练的学徒。

更重要的是,桠枝想证明自己配得上雷族。做学徒时,她曾多次改变心意,先是去了天族,后来又重回雷族,她想让雷族知道自己是忠诚的,并决心赢得族群的尊重。目前她还没有时间考虑伴侣的事情。

"快点儿!"鳍跃走向噼啪爪和飞爪。此刻,噼啪爪正平趴在地上,热情地向飞爪发出嘶嘶的声音,飞爪也抽动着尾巴,嘶嘶地假装在回击。鳍跃走到他们中间,摇摇尾巴示意他们站好。"靠扮

鬼脸你们一场仗也打不赢的。"他咕噜道。

"我们才没扮鬼脸呢,"噼啪爪愤愤地说,"我们明明很凶猛。"

"我见过更凶猛的刺猬。"桠枝踏过零散的树枝来到他们跟前。

飞爪迫不及待地冲她眨眨眼:"你要教我们什么?"

"跟我来。"说着,桠枝带领自己的学徒离开鳍跃和噼啪爪,因为她不想让任何猫看见她在战斗训练中的第一次尝试。桠枝走到空地边上,停下了脚步,用爪子扒开地面上的小树枝说:"我们来看看你对伏击的反应如何。"

飞爪的耳朵紧张地抽动着:"伏击?"

"你沿着空地边缘走,我会从侧面袭击你。注意保持平衡,别让我撞倒你。"这对桠枝来说似乎是一门简单的课程,为什么飞爪看起来却如此不安呢?

"你准备袭击时会提醒我吗?"这只身上长着条纹的虎斑猫问道。

桠枝眨眨眼睛:"伏击的关键就在于出其不意。"

"可我还在学习过程中。"

"这就是最好的学习方式。"桠枝移动着爪子,她希望自己的决定没有错。不等飞爪问更多的问题,桠枝已穿过小空地周围的蕨丛,躲到了树干后面。她等着飞爪开始行动,却发现飞爪在观看鳍跃和噼啪爪的训练。他们正在沙地上翻滚着,噼啪爪挣扎着摆脱老

风暴来袭
FENGBAOLAIXI

师,然后又笨拙地跳起身说:"让我再试试!"

"飞爪!"桠枝怒声喊道,尾巴不耐烦地抽动着。

飞爪赶忙惭愧地转向蕨丛,沿着空地边缘走起来。桠枝压低身子,跟在她身后。飞爪显得很警惕,她竖起耳朵、尾巴垂在中央,桠枝对此很欣慰。随后桠枝绷紧了身子准备突袭。就在她肌肉紧绷、纵身跃起的刹那,一只鸟在头顶上方警惕地叫了一声,引得飞爪抬头去看,桠枝猛地撞向飞爪。随着一声惊叫,飞爪失去了平衡,滚倒在地。

桠枝一个跳跃,站稳了脚跟。"这简直比撞倒一只麻雀还容易!"她低头瞪着飞爪呵斥道,不等飞爪回答便又继续说,"你明明知道我要伏击你!你本该一直撑着腿防备袭击的!"

"都怪那只鸟让我分了心!"飞爪爬起来,愤愤地说。

"你可是住在森林里的!如果每次听到鸟叫你都分心,那你永远也学不会战斗,甚至连狩猎都学不会!"桠枝气恼地抖抖皮毛,飞爪太不专心了!这样自己怎么能教会她什么呢?噼啪爪、斑爪还有其他猫都在为赢得武士称号而努力,而她却还在教飞爪如何偷偷靠近蝴蝶!我看起来像是有史以来最糟糕的老师!

"我们再试试吧。"飞爪央求道,"这次我一定做好准备。"

"等影族巡逻队偷走你的猎物时,跟他们说这话去吧。"虽是这样说,桠枝却再次穿过蕨丛等着飞爪开始,"压低身,走起来时把身体的重心移到爪子上。"她的喊声从蕨丛那边传来。

飞爪压低肚子,笨拙地绕着空地轻走着。桠枝叹了口气。她看

起来就像只鸭子。她掩身跟着学徒飞爪走了几尾远，然后纵身一跃，突然从蕨丛中跳出来撞到了飞爪的身子。飞爪惊叫一声，前爪伸向空中，乱抓一通，接着失去平衡倒在地上。

桠枝盯着她："这是我见过最糟糕的防守动作。"

飞爪站起身，抖掉身上的尘土，眼睛瞪得溜圆："我没想到你会这么用力地撞我。"

"我是在伏击你！"桠枝厉声说道，"这里不是育婴室，我也不是和你玩闹。"

飞爪瞪着桠枝，控诉道："你就是故意想让我失败，所以才会那么用力。如果你老是把我撞倒，我怎么知道自己该做什么？"

桠枝强忍着内心的失望，努力回忆自己第一次训练的场景，那似乎是很久以前的事了。"好吧。"桠枝尽力使自己的语气平和一些，她望着飞爪，"把爪子摆成这样。"桠枝伸出爪子，调整着飞爪每条腿的姿势，直到这只年轻的虎斑猫站得挺直。"现在蹲下身子，你可以假想自己像獾一样重。"飞爪弯下身子，寻找着使自己站稳的平衡点，桠枝望着她说，"这次，我不从蕨丛中跳出来，你会看到我跳跃过来，一定要尽力保持平衡。"

飞爪点点头，她目光深邃，聚精会神。

至少飞爪在努力。桠枝后退了几步，便向飞爪的身体扑去。这次的攻击不再来势汹汹，但她动作坚决。她用力地挤着飞爪，把自己的重量压向年轻的母猫。令她欣慰的是，她感受到了飞爪的抵抗。飞爪摇摇晃晃，但仍压低身体，没有倒下。

风暴来袭
FENGBAOLAIXI

桠枝轻轻地落回地上。"还不错。"她承认道,"不过鉴于你早就知道我要袭击,我不确定突袭时,你的腿是否还有足够的力量来承受,但我们日后还可以练习。"

"我觉得她表现得很好。"鳍跃的声音使桠枝一惊。这只棕色公猫向她们走来,噼啪爪蹦蹦跳跳地跟在他身旁。鳍跃继续说:"飞爪站得很稳,虽然她身子比你小,但仍设法站稳了脚跟。"

桠枝朝鳍跃皱皱眉,警告道:"我不觉得她值得如此表扬,她还有很多需要学习的。"

"我们都还有很多要学的。"噼啪爪开心地围在他的同窝手足身旁,"训练一定会很有趣!鳍跃已经教我如何在猫肚子下潜行啦。桠枝,你也应该教教飞爪这招。鳍跃说,这对身材娇小的猫来说是很有用的技能,他还说我是个天才呢。"

"可我不确信我也是个天才。"飞爪气愤地抽动着耳朵。

"你当然是个天才了!"鳍跃安慰道,"有狮焰和炭心这样的父母,你怎么可能不是天才呢?"

飞爪的眼睛明亮起来,但桠枝的心头却涌上一股怒火。如果鳍跃的称赞惯坏了飞爪,那飞爪还会努力提升技能吗?"压根儿就没有天才武士。"桠枝直截了当地说,"只有刻苦训练,才能掌握战斗的技能。"

"那你的技能一定很娴熟了,毕竟你训练了好几个月呢。"飞爪喃喃自语道。

这位学徒的话瞬间刺痛了桠枝,她平贴起了耳朵。桠枝之所以

训练那么久,并非她没有准备好,而是因为她曾在两个族群间游移不定。桠枝训斥道:"作为一位武士,首先要学会的是尊重!"

飞爪盯着地面没有吭声。

鳍跃挑了挑尾巴。"你们俩为何不清理掉这最后几根树枝呢?"他朝飞爪和噼啪爪点点头,"我和桠枝要去检查边界,你们清理完树枝后到那儿与我们会合。到时候我们向你们展示一下如何标记边界。这样可以吗,桠枝?"不等桠枝答复,鳍跃便直接把她推出空地,沿着通往影族边界的小道走去。

"你听见她刚刚对我说什么了吗?"桠枝十分恼火,"那就是你过于称赞他们的后果。无耻的狐狸!我真该抓她的耳朵一下。"

"你想让她惧怕你吗?"鳍跃走到桠枝身旁,但并没有看她。

"如果她真的怕我,也许就会更听我的话了。"

"你并非真的这样想,对吗?"

"她有一颗蝴蝶心!训练时总是三心二意,总想着干点儿别的事。"

"你才训练她三天,她也许有你没发现的长处呢。"鳍跃劝道。

"如果你一直夸她是个天才,那我恐怕永远也看不到她的长处了!"桠枝怒声说道,"她也不会费心去学习了。"

"我只是想鼓励她而已。"

"鼓励你自己的学徒吧。"桠枝厉声说道,"别管我的学徒。"

鳍跃停下脚步,严肃地盯着桠枝说道:"我只是担心你对她太过苛刻。你也不想让飞爪在学习之前就丧失信心吧,难道你忘了烁

风暴来袭
FENGBAOLAIXI

皮对你严厉时,你自己有多不开心了吗?"

"那不一样。"桠枝的皮毛不安地竖了起来。她刚回归雷族时,烁皮作为老师,一直带着批判的、不可宽恕的眼光看待她,这曾让她十分痛苦。"烁皮只是在考验我的忠诚。"

"你的忠诚需要考验吗?"

"不需要!"桠枝扭过脸。即便鳍跃不批评她,带学徒也已经够艰辛的了。"我只是在做我觉得对的事情!"

"我知道。"鳍跃轻声说道,"身负重任总让我们觉得提心吊胆,何况这又是我们的第一批学徒,但即使我们犯错也没关系的,他们犯错也没关系,我们可以一起学习。"

"但我应该知道该怎么做。"桠枝的嗓子眼儿似乎堵了一块石头。

"为什么?"鳍跃围着桠枝,停下来望着她,"你是一位优秀的武士,桠枝。你很善良,不用因为成为一位老师而终止你的善良。相信自己的直觉,飞爪需要的时候推她一把,但同时也要鼓励她。你肯定知道,当你面临困难和新事物时,哪怕一点点的鼓励,那种感觉也是非常好的。"

鳍跃目光中的热情触动了桠枝的心。他真的很在乎桠枝能否成为一位好老师,他也希望桠枝成功。桠枝咕噜了一声,用自己的口鼻碰碰鳍跃的口鼻。

"此外,"鳍跃继续说,"指导也会让我们更有耐心。想想看,当我们有了幼崽,我们会成为多好的父母啊!"

"当我们有了幼崽！"桠枝抽出身,鳍跃的目光模糊起来。他真的在考虑幼崽的事吗？他们还没结为伴侣呢。桠枝连伴侣的事都没想过,更别说准备好被束缚在育婴室了。

桠枝不想伤鳍跃的心,于是立刻换了个话题。"我们快去检查边界吧,飞爪！噼啪爪！这边！"桠枝一边朝学徒们喊道,一边仔细察看着蕨丛。直到学徒们出现,她才转身沿着小道向影族领地方向走去。

桠枝到达气味线的时候,飞爪也跟了上来。"这就是边界吗？"飞爪问道。

"你闻不出来吗？"桠枝张开嘴巴,感受着影族与雷族混合的气味。

飞爪也学着她的样子,聚精会神地皱着眉头:"这是影族的麝香味儿吗？"

"是的。"桠枝沿着气味线走着。这些气味标记还很新鲜,桠枝停在一棵松树根旁,留下了自己的标记。"你在旁边的树上留下自己的气味。"她对飞爪说道。

飞爪蹲伏在树干旁,此时,鳍跃和噼啪爪正嗅探着离她几尾远的树木。

鳍跃皱皱鼻子:"闻起来像是影族猫在一天里留下了两次气味标记。"

桠枝耸耸肩:"他们可能是为夺回自己的领地感到高兴才这样做的吧。"

风暴来袭
FENGBAOLAIXI

"我猜是这样。"鳍跃走到桠枝身旁,而噼啪爪则匆匆向前赶上飞爪。

"我们可以在每棵树上都做标记吗?"噼啪爪问道。

"边界很长,为在远处标记边界省点气味吧。"鳍跃对他说道。

一大片卷曲的蕨叶在潮湿的地面上焕发出勃勃生机,飞爪嗅探着。"这儿散发出很多气味。"说完她又转身嗅了嗅长满嫩草的树根。接着一边挖着一堆腐烂的叶子,一边嗅探着,突然打了个喷嚏,她问道:"老鼠闻起来是什么味儿?"

噼啪爪从她身旁走过。"你以前闻过老鼠的!"他叫道,"咱们还在营地里吃过呢。"

"可我从未闻过活老鼠是什么味儿。"飞爪眨眼望着桠枝,"活老鼠和死老鼠闻起来有什么不同吗?"

"问得好!"不等桠枝回答,鳍跃便评论道。

桠枝瞪了他一眼。我的学徒由我自己来训练。"活老鼠闻起来比死老鼠刺鼻多了。"她告诉飞爪。

"刺鼻多了?"飞爪看起来很疑惑。

"它们有一种……"桠枝搜索着可以用来形容的词,"有一种强烈的味道,你闻到的时候就理解了。"

谁知没等桠枝说完,飞爪便已转身离去。桠枝恼怒地收紧了爪子:难道让飞爪集中精力就这么难吗?

这时,这只虎斑猫的耳朵竖了起来。"我闻到了一些别的气

味。"飞爪说道。

"很浓烈吗?"噼啪爪抬起口鼻问道,"周围有老鼠吗?"

桠枝尝了尝空气。这里的气味标记太浓了,以至于很难嗅探到其他气味,但飞爪是对的,空气中弥漫着一股麝香味儿。

"闻起来像是只影族猫。"鳍跃说道。

桠枝的皮毛竖了起来:难道是有影族巡逻队在靠近边界吗?

鳍跃沿着边界往前走去。"这边。"他喘息道,"跟我来,但别出声。"

噼啪爪和飞爪紧跟在鳍跃身后,他们紧紧挨着,不时撞到一起,桠枝也跟了过来。还有另一种气味与影族气味掺杂在一起。是血。桠枝加快了脚步,绕过鳍跃、飞爪和噼啪爪,走在最前面。她竖起耳朵,紧张地在树干间观望着。这时,一阵呻吟传来,桠枝赶忙跑了起来,急匆匆朝着声音奔去。

只见一大束银网被绑在两棵树间,带刺的银网下有一只棕色的猫。是影族巫医洼光,他正在银网下挣扎着,不时发出痛苦的呻吟,散发出浓烈的血腥味儿。

"洼光!"桠枝赶忙向洼光跑去。她小心翼翼,生怕触到像荆棘一样缠在两树间的银丝藤蔓。洼光身旁的紫草已经冒出了嫩芽,难道他刚刚在够这个吗?桠枝看见洼光的身上扎满了银丝藤蔓的刺,每一处伤口都往外溢血。

"别动,否则会更糟。"桠枝望着影族巫医痛苦的目光,胸口泛起一阵惊慌,"我们会救你出来的。"她保证道,"躺着别动。"

风暴来袭

这时,鳍跃追了上来,飞爪和噼啪爪跟在他的身后。

"这是什么?"飞爪盯着网丝,恐惧得瞪大了双眼。

"是银刺,两脚兽的藤蔓。"鳍跃解释道,"它们用银刺做成栅栏,围住自己的领地,这些刺可以把动物困在它们的牧场。恐怕只有星族知道它们怎么会在这儿留下一束银刺。"

"我能够到他!"说着噼啪爪伏下身子,在银刺下蠕动起来。

"小心!"鳍跃提醒道。

噼啪爪蠕动到洼光身旁。"我们会把你救出来的。"他对巫医说道。

"我每动一次,就会缠得更紧。"洼光听起来很痛苦。

鳍跃望着飞爪:"你能找到回营地的路吗?"

飞爪点点头。

"快跑回去寻求支援。告诉黑莓星,我们需要很多武士才能救出洼光,我们还需要一位巫医,洼光失血太多了。"

桠枝又朝噼啪爪喊道:"你和她一起去,我们守着洼光。"她不太相信飞爪可以独自搬来救兵,万一她忘了口信,又或是在路上分了心怎么办?

噼啪爪从银刺下钻了出来,随后,这两位学徒便相互催促,尽快地飞奔在树林间。

桠枝的身子紧贴着地面,透过银刺看着洼光:"他们很快就会搬来救兵的。"

洼光望着她,目光中闪烁着痛苦,虚弱地说:"我浑身扎满

17

猫武士

了刺。"

洼光身旁的紫草叶沾满了鲜血，桠枝看得到银刺扎进他皮毛的部分，他身体两侧和脊柱上的毛发都被银刺撕扯着，还有一根刺扎在他的脖颈后，迫使他不得不面朝地面。桠枝忍住颤抖，朝洼光眨眨眼睛，鼓励道："我们的武士会找到办法救你出来的。"

鳍跃在缠结的银丝边上走来走去，他嗅探着藤蔓，仿佛在寻找可以够到洼光的空隙。他将爪子伸进藤蔓下，轻轻地抬起藤蔓，整束银丝都跟着颤动起来，洼光痛苦地哀号着。鳍跃皱起了眉头："真的很难不伤到他。"

"大家一起帮忙，我们就能做到。"桠枝依然凝视着洼光。

头顶上空，鸟儿们正兴奋地窃窃私语着。新叶季的太阳伸出温暖的脚掌，透过茂密的树冠，使得萌芽的绿叶熠熠生辉，整个森林看起来像是被包裹在翠绿色的薄雾之中。桠枝看着洼光的眼睛，心情沉重起来，鳍跃依然围着银刺转来转去。终于，地面上传来了沉重的脚步声。

"他们来了！"鳍跃抬头望向沙沙作响的树叶，只见黑莓星首先从蕨叶丛中冲了出来，梅花落、刺掌和黄蜂条在他身旁站住脚步。在他们身后，赤杨心嘴里正叼着一大捆草药。他将草药丢在地上，鼹鼠须和云雀鸣也追了上来。

黑莓星在缠结的银刺四周来回走着，怒火在他的眼睛里闪烁，"难道两脚兽的领地还不够它们用来倾倒那些腐烂的东西吗？偏偏要留在我们的土地上。"他一边说着，一边快速地扫视着银刺。桠

风暴来袭
FENGBAOLAIXI

枝猜他正在寻找将银刺从影族巫医身上移开的最好办法。

赤杨心低下头，冲洼光眨眨眼睛："你知道自己受了几处伤吗？"

"我已经数不清了，实在太疼了。"洼光绝望地看着赤杨心。

"我给你带来了罂粟籽。"赤杨心伸出爪子拿来草药包，用牙齿从中叼出罂粟籽，伏在桠枝身旁。他先将罂粟籽吐到爪子上，随后去够藤蔓下的洼光。洼光呻吟了一声，向前抻着身子将罂粟籽舔食个干净。

黑莓星用尾巴招呼着刺掌。"你抬这边，云雀鸣，你抬那边。"他朝黑毛公猫点头示意着远端的藤蔓，然后又绕着银刺走着，"黄蜂条，你把住这个藤蔓。梅花落，拽住那头。鼹鼠须，你能伸到这个空隙里，抬起洼光背上的藤蔓吗？"

鼹鼠须点点头，将爪子伸进黑莓星所指的空隙。

当所有队员都已就位，黑莓星在洼光鼻子前缠结的藤蔓下勾起爪子。他望着鳍跃说道："我一给出指令，我们就抬起银刺。你能把洼光拉出来吗？"

鳍跃点点头。桠枝从这只年轻公猫的眼神里看出了他的决心。难道他不害怕吗？一想到要将这只巫医从藤蔓下拉出来，桠枝就觉得一阵害怕。这时，黑莓星转向了她："我希望鳍跃拉他的时候，你能除掉洼光身上的刺。"

桠枝咽了咽口水。"好的。"她感觉有点儿紧张。

"赤杨心，准备好蛛丝。"黑莓星命令道。

赤杨心爬向他的草药堆，将蛛丝撕成条状。

猫武士

"当我说开始时,大家用力抬起来。"黑莓星边说着边瞥了一眼他的武士们。武士们点点头。

"抬!"黑莓星奋力一吼,用爪子抬起了藤蔓。银刺周围的武士们也一起抬起。就在他们移动藤蔓的时候,缠结的网丝颤动起来。洼光发出尖叫。"快把他拖走!"黑莓星命令道。

鳍跃立刻蹿进武士们创造出的空隙,桠枝也跟在他身后。当鳍跃用前爪抓住这只巫医的肩膀拖拉他时,桠枝的目光快速掠过洼光的皮毛。她看见有一根刺钩住了洼光的皮毛,于是伸出爪子快速地将刺取了下来,还有一根刺钩住洼光,桠枝也一下子将它敲掉。慢慢地,鳍跃将洼光拖了出来。桠枝清除掉一根又一根钩住巫医皮毛的刺,她看得出武士们抬银刺时脸上的紧张。

"他出来了吗?"黑莓星的语气还很紧张。

"是的!"鳍跃将洼光拽到远离藤蔓的地方。

桠枝也钻了出来,心怦怦直跳。

"松开!"黑莓星喊道。武士们刚一松开爪子,缠结的藤蔓便掉落在地上,不住地震颤着。一个藤蔓摔成几片,散落在黄蜂条身旁,将尘土震得足有一须远。

"大家没事吧?"黑莓星扫了一眼周围的武士。

鼹鼠须点点头,云雀鸣正拼命舔着爪子,似乎在缓解擦伤。

刺掌的耳朵抽动了一下:"没有谁受伤。"

黄蜂条看着洼光:"他是唯一受伤的。"

赤杨心已将蛛丝压在巫医猫侧腹的伤口上,他又卷起爪子里的

风暴来袭
FENGBAOLAIXI

另一条蛛丝压在洼光脖颈的伤口上。桠枝看见这只公猫的皮毛里不住往外渗血，不由得身子一缩。洼光身上有数不清的伤口。

黑莓星焦虑不安地看着洼光："他还好吗？"

赤杨心擦拭着另一处伤口。"虽然伤口不深，但是数量很多，有可能会感染。我们得把他带到巫医巢穴，这样我就可以妥善处理他的伤口。"

黑莓星向边界另一头望去："没必要把他送回影族了，他是影族唯一的巫医，在那儿，没有猫可以为他疗伤。"

"我们最好把他带回我们的营地。"赤杨心将另一团蛛丝压在洼光的伤口上。

洼光目光呆滞，赤杨心为他疗伤时，他软绵绵地躺在地上。

"他真的没事吗？"桠枝紧张地问道，"他几乎都不能动了。"

"那是因为罂粟籽起作用了。"赤杨心对她说道，"我喂了他很多。"

"可以将他抬回营地了，告诉我。"黑莓星说道。

赤杨心点点头，没有停下手头的工作。

"我们应该告诉虎星这件事。"鳍跃说道。

"对。"黑莓星点点头，"你带桠枝去影族营地告诉虎星。"

鳍跃看了一眼边界："我们要等影族巡逻队护送我们去影族营地吗？"

"不用。"黑莓星抽动着尾巴，"直接越过边界。虎星收到消息后，会理解你们为何会出现在影族领地上的。告诉虎星，在洼光

痊愈之前，我们会好好照顾他的。欢迎他派巡逻队来看望洼光。"

桠枝看了一眼鳍跃。如果他们还没来得及向影族巡逻队解释就遭到攻击那该怎么办？

鳍跃朝桠枝眨眨眼。"快走吧！"说完，鳍跃便一跃而起，绕过银刺，越过了影族边界。

桠枝跟着鳍跃，当她跨过气味线时，心跳加快起来："你认识去影族营地的路吗？"

"我不认得路，但你认得路。"说着鳍跃放慢脚步，让桠枝带路。

桠枝匆匆超过鳍跃，领着他向山坡走去。她对这条路十分熟悉，当她还是幼崽时，曾多次前往影族营地——但通常都是偷偷地——去看望她的妹妹紫罗兰光。以前她就一直很害怕，但现在她更紧张。自打虎星回来以后，就没有猫听说过太多影族的信息。谁知道他是怎样的族长呢？桠枝紧张不安地看着松树林。"我们把洼光带回了我们的营地，万一虎星发怒了怎么办？"她低声问鳍跃。

鳍跃来到桠枝身旁，速度与她保持一致："我们在尽力帮影族，他怎么会发怒呢？"

鳍跃的自信让桠枝感到了安心。鳍跃似乎很相信自己，即便是在拉出洼光的时候，他也很自信，因为他知道自己可以做到。他同样相信，终有一天，他们会结为伴侣，生养幼崽，而且这种想法并不使他感到畏惧。桠枝的皮毛下涌动着不安。那么我为什么会感到畏惧呢？

第二章

紫罗兰光迈着轻快的步伐,进入了林间空地。新叶季的阳光在雪花莲的白色花丛中投下斑驳的树影。薄荷毛跟在她身旁,走在他们前面的砂鼻嗅闻着空气。这时,柔和的春风夹杂着湖水的气味吹过树林,他的胡须抽动着。

"快看这儿,躁片!"斑愿喊道。她停在一片深绿色的叶子旁,叶子刚刚从赤杨树的树根间探出了头。

听到喊声,年轻巫医急忙跑向斑愿,他那黑白相间的毛发也急切地竖了起来。"这是某种紫草吗?"

"是酢浆草。"斑愿一边告诉躁片,一边用爪子拔出几片叶子,递给躁片让他嗅。

躁片皱着鼻子向后退了退:"我知道这是什么味儿了,真是酸死了。"

"尝起来更酸呢。"斑愿喃喃自语道,"不过这些叶子可以用来制成膏药,对治疗疖子和脓肿很有效,还可以使伤口保持干燥,预防感染。"

斑愿从就近的一株黑莓茎上摘了一片叶子,把酢浆草的叶子卷

了进去。她开心地叫道:"我们把它带回草药储藏室吧。"斑愿一直渴望加入边界巡逻队,帮忙搜寻草药。经过寒冷漫长的秃叶季,储藏室里的草药早已用完,她想要搜集些新鲜的草药来填补。"新生的叶子药效最好。"斑愿跟着砂鼻、紫罗兰光和薄荷毛走出营地时,对躁片说道。

此刻,紫罗兰光在空地的底部停下了脚步,她很享受皮毛沐浴在温暖的阳光下的感觉,等着斑愿和躁片捆扎好酢浆草。砂鼻一边在她身旁踱着步,一边扫视着树林。

薄荷毛躺了下来,在一堆温暖干燥的树叶上打着滚儿,显然是在享受新叶那新鲜的气味。"重新掌握自己的领地真好。"她坐起身,抖掉灰色毛发上的灰尘,轻快地说道。

"谁说不是呢,重新掌握我们的营地确实不错。"砂鼻抱怨道,"我不明白为什么叶星会觉得影族能够融入我们。他们和我们完全不同。"

"也没有那么不同。"斑愿抬起头,视线离开了草药,"他们毕竟还是武士,要遵守武士守则,也跟我们一样要吃饭,要睡觉,要狩猎。"

"他们捕起猎来跟狐狸似的,打起架来就像獾一样。"砂鼻咕哝着。

薄荷毛舔了舔爪子,然后盖在自己的耳朵上:"好了,现在他们已经走了,我们也不用再担心被他们绊倒了。"

"好在叶星归还了影族的领地,避免了战争。"砂鼻说,"毕

风暴来袭

竟,那块领地是影族给我们的,而且,他们跟我们同吃同睡了一个月呢。"

"虎星已经向叶星感谢过我们的友善了。"紫罗兰光提醒砂鼻。

"他们欠我们的多了,何止是一句感谢。"砂鼻吸了吸鼻子。

斑愿轻轻走到薄荷毛身边,说:"一切都回归了原本的样子。五大族群都居住在湖畔,这样对大家都好。"

砂鼻眯起了眼睛:"我只希望虎星能够赞同。"

武士的怀疑令紫罗兰光十分不安:"他为什么不赞同呢?"

"虎星只关心什么对自己最好。"砂鼻抬头仰视着斜坡,竖起了耳朵,"他在族群和至亲需要自己的时候抛弃了他们。等到一切合他的心意了,便又回来了。他的伴侣也比他强不到哪儿去。鸽翅违背了武士守则,同另一族群的武士生下了幼崽,然后带着幼崽离开了原来的族群,同自己的伴侣一起生活。"这只浅棕色公猫冲着紫罗兰光眨眨眼睛,"身为族长,就该为自己的族群树立榜样。可是虎星又树立了怎样的榜样呢?"

斑愿抖了抖自己的毛发:"虎星是犯了很多错,可是既然星族指引他重新回到影族,成为影族的族长,他就必须明白五大族群共同在湖畔生活的重要性。"

"他可能只是觉得能生活在湖畔对影族十分重要。"砂鼻阴郁地说道。

薄荷毛站起身,爬上斜坡,朝松树林走去。林中有一个通向影

族边界的沟渠。"担心也没有用。过去的几个月,我们经历了那么多困难,看不到任何希望,不也挺过来了吗?"

紫罗兰光跟在薄荷毛身后,听到她平和的说话声,安心了不少。他们在暴风雨中幸存了下来,族群应该不会遇到比这更大的麻烦了吧?

斑愿和躁片跟在薄荷毛身后,搅得树叶沙沙作响。

"我也不希望有什么麻烦。"砂鼻来到他们跟前,嘴里咕噜道,"但我们不能假装看不到,该来的总会来的。"

到了坡顶,薄荷毛停下脚步。她绷紧了身子,扬起了口鼻。

紫罗兰光知道她是在嗅空气的味道。惊慌使紫罗兰光皮下一紧。"是什么味道?"她问道。

薄荷毛眼睛一闪:"你闻不出来吗?是老鼠!"

砂鼻早已做出了狩猎蹲伏的姿势,偷偷靠近那个像爪子一样将森林地面隔开的沟渠。

紫罗兰光竖起耳朵,她听到沟渠底部树叶里发出沙沙的响声。闻到老鼠强烈的味道,她舔了舔嘴唇。她还没有吃任何猎物。虽然知道这只猎物要被带回营地放入猎物堆,但是一想到寒冷刺骨的秃叶季已过,猎物又回来了,紫罗兰光便觉得十分开心。她和斑愿、躁片待在一起,让其他的同伴捕抓猎物。砂鼻已经悄悄地跟到了沟渠顶部,薄荷毛轻轻地跳过沟渠,蹲伏在远处,目不转睛地盯着沟渠底部的树叶。一听到树叶的沙沙声,砂鼻便扑了过去。他跳到沟渠里,向下拍打着脚掌。薄荷毛跳到了砂鼻的前方,堵住了老鼠的

风暴来袭
FENGBAOLAIXI

逃跑路线。然而，薄荷毛根本没必要担心，砂鼻已经干净利落地抓住了老鼠，一口咬死了它。

"星族，谢谢你的猎物。"斑愿在紫罗兰光耳旁低语道。

砂鼻跳出了沟渠，嘴边悬着这只肥鼠。

躁片放下了咬在齿间的草药束，嗅了嗅老鼠说："这比昨天麦吉弗带回来的那只还要大呢。"

薄荷毛爬到砂鼻身旁，满意地说："很高兴看到猎物堆里的猎物又多了起来，这些足够大家吃了。"

砂鼻放下老鼠，与薄荷毛相互看了一眼，说道："即使现在又多了一张嘴吃饭。"

这只灰色母猫的眼珠一转："你是指阿树。"

"他应该出去协助巡逻队，可是我看到叶星从不要求他出去，他自己也不主动提这件事。"砂鼻看起来愤愤不平。

"他可不介意同我们共享猎物堆的猎物。"薄荷毛意味深长地说道。

紫罗兰光吼道："他可以从猎物堆拿走任何他想吃的东西，现在他是族群的一员。"

"他凭什么？"薄荷毛质问道，"他甚至都不知道武士守则是什么。"

"他不是以武士的身份加入我们的，"紫罗兰光反驳道，"而是以调解者的身份。"

"我可从没有见过他调解过什么。"薄荷毛还击道。

猫武士

"那是因为迄今为止还没有什么需要他调解。"紫罗兰光怒视着她。

斑愿沿着沟渠顶部轻轻走着,若有所思地说:"族群中有这么一只不守武士守则的猫是有点儿怪,但是他有自己的角色,也在不断地适应。我觉得叶星让他加入我们还是对的。阿树有自己的处事方法,让大家都觉得很自在。"

"如果他能少花点儿时间待在营地里无所事事,多花点儿时间出去帮忙巡逻,我才会觉得自在。"砂鼻埋怨道,"如果不想出去巡逻,也可以帮忙修建巢穴。暴风雨侵袭之后,有些巢穴墙和顶都需要修补。而且我们有这么多学徒,更应该扩建学徒巢穴。"

怒火在紫罗兰光心中燃烧,她抬起下巴:"如果你对阿树有意见,为什么要在这儿抱怨,而不去当面跟他提呢?"

"别以为我没有这样想过。"砂鼻答道,"但是你也知道,他总是一副友善随和的样子,真的很难去批评他。他总是有自己的说辞,说什么不想成为我们的负担,要在看中学。他表现得那么真诚,我很难去与他争论。"

紫罗兰光挺起胸膛:"阿树确实很真诚,有一颗善良的心,我们不能仅仅因为他不像武士一样行事,就觉得他对族群毫不重要。咱们等着看吧。斑愿是对的,阿树确实有自己同其他猫相处的方法。有时候,语言的力量比利爪更强大,造成的流血伤害也更少。"

薄荷毛饶有趣味地抽动着胡须:"你好像很喜欢阿树,紫罗兰

风暴来袭

光。"

紫罗兰光觉得皮毛下一热。"我是喜欢他,那又怎样呢?"她与阿树有着特殊的情感。是她找到了阿树,阿树在天族中自然与她最为亲近。一想到这儿,紫罗兰光便觉得脚掌涌起一阵幸福。

"砂鼻。"躁片紧张的声音引得众猫回过了身。这位巫医学徒已经穿过沟渠,正嗅着远处的地面。"过来闻闻这儿。"躁片召唤着其他猫。

砂鼻跳到沟渠旁,嗅了嗅躁片身旁的地面。

"你闻到影族的气味了吗?"躁片问道。

"是的。"砂鼻的毛发顺着脊背竖了起来。他快速向前走了几步,又嗅了嗅地面。他一会儿朝这边走走,一会儿又朝那边走走,边走边嗅。"有影族猫来过这儿。"

薄荷毛急匆匆地跑了过来,紫罗兰光也紧随其后,腹部紧绷着。空气中弥漫着影族的气味,紫罗兰光低声说:"他们越过边界来到我们的领地上了。"

砂鼻早已循着气味线来到了边界,在灌木丛旁停下了脚步,平贴起了耳朵。"他们是从这儿过来的。"

"你辨别出了他们的气味吗?"薄荷毛问道。

砂鼻摇了摇头:"他们闻起来跟我们营地的猫不一样。"

紫罗兰光的心提到了嗓子眼儿,她强压着心中的恐惧。"影族有些猫的确是在领地外长大的。"紫罗兰光喃喃自语着,想起了虎星和鸽翅曾远离湖畔,外出冒险的故事,"他们可能是不小心越过

了气味线,毕竟在这里没住太久,很可能还没弄清楚边界。"

薄荷毛哼了一声说:"即便是这样,他们也必须知道气味标记是什么意思。"

砂鼻的皮毛竖了起来:"我们回营地吧,应该让叶星也知道这个消息。"

阳光透过松树和赤杨树参差不齐的树枝,洒落在天族的营地上。

"你们确定影族的气味在边界线我们一方?"叶星眯起了琥珀色的眼睛。

"就算影族不知道边界在哪儿,我也清楚得很。"砂鼻厉声说道。

叶星移动了一下身子。巡逻队的归来吵醒了这位正在打盹的天族族长。砂鼻一旁的紫罗兰光觉得自己的腹部一紧。砂鼻在回营地途中就已经暴跳如雷了,薄荷毛也赞成他的看法,那就是影族是故意越过天族边界的。斑愿和躁片试着劝他俩,这很可能只是一次意外。可是砂鼻坚信影族巡逻队是故意在天族的领地上留下了自己的气味。

鹰翅正在一条穿过营地的小溪里清理杂草。他一边清理,一边竖起了耳朵。听完砂鼻的回答,叶星陷入了沉思。阿树正舒服地伸展着身体躺在阳光下,睡意蒙眬地抬起头观望着。麦吉弗、荨麻斑和贝拉叶正在修补长老巢穴的破洞,此刻也停下工作,悄悄地走了

风暴来袭
FENGBAOLAIXI

过来。猎物堆旁的梅花心和哈利溪抬起了头,目光从他们正在吃的老鼠身上转移开来。正在空地上的原鸽爪和花蜜爪,也停止了战斗动作训练,在空地上观望着。

"我觉得我们不应该妄下结论。"叶星终于开口了。

梅柳从武士巢穴里探出头来:"什么结论?"

原鸽爪朝她眨了眨眼说:"影族猫入侵了我们的领地。"

"他们并未入侵。"花蜜爪叫道。

"可我们的领地上有他们的气味。"砂鼻厉声说道。

梅柳毛发竖立着,缓缓地走出了巢穴:"影族猫在我们的领地上干什么呢?"

叶星起身说道:"这也是我们正在讨论的问题。"

"肯定不是什么好事。"麦吉弗叫道。荨麻斑和贝拉叶低声咕哝着,表示赞成。

"这或许是个意外。"梅花心放下老鼠,缓缓地走了过来。

哈利溪站了起来:"也许这只是一位笨手笨脚、方向感极差的学徒干的。"

"这也是我想说的。"紫罗兰光极力想要避免冲突。星族不是想让他们能在湖畔和平相处吗?"别忘了影族还有非族群内的新武士。"

"的确如此。"梅花心赞同道,"某只猫可能无意间就越过了边界。"

"胡说!"薄荷毛大声吼道,"边界处有明显的标记,任何一

只猫都能闻到,即使不是族生的猫也能闻到。"

"安静。"叶星用力甩了甩尾巴,"虽然我们不知道影族为什么越过边界,但是在没有足够的证据之前,我不想指控他们侵犯了我们的领地。"

"你应该保护天族,而不是维护影族。"砂鼻嘀咕道。

紫罗兰光发现叶星的颈毛都竖了起来。这位天族族长显然是被砂鼻的挑衅给激怒了。"我会保护天族,我们将重新标记边界。"叶星冲鹰翅点了点头,"明天增加一支边界巡逻队,派三支去巡逻。"

"好的。"鹰翅从小溪中抓起一簇湿漉漉的杂草,丢进草堆里。他看着叶星的眼睛说:"今天日落之前我会重新标记好边界。"

"很好。"叶星看起来很满意。

砂鼻的皮毛抽动着:"倘若影族不尊重我们的边界,重新标记也无济于事。"

叶星冲他皱了皱眉头:"影族正在重建,难道你没有想过虎星或许还没有完全掌控自己的武士吗?他们或许不是在虎星的命令下越过边界的。我不会因为一次意外就小题大做去冒险伤害虎星。在影族重新变得强大之前,我们应该顺其自然。"

麦吉弗的眼神变得黯淡下来:"万一他们已经强大了呢?这也可能是他们会对我们造成威胁的一个信号。你要坐视不理吗?"

"说得对。"鹰翅甩掉脚掌的泥水,缓缓地靠近他们,在叶星

风暴来袭
FENGBAOLAIXI

面前停下脚步,"我们不知道虎星有什么目的。谁知道他离开族群的这段时间有没有改变呢?虎星曾经支持我们得到这块领地,但这并不表示他现在仍然支持我们。现在他是影族族长,影族也比我们刚刚来到湖畔的时候更加强大。我们最好弄清虎星的想法,再想着怎么解决这件事情。"

叶星环顾四周,看了看正望着自己的族猫。紫罗兰光从叶星紧皱的眉头间看出她在沉思。贝拉叶和麦吉弗互相看了一眼。哈利溪在梅花心的耳边窃窃私语着。鹰翅看着族长叶星,表情难以琢磨。

"阿树。"叶星的目光移到了这只黄色公猫身上,"你来这儿是为了调解族群间的矛盾。你怎么看?"

阿树站起身来,紫罗兰光身子向前探了探。阿树应该知道如何应对,他总是能凭直觉感知到大家的想法。

阿树慢慢靠近天族族长叶星,目光中流露出深思熟虑的神情。他来到叶星身旁,清了清嗓子,说:"我觉得你谨慎一点儿是对的。虎星已经是一位强大的族长,我从未怀疑过这一点。但这并不意味着他很危险,如果这些气味标志着影族的首次入侵,他或许正希望你做出回击。这样他也就有了借口,将这次意外升级为冲突。"

紫罗兰光凝视着阿树。他真的很聪明。也许阿树躺着晒太阳并不是在浪费时间,他不是在打盹而是在思考。

叶星眯起了双眼:"所以,你也觉得我们不应该采取行动。"

"我赞成你说的,采取行动之前要有足够的证据。"阿树告诉

叶星。

"你会去影族和虎星交谈吗?"叶星问道。

阿树摇了摇头:"那样太直接了。最好不要让虎星知道你的担忧。毕竟,影族留下气味标记可能是无意之举。如果真是那样,我们仅凭怀疑就去指控虎星,也就没有意义了。"

砂鼻急不可耐地哼道:"那么,你的建议到底是什么?"

"我可以去影族领地边上转转。"阿树提议道,"我先在边界附近转转,等碰到影族武士之后再跟他寒暄闲聊。这样毫无恶意的闲聊,更容易找出些蛛丝马迹。"

叶星的眼睛一下子变亮了。"好主意。"她瞥了一眼砂鼻。

公猫点了点头:"听起来倒不失为一个好办法。"

薄荷毛不耐烦地抽动着耳朵:"我觉得我们应该派一支巡逻队,先展示一下我们的力量,也让虎星知道我们也不是好惹的。"

"必要的时候我们会向他们展示自己的力量。"叶星告诉薄荷毛,"但是现在,阿树会尽其所能查明真相。"叶星的目光转向紫罗兰光,紫罗兰光的心猛地一跳。"你同阿树一起去。"叶星告诉她,"你在影族长大,能判断出他们的想法。"

我吗?紫罗兰光并不确定,可是她也不打算再问。能与阿树一起去调查影族,紫罗兰光格外兴奋。她朝叶星点点头:"我会尽力协助阿树。"

叶星抻了抻身子,示意结束讨论。她缓缓地穿过营地,在小溪旁停了下来,注视着溪岸说道:"鹰翅,杂草清理得真干净。"

风暴来袭
FENGBAOLAIXI

紫罗兰光冲阿树眨巴着眼睛。这只黄色公猫已径直朝她走来,快要靠近的时候,他的眼睛明亮起来:"你准备好了吗?"

"准备好了。"紫罗兰光柔声低语道。

"好的。"走出营地的时候,阿树蹭了一下紫罗兰光,紫罗兰光寻思着他是不是有意的。他的皮毛轻轻地蹭过紫罗兰光的侧腹。紫罗兰光低头通过入口通道,高兴得脚掌都隐隐作痛。

阿树在通道外停住了,环视着森林:"影族的气味标记在哪儿?"

紫罗兰光朝沟渠的方向点点头。阿树转身朝相反的方向走去。紫罗兰光紧跟在阿树身后,问道:"你为什么走这条路呢?"

"如果我们不想引起怀疑,站在气味线附近的时候,最好不要主动同影族猫交谈。"

紫罗兰光看着他:"当然!我们不想让他们知道,我们已经发现他们留在我们领地上的气味了。"

他们继续走着,阿树故意用肩膀碰了碰紫罗兰光:"你比看起来还聪明。"

"嘿!"紫罗兰光也轻轻地推了推阿树,"我们看起来一样聪明。"

"差不多。"阿树用余光瞥了一眼紫罗兰光,跑了起来。

紫罗兰光向阿树的方向冲去。能单独和阿树一起来到森林,她十分开心。柔和的微风拂过她的毛发,她跟在阿树的身后,一会儿在树林间东拐西拐,一会儿又在暴风雨期间掉下来的树枝间上蹿下

跳。阿树朝着通向湖畔的边界走去。快要靠近边界时，紫罗兰光以为阿树会放慢脚步，可是他却继续向前奔跑着，显然阿树和她一样也在尽情地享受着新鲜的空气。

"小心！"紫罗兰光闻到了前方气味标记。

阿树回头瞥了一眼，并没有放慢脚步。"小心什么？"

"边界！"紫罗兰光的皮毛下突生一丝警觉。倘若他们进入了影族领地，情况会变得更糟。"快停下！"

阿树在离气味线一尾远的地方停了下来。他嗅了嗅空气，皮毛惊奇地竖了起来。"我没有发现咱们已经离得这么近了。"

"你没有闻到吗？"

"现在闻到了。"阿树甩了甩尾巴，"我还在学习区分不同族群的气味。对我来说，所有族群的猫都一个味儿。"

"但是你知道边界在这儿，对吗？"紫罗兰光就算闭上眼睛也知道自己族群的边界。

"现在知道了。"

"我猜你从没像我一样巡逻过那么多次。"紫罗兰光看着阿树，"或许你应该先跟着巡逻队。"如果阿树加入族群巡逻队，族猫们也许更容易接受他。

阿树耸了耸肩："我想也是。但那似乎很费力，好像是在自找麻烦。我一直觉得应该等着麻烦来找你，而不是主动去找麻烦。"

"时刻准备着也并无坏处啊。"阿树会适应族群的生活吗？紫罗兰光心中一动，心想阿树是打算过族群的生活，还是只是想暂时

风暴来袭
FENGBAOLAIXI

待在天族,等到有了新的去处,再离开。一想到这儿,紫罗兰光觉得心头像是有根刺似的。自己应该问问阿树的想法吗?紫罗兰光盯着自己的脚掌,觉得一阵发烫。阿树关心她也许只是拿她寻开心。

"快看。"阿树低声叫道,紫罗兰光抬起了头,顺着他的目光望去。在边界的另一侧,影族武士苜蓿足正缓缓地走在黑莓丛间。这只灰色虎斑猫认真地扫视着一株又一株灌木丛,耳朵充满期待地竖立着。显然,她是在搜寻猎物。

阿树将目光转向紫罗兰光。"我告诉过鹰翅,最好的猎物总是在离湖较近的地方,可是他说在新叶季,哪儿的猎物都挺好。"他大声说道。紫罗兰光猜测,阿树是想引起苜蓿足的注意。

"绿叶季的猎物更好。"紫罗兰光盯着苜蓿足,用跟阿树同样大的声音说道。影族武士苜蓿足听到了他们的对话,朝边界走来。

"你们为什么吼这么大声呢?"苜蓿足的怒吼声越过了气味线,"我正在狩猎,你们这样会把猎物给吓跑的。"

阿树转身看向苜蓿足,一脸无辜地睁大了双眼,深感懊悔地说:"对不起。如果早看见你的话,我就会小声点儿的。"

"真的很抱歉。"紫罗兰光嘟嘟囔囔地说。

阿树崇拜地看着这位影族武士,似乎没有注意到她竖起的毛发。"我想对你这样体格健壮的武士来说,狩猎应该没有多大的困难。我们这就离开。对你造成的不便,我们深表歉意。"他欢快地说道,"我们的猎物堆里猎物太充足了,学徒们简直比荨麻草长得还要快呢。"

猫武士

苜蓿足唰唰地甩着尾巴："我们的猎物也很充足。"

"那很好。"阿树冲着她眨了眨眼睛，"影族还好吗？回到自己真正的家一定感觉很棒吧。"

"一切都好。"苜蓿足的毛发平顺了下来，"我们重建了巢穴，加固了黑莓墙，营地比以前更好了。"

阿树热切地注视着苜蓿足，竖起耳朵，仿佛享受着苜蓿足的每一个字。紫罗兰光感到了一丝的嫉妒。"虎星似乎是一位优秀的族长。"阿树咕噜道。

苜蓿足挺起了胸膛："他本来就是一位优秀的族长。"

"比他的父亲还厉害，嗯？"

"比花楸掌厉害多了。所有的猫都尊重虎星，他能让大家都填饱肚子，让整个营地井然有序，而且学徒也能接受正确的训练。他说影族会重新伟大起来。我们过去就非常坚强，未来也一样会坚不可摧。"

"听到你这样说真是太好了，毕竟影族经历了这么多磨难。"阿树同情地睁大了双眼。

"一切都会好起来的。"苜蓿足满意地说。

"鹰翅说你们的边界标记得很清楚。"阿树说道，"他说牢固的边界造就强大的邻族。"阿树注视着紫罗兰光的眼睛，似乎是在暗示她。

紫罗兰光有些迟疑。阿树想让她说什么呢？"不小心越过有明确标记的边界应该很难。"紫罗兰光毫无把握地说道。她猜对

风暴来袭
FENGBAOLAIXI

了吗?"

"我想是这样的。"苜蓿足歪着头,似乎在想紫罗兰光的言外之意。

阿树很快转换了话题:"来自两脚兽地盘的猫如何才能适应族群生活呢?对他们来说,这一定是个很大的变化。"

"他们喜欢武士的生活,尤其是炽爪,好像生来就是要成为一位武士似的。"一提到炽爪,苜蓿足的眼睛一下子发亮了。

"对他们来说,要适应所有新的气味一定很有难度吧?"紫罗兰光插嘴说道,"比如说边界气味。他们一定被所有的气味标记搞得晕头转向了吧?"

苜蓿足的眼里闪现出一丝怀疑:"他们似乎还可以。"

阿树若无其事地挠着自己的耳朵。"我刚刚还跟紫罗兰光说,我到现在仍然很难分清边界,刚刚就没有注意到,差点儿就冲过了边界。还好紫罗兰光及时叫住了我。我知道族群猫觉得越过边界是件很严重的事情。"他看着苜蓿足的眼睛,突然变得严肃起来,"不到万不得已,影族猫不会想要进入其他族群的领地,对吗?"

"当然。"苜蓿足看着阿树,眼里突然闪过一丝怀疑,忙向后退去,"我得回去狩猎了。我答应过炽爪,如果可以的话,要帮他带一只鼩鼱回去。"说着,她转身消失在黑莓丛中。

紫罗兰光不安地看着阿树。"我们透露了太多信息吗?"影族猫应该不会已经知道天族发现他们越过边界的事了吧!

阿树甩了甩尾巴。"我想我们只是透露了我们想要说的。"他

转身朝营地返去,"我们知道虎星是位强大的族长,他对影族有自己的计划。我们必须让他知道我们在自己的领地上发现了影族的气味,但不会去直接指责他。应该让他知道天族不会对此毫无防范。"

紫罗兰光急匆匆地跟在阿树身后:"你觉得影族会对我们造成威胁吗?"

阿树犹豫着,他的沉默让紫罗兰光的脚掌生出一阵不祥的刺痛。阿树扭头看着紫罗兰光:"我不知道。但是天族必须睁大眼睛,迎接未来的挑战。"

第三章

赤杨心心情沉重地坐在洼光的窝旁。自从黑莓星的巡逻队将这只影族猫带到了雷族巫医的巢穴,已经过去两天了,可影族猫仍不见好转。赤杨心眉头紧锁。洼光生病了。虽然赤杨心没日没夜地替他认真清理伤口,涂抹金盏花药糊,但他的多处伤口仍然被感染了。所做的一切都无济于事。

"我好像无法消除感染。"赤杨心喃喃自语道。

洼光僵硬地抬起了头,朝赤杨心眨了眨眼睛,双眼里充满了痛苦:"换作是我,也会用同样的方式处理我的伤口。我也不知道为什么它们还不好。"

"今天还疼吗?"

"用了你给的罂粟籽,已经好些了。"

赤杨心用鼻子蹭了蹭洼光的耳朵。洼光的耳朵散发出阵阵热量。"你还发烧了。"赤杨心说道。

"一定是感染引起的。"洼光叫道。

"或许还有其他的疾病让你极易被感染。你身上的味道怪怪的。"

猫武士

"在没有缠入银刺之前，我觉得挺好的。"洼光的双眼黯淡下来，"我怎么会这么笨？我本该避开的。"

"现在抱怨这些毫无意义。"与洼光如何受伤相比，赤杨心更关心的是如何处理他的伤口，"你还有其他什么症状吗？比如喉咙痛或肚子痛什么的。"

"没有。"洼光在窝里疲惫地挪了挪身子，"只有伤口疼。"

赤杨心瞥了一眼巢穴入口，觉得有点儿摸不着头脑。找不到猫的病因，这让他有点儿不习惯。令他不安的是，叶池和松鸦羽也被搞糊涂了。"做你能做的吧。"松鸦羽曾告诉他，"总会有办法的。"这位失明的巫医此时正在育婴室给藤池的幼崽做检查。叶池黎明时分就出去搜集草药了。赤杨心转向洼光："你还能想到别的草药吗？我们可以试试？"

"上次月亮池集会时斑愿提到过酢浆草。"洼光告诉赤杨心，"现在正是酢浆草发芽的时节。"

"我不知道雷族领地上是否有酢浆草。"

"影族边界附近有，"洼光咧着嘴说道，"是深绿色的，闻起来有股酸味儿。"

"我去找点儿来，希望会有效果。"

话音刚落，空地上便传来了一阵声响，赤杨心竖起了耳朵。听声音好像是影族猫，他的心猛地一跳。虎星曾告诉桠枝，过几天他会派一支巡逻队去接洼光回去。会是他们吗？赤杨心挪了挪自己的脚掌。他该如何向他们解释，洼光如今的状态不适合回家呢？此

风暴来袭
FENGBAOLAIXI

时,赤杨心留意到洼光紧张不安地扫了一眼巫医巢穴的入口。"你好好休息吧,"赤杨心说,"我去看看发生了什么。"他匆忙出了巫医巢穴。

褐皮和焦毛正站在空地上,两边分别站着蕨毛和香薇歌。

"我们发现他们在边界处等着。"香薇歌跟自己的族猫解释道。当黑莓星沿着落石堆爬下时,雷族众猫就一直警惕地留意着影族猫。

赤杨心这才注意到,鸽翅站在褐皮身后,这位原来的雷族武士紧张不安地竖起了浅烟灰色皮毛。

赤杨心眯起了眼睛。鸽翅为什么会在这儿呢?她第一次同虎星回来时,拜访过了雷族营地的呀。当时看到她安然无恙,大家都替她松了一口气。可很快,她决定抛弃自己的族群,带着幼崽去影族同自己的伴侣一起生活,大家因此都纷纷指责她。不过这已是一个月前的事了。赤杨心心里好奇,如今雷族看到鸽翅成为影族巡逻队的一员,不知会作何感想呢?

松鼠飞轻轻走向前,想去跟鸽翅打招呼,可是焦毛警告的眼神令她犹豫了。猎物堆旁的狮焰眉头紧皱。此时,灰条和米莉也出了长老巢穴,看到鸽翅,他们互相看了一眼。当黑莓星走到影族猫跟前时,樱桃落和黄蜂条怒视着他们原来的族伴,毫不掩饰心中的敌意。

"你是为洼光而来的?"雷族族长问道。

褐皮生硬地看着他:"虎星之前跟你派来的两只年轻猫说过,

我们两天后会来带洼光回去。他现在能走了吗？"

焦毛扫视着营地，显然是在搜寻这位影族巫医的踪影，而鸽翅早已将目光转向了育婴室。

"怎么了？"见黑莓星一声不吭，褐皮催促道。可是这位雷族族长正盯着鸽翅。

"我很吃惊，你居然把她也带来了。"黑莓星说道，"她决定离开，我这会儿还在气头上呢。"他不安地瞥了樱桃落和黄蜂条一眼，只见淡灰色公猫的颈毛竖了起来。

"鸽翅如今是影族的一员，"褐皮明确指出，"不管我们的巡逻队是去狩猎还是护送族猫回家，她都会加入其中。"

黑莓星眯了眯双眼："她总得在育婴室照顾幼崽吧？"

鸽翅向前走了几步。"是我要求来的。"她轻声说道，"我想见见藤池。"

黄蜂条狠狠地抽动着尾巴："一个月前，你已经看过藤池和她的幼崽了，当时你还未去影族。当你选择离开族群时，你也就抛弃了自己的至亲。我想你应该明白这个道理。"

"我所做的一切都是为了大家好。"鸽翅告诉黄蜂条。

赤杨心不安地竖起了毛发。自从上次见过鸽翅以后，黄蜂条就明显变得冷漠了很多。赤杨心朝育婴室看去。

藤池正躲在育婴室入口的阴影处，目光有些迟疑。

小鬃从她的母亲身边挤过，兴奋地抖了抖浅灰色的皮毛。"那是她吗？"她一边问，一边蹦着来到了空地中，看着鸽翅。

风暴来袭
FENGBAOLAIXI

小翻和小海石竹在藤池的前腿间挤来挤去,头紧紧地贴在藤池的胸部,一双好奇的眼睛瞪得大大的。

"我们可以和她说话吗?"小海石竹问道。

"为什么不可以呢?"小鬃跑到了鸽翅身旁,大胆地盯着她,"藤池说你之前来看过我们,可我不记得你了,我们当时才刚刚睁开眼睛。你长得好像藤池啊,只是你身上没有白色斑点。"

鸽翅将视线从这只幼崽身上转移到了藤池的身上,目光中闪烁着希望。然而藤池却没有动。

黛西走出了育婴室,从银白相间的猫后身旁挤过:"我不明白,这有什么好大惊小怪的。无论身在哪个族群,至亲永远都是至亲啊。"

"族群比至亲重要多了!"樱桃落靠近黄蜂条。

狮焰突然弹动着耳朵,咆哮道:"忠诚比什么都重要。黄蜂条说得对,当你离开族群的时候,也就意味着抛弃了自己的至亲。"

赤杨心感觉长老巢穴中有一些动静。灰条正不安地挪动着身子,假装自己没有在听他们的讨论。很久以前,在赤杨心还未出生时,灰条曾同与河族武士所生的幼崽一起生活,离开过雷族一段时间。雷族最终还是欢迎他回来,不过赤杨心知道并非所有的族猫都会立刻信任他。

松鸦羽迈着沉重的步伐走出了育婴室,朝巫医巢穴走去。他的皮毛生气地颤抖着。"倘若武士们没有一而再,再而三地爱上不该爱的猫,就能避免很多麻烦。"他那失明的蓝色双眼闪向松鼠飞,

仿佛能看见她似的。

松鼠飞火冒三丈，毛发竖立着。"不要将你母亲的所作所为怪罪于我。"她厉声喊道，"我只是想要帮她而已。"

"这么说，你真的帮到她了，是吗？"松鸦羽嗤之以鼻地说道。然后，他从赤杨心身旁挤过，消失在了巫医巢穴中。

赤杨心对鸽翅生出一些同情，胸口隐隐作痛。他不知道，面对鸽翅满怀期待的凝视，藤池如何还能犹豫不决。但是这位雷族猫后面无表情地看着自己的姐姐，双眼充满了迟疑。

小翻跑到了空地中，在小鬃身旁停了下来。他羞涩地看了一眼鸽翅："藤池说你也有幼崽呢，他们和我们长得像吗？"

"小影和你们有点儿像。"鸽翅情绪激动，声音变得有些低沉，"小光和小扑更像他们的爸爸。"

灰条缓缓地朝鸽翅走来，热情的黄色眼睛中充满了同情。"他们一定非常好看。"他轻声说道。

"是的。"鸽翅心怀感激地朝灰条眨了眨眼，随后又转向藤池，垂下了尾巴，"你不来跟我打招呼吗？我原以为你会理解的。我做出了最好的选择。"

藤池的双眼闪现出一丝同情。这对姐妹互相凝视了一会儿，藤池低着头，匆忙冲到鸽翅身边，将自己的口鼻紧紧地贴在鸽翅的脸颊上。"我当然理解。"她喃喃自语道，"只是一想到你现在同另一族群一起生活，我就感觉怪怪的，而且我们的幼崽长大之后都相互不了解。"藤池口鼻挪开一些，问道，"你的幼崽怎么样？"

风暴来袭

"他们很好。"鸽翅轻声说道,"我希望你能来看他们。"

焦毛抽动着尾巴:"那你可能得好好等等了,虎星可不欢迎其他族群的猫去拜访。"

赤杨心不安地挪了挪身子。这正好解释了桠枝和鳍跃从影族归来时,桠枝为什么会说他们受到了冷遇。

焦毛盯着黑莓星问道:"洼光在哪儿?"

赤杨心心头一紧,向前迈了几步:"他病得厉害,无法行走。"

焦毛身上的毛竖了起来:"你没有治疗他的伤口吗?"

"他当然治疗了。"黑莓星心平气和地看着这位影族武士,"但是洼光的伤口比想象中恢复得慢。"

"我在伤口上涂抹了金盏花和马尾草,可是感染一直没有消除。"赤杨心强忍着心中的焦虑,努力解释着,"我不知道为什么,我一直在努力地消除感染,可是一直没找到合适的草药。"

褐皮的眼神变得尖锐起来。"你们有三位巫医!"她厉声说道,"我想你们中的任何一位都完全有能力治好银刺的划伤吧?"不等赤杨心回答,她便朝巫医巢穴走去。见褐皮从赤杨心身边挤过,进了巢穴,黑莓星急忙跟了上去。焦毛坐在空地上,满眼的怀疑。鸽翅怜爱地看着藤池的幼崽。看到他们在自己的肚子下面溜来溜去,鸽翅的胡子抽动着,嘴里不停地咕噜着,而他们的妈妈也幸福地看着他们。

赤杨心挺直身子,跟着褐皮和黑莓星进了巫医巢穴。

褐皮已经嗅到了洼光的气息，而松鸦羽忙着在巢穴后面的浅池中浸泡荨麻。"他闻起来糟透了，你们没有好好照顾他吗？"褐皮问道。

洼光看着褐皮，双眼因发烧变得有些模糊。"赤杨心已经做了他能做的一切，我也只能做到这样。"他说道。

"你闻到的气味是处理伤口的草药味。"赤杨心急匆匆地奔向洼光的窝，"我以前从未见过这样的感染。"

"感染就是感染。"褐皮厉声说道。

洼光一脸痛苦地挪了挪身子："赤杨心已经尽力了。"

松鸦羽停下工作，抬起了头。"并非所有的疾病都能用一种草药或是通过向星族祈祷就能治愈。"他告诉褐皮，"你生气也无济于事，洼光显然无法走回家。况且，就算回去也没有谁能治疗他的伤口。"

"赤杨心可以随他一起回去。"褐皮喊道。

"我不会让赤杨心离开他的族群的。"洼光语气坚定地说道，"我在这儿多待几天，等到赤杨心治好我的感染，我就会回去的。"

"那在此期间谁来照顾影族猫呢？"褐皮问道。

"是有族猫生病了吗？"洼光的眼中闪现出一丝焦虑。

"没有。"褐皮承认道。

黑莓星温柔地暗示这位影族武士离开洼光的窝。"让洼光休息吧。"他轻声说道，尾巴搭在褐皮的背部，以示安慰。在黑莓星的轻抚下，褐皮稍微放松了些。有那么一刻，赤杨心觉得十分奇怪，

风暴来袭
FENGBAOLAIXI

自己有时居然会忘记父亲在影族还有一个妹妹。"等洼光完全恢复了，我们会立即护送他回家的。我们知道他必须要回到你们的营地，但是在此期间，倘若影族有任何猫生病或是受伤，都可以送到我们这儿来，我很乐意让赤杨心或叶池帮忙的。"黑莓星保证道。

褐皮皱了皱眉，然后轻轻地点了点头。"好的。"她回头看着洼光，眼神变得柔和起来，"你一定要早日康复。"褐皮告诉他，"我们都很想你。"

洼光感激地朝褐皮眨了眨眼睛，看着她走出了巢穴。

等褐皮和黑莓星离开后，松鸦羽把荨麻浸泡在了水池中，他轻轻地来到了洼光的窝边。"我以前从未见过这种感染。"松鸦羽若有所思地说道，"也没闻过这种味道！"他皱了皱鼻子。

赤杨心也嗅到了伤口的味道。这种味道一天比一天严重，现在已经有了腐臭味。他的皮毛下涌动着阵阵恐惧，焦虑不安地叫道："这一定是脓液的味道。"

松鸦羽嗅了嗅洼光，咕哝道："他全身都是这股味儿，好像感染已经渗进他的皮毛，甚至是他的呼吸。"

"我们需要找到一种草药，从内部治疗感染。"赤杨心推测道。

松鸦羽眯起了眼睛："你有没有试过金盏花或一枝黄？"

"药糊里有。"赤杨心告诉他。

"可以让他服用一些。"松鸦羽建议道。

"不会让他恶心吗？"赤杨心皱着眉。

"马尾草怎么样？"洼光看着储存草药的裂缝，"它对感染比

较有效。"

"可是我们只用它来做药糊。"赤杨心提醒他。

洼光的耳朵抽动着："松鸦羽可能是对的。也许我只有吞服草药才能让它们发挥药效，而直接将它们抹在伤口处并没有什么作用。"

"好。"松鸦羽径直走向储藏草药的裂缝，"我们先从金盏花开始。我很确定它不会让你觉得恶心。"

"洼光曾提到一种名叫酢浆草的草药，我并不是很熟悉，或许它可以让伤口保持干燥。他告诉过我酢浆草的味道，我出去找找吧。"赤杨心提议道。

"赶快去吧，我先试试这些。"松鸦羽将爪子伸向裂缝，取出了一堆干枯的金盏花。

赤杨心朝洼光眨了眨眼睛，告诉他说："别担心，我们会找出问题所在，并找到治愈方法的。"

洼光有气无力地咕哝着。

"我很快就会回来。"赤杨心转向巢穴入口。他会带酢浆草回来，可是此时，他脑海中有了别的计划。他想去让洼光受伤的银刺那儿看看，或许可以发现些蛛丝马迹，知道这位影族巫医为什么会病得如此重。难道洼光的伤口处有什么奇怪的东西吗？如果他能查到是什么导致了洼光的感染，或许就能找到治愈的方法。

赤杨心很快便穿过了空地。虽然鸽翅已经同她的族猫们离开了，可是赤杨心仍能闻到这支影族巡逻队留在营地入口处的浓烈气味。藤池的幼崽们正兴高采烈地闲谈着。

风暴来袭
FENGBAOLAIXI

"我们在影族还有至亲呢!"小鬃听起来十分自豪。

"哪天我们也能去影族生活吗?"小翻问他的妈妈。

"嘘!"藤池警觉地竖起了毛发,紧张不安地环顾了一下四周,"永远不许再说这样的话。身为武士,就要忠诚于自己出生的族群。"

"可是鸽翅并不忠诚啊。"小鬃咕哝道。

赤杨心弓着身子出了营地,他的心里隐隐作痛,很同情藤池。她怎么能一边教育自己的幼崽,告诉他们如果没有忠诚,武士守则就毫无意义,一边又想着维护自己的姐姐呢?赤杨心沿着影族猫前往边界的路线走着,可是当走到森林地面的一处凹地时,他改变了方向,跨过凹地向橡树林深处走去。他沿着一片枝叶繁茂的荨麻丛向前走去。树冠在头顶上方裂开了一道缝。沿着这条小路,他便能直接找到银刺。到时,他可以仔细认真地调查,然后在回营地的途中找点儿酢浆草。

阳光透过头顶的树叶洒了下来,空气中弥漫着清新的气味。赤杨心不知道叶池是否已经收集了许多草药。但是再收集些新鲜的叶子,总是好的。他穿过学徒们训练的空地,地面上凌乱的树枝早已被整齐地清理到了一侧。当赤杨心挤过空地另一侧的蕨丛时,他闻到了从边界处飘来的影族气味。气味仍然新鲜。他跃过橡树缠绕在一起的树根,跑上了通往气味线的一小段斜坡。阳光透过树冠射了进来,银刺在缕缕阳光的照耀下闪闪发光。赤杨心慢慢停在几尾远的地方,嗅了嗅空气。这里没有奇怪的味道,也没什么可以解释洼

猫武士

光感染的东西。他闻到了兔子的气味,附近肯定有它的巢穴。赤杨心嗅了嗅泥土,小心翼翼地靠近银刺,眼睛扫视着前方,搜寻着蛛丝马迹。几树远的一棵花楸树下,一丛死亡浆果灌木破土而出。这种历经秃叶季残留下来的浆果,都聚集在树枝顶部。赤杨心眉头紧蹙。会不会是死亡浆果的汁液造成洼光感染的?他扫视着影族巫医被困的地面。这里没有死亡浆果的痕迹。他小心翼翼地穿过银色的藤蔓,用爪子摩擦着地面,然后嗅了嗅,只闻得到森林的气息和洼光淡淡的血腥味儿。

这时,赤杨心的身后传来嗒嗒的脚步声,灌木丛沙沙作响。烁皮、莓鼻和琥珀月的气味向赤杨心扑来,他转过了身子。这三位雷族武士在他前方打着滑停了下来。他们早晨便离开了营地,外出狩猎。莓鼻叼着两只死鼩鼱的尾巴,而琥珀月的嘴里叼着一只松鼠。

"嘿,赤杨心!"烁皮咕噜着跟他打招呼,"你在这儿干吗呢?"

"我在寻找线索,看看是什么让洼光病得如此严重。"赤杨心告诉她。

琥珀月放下嘴里叼着的松鼠,问道:"他病情又加重了吗?"

"是的。"赤杨心瞥了一眼银刺,"我在想,他是不是在这儿被感染了,才使得伤口难以愈合。"

烁皮恼怒地朝银刺甩了甩尾巴:"谁知道两脚兽用什么制造了这鬼东西?如果它们有毒,我一点儿也不觉得意外。"

莓鼻把鼩鼱放在地上:"我们之前在想,要不要试着用枝条将银刺遮盖起来。可是我认为最好还是把它移到一个显眼的地方吧,

风暴来袭
FENGBAOLAIXI

这样大家就都能看见它,也好避开。"

"这也太大了,我们根本无法移动。"琥珀月朝着银刺眨了眨眼,"况且,我们能移到哪儿去呢?无论我们移到哪儿,它都很危险。"

赤杨心再一次嗅了嗅藤蔓。"倘若真的是两脚兽的毒液伤了洼光,那么只用草药可能无法将他治愈。"担忧猛戳着他的腹部。

"总会有办法的。"烁皮鼓励道。

"希望如此。"话音刚落,赤杨心便看到有身影在移动。离他们几尾远的荆棘丛下,一只兔子笨手笨脚地蹦跳着。难道它没有嗅到猫的气味吗?

烁皮早已看到了这只猎物,摆出了狩猎蹲伏姿势,目光一动不动地盯着这只兔子,看着它跌跌撞撞地来到了空地。

"它受伤了。"赤杨心低声说道。他看到了兔子肿胀的后腿上早已凝固的血迹。

"那应该更容易捉住了。"烁皮的尾巴兴奋地颤抖着,站在她身后的莓鼻和琥珀月静若磐石。

"等等!"赤杨心发现这只兔子身上飘散出一股熟悉的气味,像极了洼光身上那股酸酸的气味,"它不仅受伤了,还被感染了。"

烁皮疑惑地看着赤杨心:"你确定吗?"

"难道你闻不出来吗?"

琥珀月的鼻子抽动着:"赤杨心说得对,有股酸酸的味道。我们还是别捕它了,我可不想毒害族猫。"

猫武士

烁皮挺直了身子,眼里充满了失望:"我想我们还是去别的地方试试吧。"

这只兔子迈着沉重的步伐,跌跌撞撞地朝死亡浆果灌木走去,疼痛使它的目光呆滞。莓鼻朝这只兔子点了点头:"看吧,它病得真的很重,都不知道我们在这儿。"

"走吧。"烁皮把头猛地转向斜坡,"我们去山毛榉那儿吧,那里一定有健康的兔子。"莓鼻再次叼起鼩鼱,琥珀月也抓起了松鼠。"你没事吧?"烁皮问赤杨心。

"当然。"赤杨心告诉她,"我打算直接回营地,途中采点儿所需的草药。"

烁皮点了点头,走开了。莓鼻和琥珀月紧随其后,经过赤杨心时,他们也点了点头。

赤杨心回头瞥了一眼兔子。为什么它会在死亡浆果灌木旁嗅闻呢?看到这只兔子停了下来,用牙齿撕扯着树枝顶上的死亡浆果,赤杨心的心中不由一惊。它在做什么?赤杨心胆战心惊地观察着。只见兔子把死亡浆果放到自己的脚掌中,小心翼翼地啃咬着果肉。难道它不知道浆果有毒吗?赤杨心以为所有的林中动物都知道要远离死亡浆果。它们浓烈的苦味显示它们带有剧毒。也许兔子知道自己快要死了,想要结束痛苦。选择死亡一定需要承受巨大的痛苦。赤杨心第一次对这只猎物心生怜悯。或许他应该亲自杀了兔子,这样它就能很快死去。可是赤杨心并不相信自己的技术。在成为巫医学徒之前,他以武士学徒的身份开始训练,但是他表现得并不是十

风暴来袭

分理想。迫不得已的时候，他也会去狩猎，可是他并不确定自己是否能够如预想的那样，使猎物快速又毫无痛苦地结束生命。而且一想到要去咬一只身受感染的猎物，他就更加显得迟疑不决。

赤杨心转身离开了。如果这只兔子想要结束生命，他应该让它安静地离开。况且，他答应过洼光会尽快带回酢浆草。

赤杨心转身离开了银刺，尽力不去想兔子的痛苦。毫无疑问，无论银刺携带什么样的毒，都是致命的。赤杨心加快了脚步。越早治疗洼光越好。他只希望酢浆草能够治好这位奄奄一息的巫医。

第四章

赤杨心梦见自己迈着轻快的步伐，行走在陌生的树林间，他的爪子不时被地面上凌乱的树枝绊住。凹凸不平的地面布满了伤疤般的裂缝，赤杨心只好迂回着避开裂缝。森林里树木丛生，密密实实，枝干缠绕在一起，树皮粗糙不平。朦胧的阳光透过树枝，空气浑浊得难以呼吸。赤杨心的毛发不安地竖了起来，他扭头瞥了一眼，觉察到身后的危险，赶忙加快了脚步。

在赤杨心身后，微弱的咆哮逐渐上升为轰鸣，如同一阵狂风向他席卷而来。他吓得心猛地一跳，拔腿便跑。一片阴影紧紧地追赶着他，这片阴影吞噬了光线，黑暗紧逼着他的脚后跟儿。赤杨心嗅到一股致命的气味，恐惧涌上心头。是烟的味道！刺鼻的烟雾已将他吞没，他感觉得到尾巴上的热量。赤杨心回过头，看见烈火劈开浓烟蔓延开来。这场大火就像只正在追赶猎物的狐狸似的追赶着他。赤杨心跳过裂缝和树枝，在丛林间飞速奔跑着。烈焰的咆哮淹没了他耳朵里血液的翻滚声，心中的恐惧使他感觉身子在灼烧。

赤杨心看见了前方的岩石，森林大地上凸起一个陡峭的高崖，粗糙的崖壁上遍布岩层和裂缝。他可以爬上去。赤杨心的胸口闪烁

风暴来袭
FENGBAOLAIXI

着希望,他跳向最低的石台,盲目地伸出爪子,抓紧岩壁,一步一步向上攀爬,直到感觉周围的空气变得清新。赤杨心拖着身子爬上崖顶,看见高崖下的火焰仍在树林间肆虐。大火咆哮而过,滚滚浓烟汹涌翻腾。赤杨心在岩石上很安全,他等待着浓烟散去。森林将化为一片灰烬,在这样一场大火中,没有什么能幸免于难。

一阵微风吹过渐渐稀薄的烟尘,又将它搅成薄雾。当这片薄雾渐渐淡去,赤杨心惊奇地眨着眼睛。在本应是焦黑树桩的地方,他看见一片生机勃勃的草地。苍翠繁茂的草丛充满生气地摇曳着,在阳光下熠熠生辉。赤杨心沐浴在这片草地的清新中。这味道如此强烈,使他从梦中醒来。赤杨心眨巴着睁开眼,刚才的梦依旧清晰,他从窝里看向巫医巢穴的阴影处。

曙光透过入口,顺着清水滴入水塘的缝隙照进来。叶池的窝里空荡荡的,松鸦羽的也一样。赤杨心抬起头,一阵焦虑猛戳着他的腹部。一定又出什么问题了。

"松鸦羽?"赤杨心透过昏暗的光线喊道,他看见这位失明的巫医正蹲伏在洼光的窝旁,叶池正在他身边,朝这位影族巫医弯着身子。赤杨心的皮毛间闪烁着一丝惊恐,他爬出窝问道:"洼光还好吗?"

松鸦羽将失明的蓝眼睛转向赤杨心:"他的病情突然发作了。"

叶池将洼光按在窝中,公猫在叶池的爪子下激烈地挣扎着。

"按住他的后腿。"松鸦羽命令道。

赤杨心将爪子插进洼光的窝里,这只公猫的腿僵硬地乱蹬着。

猫武士
MAOWUSHI

洼光已经毫无意识了，松鸦羽用前爪抓住他猛烈摇晃的脑袋，赤杨心则尽力稳住洼光的腿。洼光不停抽搐着，叶池按住了他的肩膀。

星族保佑！千万别让他死！赤杨心昨天带了一些酢浆草回营地，他将酢浆草嚼碎并小心翼翼地敷在洼光的每处伤口上。赤杨心照料这只意识不清的巫医熬过了漫长的下午，回到自己的窝里时，他还满心期待酢浆草可以抑制感染，但显然毫无作用。

渐渐地，洼光的病情缓和下来，他的腿在赤杨心的爪子下柔软无力。"他还活着吗？"赤杨心望着松鸦羽，喉头一阵发紧。

"他还有呼吸。"松鸦羽轻轻地将洼光的脑袋放在窝边上。

叶池蹲坐在地："我们应该告诉虎星。"

"不！"赤杨心绷紧了身子，"我们能治好他。"他们表现出一副毫无希望的样子。

"我们应该提醒虎星。"松鸦羽低声说。

"先不要。"说着赤杨心朝入口走去，"我们会救活洼光的，给他一些野甘菊退退烧，再给他一些百里香来稳定病情。我会尽快回来的。"

"你要去哪儿？"叶池眨眼望着他。

"我出去一趟。"说着赤杨心便离开巢穴，匆匆穿过了空地。洼光的病症一定与那片银刺有关，赤杨心必须返回那里看看。

在黎明的曙光下，营地里有着一丝的忧郁。松鼠飞正在高石台下伸着懒腰，赤杨心猜她正准备去组织日间巡逻队。灰条正在长老巢穴外梳理自己，鼹鼠须翻找着猎物堆剩下的猎物，樱桃落则在空

风暴来袭
FENGBAOLAIXI

地上困倦地打着哈欠。

赤杨心只是冲他们点点头,但并未说话。他直奔目的地,也没有猫问他要去哪里。他穿过营地入口,走进树林。赤杨心有种直觉,仿佛是星族在为他指引方向。这时,他想起了自己的梦。洼光病情发作带来的震惊打乱了他的思绪,但现在,梦中的场景再次浮现在他的脑海。他甚至还闻得到大火中浓烟的味道,也看得见浓烟消散后鲜花盛开、郁郁青青的草地。这难道是来自星族的信号吗?它们在试图给他答案吗?

赤杨心抖了抖皮毛。别傻了。森林大火和洼光的病情有什么关系呢?那只是个梦,并非每个梦都有寓意。

赤杨心沿着小路穿过学徒的训练场,走过森林,向通往银刺的斜坡走去。当他到达时,太阳已经在地平线上升起,阳光在树木间映出一道道光线。

赤杨心在银刺旁停下脚步。他转圈走着,尝尝空气,又嗅嗅地面。如果银刺上有两脚兽的毒药,嗅它有什么用呢?赤杨心失望地抽打着尾巴,他得想到点儿什么!

正当赤杨心走来走去时,他看见死亡浆果丛微微颤动,一只兔子从下面跳了出来。赤杨心惊讶地眨着眼睛,是那只昨天他见过的受伤的兔子。这只兔子依然跛着脚,但眼睛已明亮起来,它伤口感染的味道已不那么刺鼻。这只兔子跳进阳光中,警觉地竖起耳朵,望着赤杨心。它的眼睛闪闪发亮,充满了惊慌。接着,它一转身逃走了。

正当赤杨心走来走去时,他看见死亡浆果丛微微颤动,一只兔子从下面跳了出来。

这只兔子跳进阳光中,警觉地竖起耳朵,望着赤杨心。它的眼睛闪闪发亮,充满了惊慌。接着,它转身逃走了。

昨天它还跳不起来！如果这只兔子受感染的伤口已经开始愈合，那么洼光也可以。

它吃了死亡浆果本该死掉的！

赤杨心在低矮的树枝下窥探着，发现那只兔子在下面干爽的叶子里留下了临时的巢穴。于是，他俯身进去察看，发现这片灌木丛下有一堆死亡浆果的种子。

赤杨心盯着这只兔子的背影。昨天它还跳不起来！赤杨心的胸口燃起一丝希望。如果这只兔子受感染的伤口已经开始愈合，那么洼光也可以。赤杨心突然想起这只兔子啃过死亡浆果。它吃了死亡浆果本该死掉的！想到这儿，赤杨心向死亡浆果丛走去。他小心翼翼，生怕踩到掉落的浆果，他可不想让自己的爪子沾上毒液。赤杨心在低矮的树枝下窥探着，发现那只兔子在下面干爽的叶子里留下了临时的巢穴。于是，他俯身进去察看，发现这片灌木丛下有一堆死亡浆果的种子。

赤杨心抽出身，快速思索着。是这些死亡浆果治愈了兔子吗？也许那只兔子吃掉果肉，留下了种子，所摄入的毒素足以清除感染，却不至于使它丧命。果真如此吗？

赤杨心的脑海中再次闪现出那个梦。大火并未完全摧毁森林，仍有一处草坪盛开了鲜花。这就是信号！赤杨心激动得身子有些发僵。如果我用死亡浆果来喂洼光，这些死亡浆果不会将他害死，反而会救活他！

赤杨心立刻开始寻找羊蹄叶，他在一棵橡树根部发现了一株嫩苗，于是扯下最大的一片叶子，带回到死亡浆果丛中。他用爪子小心翼翼地钩起浆果，倒在叶子上，然后卷起叶子，折住叶边，这样浆果就能被完好地包裹起来。赤杨心轻轻地叼着包好的浆果，朝营地走去。他该怎样说服松鸦羽和叶池，告诉他们这种疯狂的治疗方式会有效呢？赤杨心的心猛然跳动着。他必须这样做。这些致命的浆果可能是治愈洼光的唯一希望。

第五章

桠枝蹭过一棵橡树干,享受着粗糙的树皮刮蹭毛发的感觉,这让她十分舒适。

"别磨蹭了!"前方的鳍跃在树林间迈着轻快兴奋的步伐,"我们来这儿是狩猎的,不是挠痒痒的。"

"我来了!"说着,桠枝急匆匆地追上鳍跃。

黎明时分,桠枝曾带飞爪外出练习寻找猎物,但这位学徒太困了,桠枝的话,她一句也听不进去。还没等开始嗅探兔子的踪迹,飞爪便已哈欠连天。桠枝试图催她去附近的老鼠窝,可她却始终跟不上脚步。桠枝训斥她时,飞爪的动作甚至会更慢,仿佛桠枝的批评非但没有帮助她,反而伤害了她。

最后,桠枝只好派飞爪回营地打扫长老巢穴。要不是她问了鳍跃是否要外出狩猎,晨练几乎都要浪费在她的徒弟飞爪身上了。现在桠枝和鳍跃正走进森林,柔和的阳光斑驳地洒落在树枝间。鳍跃在桠枝身旁迈着轻快的步伐,他们爬上生长着山毛榉树的斜坡,斜坡两旁长满了橡树。桠枝瞥了鳍跃一眼。"你当学徒时,觉得早起训练难吗?"她问道。

"不难。"鳍跃眨着眼睛望着她,"我巴不得早点儿训练呢。"

"我也是。"想起这些,桠枝开心地摇了摇尾巴,"有几个清晨,不等藤池起床,我就已经在她巢穴外等着了。我当时只想着成为一位武士。"

鳍跃放慢了脚步:"飞爪还是有问题?"

"她根本没心思训练。"桠枝显得有些焦急,"或许她有心思。也许是我对她期望太高了。"

"她才刚开始训练。"鳍跃提醒道,"给她点儿时间调整状态。"

"我试着给她时间,可我们似乎无法交流。"桠枝腹部因为焦虑隐隐作痛,"我纠正她的错误或是批评她的动作时,她总觉得我在针对她,好像我在故意刁难她似的。"桠枝的皮毛沮丧地抖动着,"我觉得自己什么都教不了她,因为这样会使她心烦。在她身旁时,我必须像在追踪猎物似的蹑手蹑脚。有时候我甚至怀疑,到底是我在训练她成为武士,还是她在训练我做一只老鼠。"

"你会解决这个难题的。"鳍跃说道,"建立信任总要花点儿时间的。"

"你和噼啪爪相处得好吗?"

鳍跃咕噜一声:"噼啪爪很有趣,他可能有点儿迟钝,但他听得非常认真,训练也刻苦。他会成为一位优秀的武士。"

桠枝忍住嫉妒的痛苦。鳍跃怎么会收到这么好教的学徒呢?也许我不是位好老师。她究竟是该更努力地适应自己的学徒呢,还是对飞爪更严厉些、对她要求更高些呢?

风暴来袭

鳍跃摇了摇尾巴:"我闻到了松鼠的气味。"

说着鳍跃停下了脚步,仔细扫视着森林。桠枝一动不动,她看见在一树远的森林地面上,有一条灰色的尾巴正上下摆动着。"在那儿!"桠枝伏下身,摆出狩猎的蹲伏姿势,鳍跃也在她身旁压低了身子。他们一同望着那只停在山毛榉树根旁的松鼠。松鼠正在树根间的叶子里仔细翻找着,挑拣出山毛榉的坚果。

鳍跃轻轻向前,蹑手蹑脚地在林地上移动着,桠枝跟在他身后,匍匐前行,使自己的肚皮与地面保持一须远,这样便不至于刮到地面上的树叶。他们静悄悄地靠近松鼠。那只松鼠专心地啃着山毛榉坚果的外壳,抠出果实塞进嘴里。桠枝靠得很近了,瞥了鳍跃一眼,寻找突袭松鼠的信号。鳍跃看着桠枝的眼睛,点头示意她去另一边。他们分散开来,低身向松鼠的两翼移动。

桠枝停下脚步,等待着鳍跃的信号。鳍跃激动得两眼放光,他望着桠枝,摇了摇尾巴。上!他们同时跳了起来。但松鼠的动作很快,它像鸟一样敏捷,向上一跳,便抓住了山毛榉树皮,蹿向树枝间。桠枝盯着松鼠的背影,但鳍跃毫不犹豫,他跳上树干并用爪子钩住,紧紧跟在松鼠身后。"快点儿!"鳍跃向下喊道。

听到喊声,桠枝也跟了上去,笨拙地向上蹬着后腿。树皮在她的爪子下变成碎片,落了下去。即便是在天族训练时,桠枝也觉得在地面以上的地方狩猎很奇怪。鳍跃一直在松鼠身后攀爬着,他简直就像在树上出生的似的。那只松鼠跳上一根树枝,沿树枝奔跑着。鳍跃紧追不舍,当他将松鼠追到树枝末梢时,毫不费力就稳住

了身子。

桠枝也来到这根树枝上,她喘着粗气,看着松鼠从这根树枝末梢跳到另一棵树上。当鳍跃跟在松鼠身后一跃而起时,桠枝似乎停止了心跳。鳍跃跳到另一棵树上,摇摇晃晃地想要站稳脚跟。他粗短的尾巴左右摇晃着,最后才站直了身子。桠枝瞟了一眼下方的森林地面。千万别掉下去!

不一会儿,鳍跃便恢复了平衡,紧追在松鼠身后。就在这只松鼠想要跳上另一根树枝时,鳍跃追上了它。不等松鼠逃脱,鳍跃站起身,用前爪钩住了它。

桠枝心中涌起一阵自豪。即便尾巴短小,鳍跃也能同时保持平衡和捕杀猎物,他会将自己的天族狩猎技巧传授给他们的雷族幼崽吗?桠枝身子一紧。幼崽!她在想什么?他们都太年轻了,还不能承担家庭的责任。

桠枝抖抖毛发,滑到地面上,匆匆跑到鳍跃的树下等着。鳍跃先将尾巴顺下树干,那只死松鼠在他的嘴巴下荡来荡去。

他将松鼠放在地上。"又能在树枝间狩猎的感觉真好。"鳍跃开心地说道。

桠枝用口鼻蹭着鳍跃的脸颊:"干得漂亮!"

鳍跃咕噜了一声。"我们带着猎物回营地吧。"说完,他叼起松鼠转身走在前头。

桠枝跟在身后,既为捕到松鼠高兴,又为鳍跃的快乐感到欣慰。

风暴来袭
FENGBAOLAIXI

回到营地后,鳍跃走向猎物堆放下猎物。桠枝本想跟上去,但巫医巢穴里喧闹的声音使她停下了脚步,巢穴入口处传来一声怒吼。

"你脑子里进蜜蜂了吗?"松鸦羽嘶嘶地喊道。

"但我看到死亡浆果奏效了!我们没有别的办法了!"赤杨心听起来很绝望。

桠枝心里一惊,急忙朝巫医巢穴走去。她用口鼻在入口蔓延的荆棘丛间拱出一条路来。似乎没谁注意到她。赤杨心的爪子上有一片羊蹄叶,叶子上有一小堆深色的浆果。松鸦羽小心翼翼地远离着它。叶池的毛发竖了起来,她紧紧地守护着洼光的窝。影族猫的眼睛呆滞无光。

"你怎么能把死亡浆果带进营地呢?"叶池盯着死亡浆果责问赤杨心,"万一被幼崽们发现了怎么办?"

"我会藏到幼崽们找不到的地方的。"赤杨心保证道。

"万一你的爪子沾染了浆果汁,又将它带到了营地上呢?"松鸦羽争辩道,"幼崽也许会不知不觉沾染上毒素。"

"不会的!"赤杨心的颈毛竖了起来,"我知道它们有多危险,我不会拿任何一只猫的生命冒险。"

"除了洼光!"松鸦羽抽打着尾巴。

桠枝瞪大双眼。赤杨心真的打算喂洼光死亡浆果吗?

叶池弹了弹耳朵:"你怎么会想到这么疯狂的办法?"

"我告诉过你了!我看见一只兔子。"赤杨心急切地说道,

"前一天,它还生着闻起来跟洼光一样的病,可第二天它就康复了。我看见它在啃噬死亡浆果。"

"你确定它吃的是死亡浆果?"叶池问道。

"我就是在那片浆果丛中收集的这些死亡浆果。"赤杨心答道。

松鸦羽失明的蓝眼睛因为生气变得很严厉:"你不能给洼光吃死亡浆果。"桠枝绷紧了身子,她知道松鸦羽的脾气很坏,但从未见过他如此生气。

赤杨心毫不畏惧地与松鸦羽对视着:"我得试试。如果我不试,洼光会死的。"

桠枝望着洼光所躺的窝。他听得到这些话吗?他知道自己要死了吗?这只影族猫动了动。桠枝看见洼光的目光集中了片刻,他一边呻吟着,一边想要抬起头。

"让赤杨心试试吧。"洼光咕哝道。

松鸦羽扭头望着这只病猫:"那会毒死你的。"

"我已经快死了。"洼光的眼里尽是痛苦,"如果赤杨心是错的,那么我至少死个痛快。如果他是对的,我就还有一线生机。"他无力地呻吟着。

赤杨心迫切地盯着松鸦羽:"我们别无选择。"

松鸦羽缩起了嘴唇。"那是你的选择。如果你非要这么做,那就这样吧。"松鸦羽怒吼一声,从桠枝身旁走过,推开黑莓屏风走出了巢穴。

风暴来袭
FENGBAOLAIXI

叶池紧张地看着赤杨心。"你觉得怎样做好就怎样做吧。"她说道,"但一定要小心。如果这样会伤害洼光,你永远都不会原谅自己的。"叶池不安地皱着眉头,跟着松鸦羽走出了巢穴。

桠枝盯着赤杨心,问道:"你真的打算这样做吗?"

"当然。"说着赤杨心蹲下身,小心翼翼地扯开一枚浆果的果肉。

"万一他死了怎么办?"桠枝喘息道,她的心提到了嗓子眼儿。

"那我至少知道自己竭尽全力了。"赤杨心在昏暗的巢穴里眯着眼,挑出种子放在一片羊蹄叶上,"如果我连试都没试,他就死了,我会更难受。"赤杨心并未抬头,只是专心忙着自己的工作,扯开了另一枚浆果。

桠枝穿过荆棘屏风,在空地边上停了下来。松鸦羽消失在长老巢穴,叶池蹲伏在猎物堆旁,不安地注视着前方。赤杨心相信自己的直觉。

桠枝的爪间涌动起一股力量。我对飞爪也得这样。她想让这只年轻的母猫明白训练有多么重要。千万不能浪费这几个月的时间。飞爪可以学到很多,她既年轻又聪明,现在所学的技巧会为她的将来打下基础。没有时间继续放松了。桠枝知道自己必须严厉些。可万一我错了怎么办?那也值得冒险一试。她突然意识到,自己必须像赤杨心一样,跟着自己的直觉走。

桠枝匆匆走向长老巢穴,把头探了进去。飞爪本应在打扫铺

垫，但桠枝只看见松鸦羽正嗅着米莉的耳朵，灰条焦虑不安地观望着。这位巫医直起身子。"你听得见清晨的鸟叫吗？"他问道。

"听得见。"米莉答道。

"那你听得见灰条的鼾声吗？"松鸦羽问道。

"不止我能听见，大家都能听见灰条打鼾。"米莉咕噜道。

灰条嘟哝了一声，眼睛炯炯发光。

"这样的话，你的听力没有问题。"松鸦羽诊断道，"只是可能不如以前那么灵敏了。这或许是件好事，因为你说自己再也听不见育婴室里幼崽的哭喊了。享受安静的生活吧。"说完，松鸦羽将头扭向桠枝，就仿佛能看见她似的，"你今天是打算跟着我到每个巢穴都走一遍吗？"

桠枝感觉两耳发烫："我在找飞爪。"

"她不在这儿。"松鸦羽粗鲁地说道，"去其他地方找找吧。"

"今早她打扫你的铺垫了吗？"桠枝问灰条。

"她没打扫完就走了。"说着，灰条用一只爪子故作伤心地钩起窝里的一小堆蕨叶，"打那之后，我们就再没见过她。"

"她可能正收集新鲜的苔藓呢。"米莉猜测道。

桠枝的皮毛生气地竖了起来。"她八成在看着树林里飘扬的蓟花的冠毛，想象着自己是瞌睡族的族长呢。"她冲出长老巢穴，仔细扫视着营地时，看到灰条和米莉相互看了一眼。飞爪竟然连专心清理铺垫都做不到。桠枝咕哝一声，决定先找到自己的学徒。于是，她朝营地入口走去。

风暴来袭
FENGBAOLAIXI

"桠枝！"鳍跃在武士巢穴旁向她喊道，玫瑰瓣和梅花落正在那儿分享着一只老鼠。

桠枝瞥了鳍跃一眼。"现在不行，"她喊道，"我很忙。"

鳍跃匆匆跑向桠枝，这让桠枝很沮丧：她想找到飞爪，她们已经浪费了太多的训练时间。桠枝不情愿地等着鳍跃追上自己。"怎么了？"她没好气地问道。

鳍跃眨眼望着她，眼里闪过一丝痛苦："耽误了你，我很抱歉，但我有要紧事。"

"对不起。"桠枝试图忍住自己的烦躁情绪，但这种情绪却始终像条虫子似的在她的皮毛下蠕动着，"怎么了？"

"玫瑰瓣刚刚告诉我，芦苇掌生病了。她和梅花落在边界巡逻时遇见了梅柳。虽然芦苇掌只是有些轻微的咳嗽，但她小时候，就常常因为咳嗽而呼吸困难。我很担心她。"

"听到这些我很遗憾。"这时荆棘屏障微微颤动，桠枝瞥了一眼，她多希望是飞爪回来了。但她只看见鼹鼠须迈着轻快的步伐走进营地，不由心头一沉。"你在森林里见过飞爪吗？"桠枝问道。

"没有。"鼹鼠须从桠枝身旁走过，"她怎么了？需要我帮忙找她吗？"

"不用了，谢谢，我自己会找到她的。"桠枝移动着爪子。飞爪到底溜出营地多远？

"听我说！"鳍跃仍然盯着桠枝。

"什么？"桠枝将心思收了回来。

"芦苇掌是我的同窝手足。"鳍跃急切地说道。

"我知道。"他到底想从桠枝这里得到什么呢？

"我得去探望她。"鳍跃注视着桠枝的眼睛。

桠枝盯着鳍跃，说道："可她在天族啊！"

"那又怎样？"

"你现在可是一位雷族武士，不能再由着自己的性子去天族了。"她提醒鳍跃。

"可你过去也常常探望紫罗兰光。"

"那时候我们还是学徒，"桠枝说道，"我们还很小，也不那么在乎武士守则。"

"但芦苇掌生病了。"

"我知道。"这场对话实在太漫长了，此时飞爪可能已经在雷族领地的另一头了，"我很抱歉，但天族也有巫医，斑愿会照顾她的，她会好起来的。"

"万一她好不起来呢？"

"别再担心你那天族的至亲了。"桠枝对鳍跃说道，"你什么都帮不了他们。加入雷族之时，你就已经抛弃了他们。"

鳍跃的眼里闪烁着愤怒的火花："我是为了和你在一起才加入雷族的。"

桠枝毛发倒立："你后悔了吗？"

"没有！"鳍跃眼睛闪闪发亮，"但我原以为现在我们会结为伴侣，我原以为我们会组建家庭。"

风暴来袭
FENGBAOLAIXI

  桠枝胸口一紧，努力地稳住呼吸。她还没有做好准备，鳍跃就打算敦促她确定伴侣关系吗？"你急什么呀？"

  "不是我急。"鳍跃尖锐地说道，"我原以为这是你想要的，所以我离开了天族。我原以为这是我们两个共同的愿望，但我想你还需要更多的时间考虑。"

  看着鳍跃离去的身影，一股愧疚之情涌上桠枝的心头。我应该追上他，告诉他我很确信想要跟他在一起，我不需要更多的时间考虑。羞愧之情漫过桠枝全身，她呆呆地站在原地，望着鳍跃离开。我很确定，不是吗？

第六章

　　紫罗兰光跟着阿树穿过了那座树桥，朝小岛走去，她的心跳加快了。桠枝会参加森林大会吗？如果能再次同自己的姐姐分享舌抚就太棒了。紫罗兰光觉得脚下光滑的树皮冷冰冰的。在她下方的水面上，月光微微闪烁着。此时，在她前面的族猫已经沙沙地穿过了高高的草丛，朝空地走去。紫罗兰光闻到了影族的气味，虎星和他的武士一定已经来到了这里。雷族猫正在岸边走来走去，等待着天族的到来。紫罗兰光回头瞥了一眼，她看到了姐姐那在月光下显得愈加灰白的皮毛。桠枝并没有看到她，一副心事重重的样子，朝身旁的年轻虎斑猫皱着眉头。

　　"快点儿！"鼠尾草鼻紧跟在紫罗兰光身后，他的学徒砾爪正试图从她身边挤过去。

　　"对不起！"紫罗兰光沿着木头奔跑起来，跃到了对岸。

　　阿树一侧身挤进了长长的草丛，紫罗兰光追上了他。"你紧张吗？"她问道。

　　"为什么要紧张呢？"阿树在她的身旁迈着轻快的步伐。

　　"万一他们要求你进行调解呢？"

风暴来袭
FENGBAULAIXI

阿树耸了耸肩，答道："那我就调解啊。我来这儿不就是为了这个吗？"

一想到要在所有的族群前发言，紫罗兰光心里十分好奇：阿树怎么能如此镇定呢？他知道会有多少猫在那儿吗？

紫罗兰光小心翼翼地走出了草丛。此时，她的族猫们已经成群结队地穿过了月光下的空地。影族的气味愈加浓烈，紫罗兰光看到影族猫在树下移动，她警觉地竖起了毛发。月光斑驳地洒落在影族猫浓密的皮毛上，他们信心满满地走着，皮毛下凸起一条条的肌肉。他们居然来了这么多！紫罗兰光想起了上次森林大会时看到影族猫的情景。他们当时低着头，几乎不说话，躲避着其他族群的目光。如今，他们完全变了样。

紫罗兰光无意间碰到了褐皮的目光。这只玳瑁色母猫冷冷地回视着，似乎忘记了一个月前，她们还共享一个营地。草心和击石注视着正在到来的族群，从他们的眼神中，紫罗兰光什么也看不出来。她烦躁不安地哆嗦着身子，缓缓靠近她的族伴。

雷族猫迈着轻快的步伐，进入了空地。他们朝影族猫和天族猫友好地点头示意，打着招呼，可是只有天族猫回应了他们。

"嘿！"原鸽爪朝雷族的一位学徒大声喊道。雷族这位黑色和姜黄色相间的学徒兴奋地朝她眨巴着眼睛。紫罗兰光猜测这一定是她第一次参加森林大会。

叶池和松鸦羽脚步轻快地来到了大橡树旁，他们坐了下来，一言未发。斑愿和躁片也来到了他们身边，雷族的巫医们看都没看他

们，只是简单地点了点头，表示欢迎。紫罗兰光眯起了双眼：他们看上去焦虑不安，雷族是有什么疫情吗？

这时，风族猫和河族猫进入了空地。他们的学徒急匆匆地跑来跟雷族的学徒打招呼，开始炫耀他们的战斗动作。

砾爪满怀希望地凝视着鼠尾草鼻："我们能加入他们吗？"

"我不知道。"鼠尾草鼻看着梅花心。砾爪、原鸽爪、鹌鹑爪和晴爪等其他几位学徒在她身旁坐立不安。"他们应该和其他族群的猫一起吗？"鼠尾草鼻问道。

"我觉得没什么不可以。"梅花心甩了甩尾巴，这些年轻的猫便蹦蹦跳跳地跑向了其他猫。

武士们在空地四周停了下来，互相交谈着，或是点头示以礼貌性的问候。鹰翅正在同松鼠飞和莓鼻交谈，梅柳和砂鼻与豆荚光闲聊着，而哈利溪与烬足和燕麦掌互相分享着各种趣事。唯有影族猫踌躇着，他们的学徒也待在自己的老师身旁，眯起眼睛观望着。紫罗兰光不安地挪了挪自己的脚掌。狮焰在跟芦苇须和鱼尾聊天，桠枝跟他待在一起。桠枝的目光掠过河族猫，转向了妹妹紫罗兰光。

紫罗兰光朝桠枝眨了眨眼。对姐姐昔日的那种感情重燃起来，她觉得十分幸福。她一边穿过空地，一边暗暗好奇姐姐有什么新消息和她分享。难道她如今同鳍跃结成了伴侣？当她靠近时，族猫们渐渐静了下来。空地上一片寂静，紫罗兰光四处看着。虎星此时正走向大橡树，黑莓星紧随其后。兔星、雾星和叶星跟在黑莓星身后。等虎星跳上最低的树枝，褐皮、鹰翅、芦苇须、松鼠飞和鸦羽

风暴来袭

也在树枝下方拱形的树根上各就各位。

紫罗兰光看着桠枝,可她的姐姐抱歉地低下了头,重新返回了雷族猫群中间。紫罗兰光失望地转向自己的族伴,听到黑莓星清了清嗓子。她抬头看向大橡树。

"新叶季的到来为雷族带来了新鲜的猎物,"黑莓星将目光投向所有族群,"雷族猫肚子都吃得圆滚滚的。随着天气日渐变暖,我们也得以加固自己的巢穴,开始重新补充我们的草药储藏。"他转向虎星,"赤杨心目前正在照顾洼光,影族的这位巫医被两脚兽的银刺给划伤了,正在雷族营地治疗感染。"

"我相信他很快便能回家。"虎星迎上了黑莓星的目光。

"当然。"黑莓星并未迟疑,但是紫罗兰光看见叶池紧张不安地看了一眼松鸦羽。难道洼光还有其他的病症,双方族长都未透漏?

虎星抬起自己的口鼻。"我们差不多已经完成了营地的修复工作,也有新的学徒在接受经验丰富的影族武士的训练。他们很快便会拥有自己的武士名号。"他朝一只白色和姜黄色相间的公猫点了点头,这是虎星远离族群领地,外出时带回来的一只猫。"炽爪,"这只年轻公猫挺起了胸膛,"肉桂爪和蚁爪。"肉桂爪。这个名字对紫罗兰光来说有点儿陌生。一定是两脚兽的用语。她顺着虎星的目光,瞥了一眼虎星身旁的其他猫。他们看起来年龄有些大,不适合当学徒,可是当得到族长的认可时,眼里充满了自豪。

"我们有更多的消息要宣布。"虎星话音刚落,紫罗兰光看见杜松

掌从族伴中悄悄地走了出来，身子挤过前面聚集的猫。褐皮从大橡树的根部跳了下来，杜松掌坐在了她的位置上。虎星赞许地朝这只黑色公猫眨了眨眼，再一次在所有族群前开始了发言。"褐皮将辞去副族长一职，由杜松掌接任。"

观望的猫群中传出了阵阵惊讶的低语声。

"杜松掌不是抛弃了影族去追随暗尾了吗？"雷族猫群中的蕨毛喊道。

麦吉弗抬头看着虎星："为什么你会相信一只曾背叛过你自己族群的猫？"

"副族长必须要忠诚！"砂鼻喊道。

"或许有一天，他会成为你们的族长！"蕨毛怒不可遏地竖起了皮毛。

虎星狠狠地抽动着自己的尾巴，制止了族群的争吵："我选择自己的副族长，我的选择只关乎影族，跟其他族群毫无关系！"

击石为了支持族长，提高了嗓门："这是影族自己的决定！"

雀尾插话道："没有谁可以命令影族！"

虎星怒视着聚集的群猫："影族已经重获新生，我们不会揪着他们从前的种种过错不放。"

影族猫大声号叫着，表示同意。

紫罗兰光皮毛下一紧。影族是如何在短短一月的时间内变得如此自信的呢？她注意到阿树正看着虎星，琥珀色的双眼中闪现出一丝好奇。

风暴来袭
FENGBAOLAIXI

"如今猎物活动频繁……"

"太频繁了,以至于他们有时候不得不跟着猎物闯入天族领地!"砂鼻竖起了颈毛,打断了这位影族族长。

虎星冷冷地看着这位天族武士,缓缓地说道:"他们没有越过任何边界,我的武士们向我保证过。"

叶星烦躁不安地抽动着尾巴:"如果真是这样,为什么我的武士报告说在天族领地上发现了影族的气味呢?"

"或许是因为他们不知道边界在哪儿。"虎星镇定地与叶星目光相对。

"他们十分清楚。"叶星吼道。

虎星并未作声,而是转过身子,再一次在所有族群前发言:"花楸掌将领地拱手让给天族,是因为影族当时势单力薄。我的父亲拥有很多高尚的品质,但是并非每位族长都会像他一样做出这样的决定。他将我们的领地让与天族,是为了保护当时的影族,他没有想到我们的族群会变成现在这般模样。"

黑莓星惊奇地眨眨眼睛:"是你建议影族将领地让给天族的!"

虎星并未理睬他。"影族现在变得强大了,我们需要更多的领地来供养逐渐壮大的族群。"影族族长的语气令紫罗兰光心中涌现出不祥的预感,她焦虑不安地看着鹰翅,想要得到些许安慰。可是她父亲的眼睛却因忧虑而变得黯淡起来。紫罗兰光竖起了皮毛。虎星继续说道:"如果天族同意让我们的武士在花楸掌给他们的领地上狩猎的话,我们就让他们继续保留这块领地。"

哈利溪咆哮着，砂鼻平贴起了耳朵，梅柳和麦吉弗也龇出了牙齿。大橡树上的叶星难以置信地凝视着虎星，挖苦道："你决定好要去我们的哪块领地上狩猎了吗？"

虎星朝她眨了眨眼睛："整片领地都要。毕竟，那里曾经也是我们的领地。"

"现在，它是我们的！"叶星火冒三丈，竖起了颈毛，"我们是不会同其他族群共享的。"

"影族如今已变得强大了。"

虎星重复着这句话。紫罗兰光不寒而栗，虎星的话听上去好像是一种威胁。

"强大！"叶星嘶嘶地说道，"倘若你没有抛弃影族，他们或许绝不会变得软弱无力！"

"是星族指引我这么做的。"虎星严肃地说道，"是它们引导我来到了如今所站的地方。"他看着叶星，宽厚肩膀上的肌肉滚动着。

紫罗兰光的心中充满了恐惧，各个族长是要在森林大会上打起来吗？她凝视着天空，皎洁的月亮周围，飘浮着朵朵阴云。

"一定有解决办法的。"

阿树在紫罗兰光身旁大声喊道。紫罗兰光十分惊愕，猛地抽搐了一下。虎星没有理会阿树，紫罗兰光怒火中烧。虎星那深邃的琥珀色眼睛怒视着叶星："你是要拒绝星族的意愿吗？"

"我们并不知道这是星族的意愿。"叶星嘶嘶地反驳道。

风暴来袭

兔星在树枝上挪了挪身子:"这件事必须得到了结。我们应该听取虎星的诉求。当花楸星将领地拱手相让时,他们尚还虚弱得无力巡逻整片领地,但现在影族已经得到了恢复。"

叶星怒视着风族族长:"你是说我们应该将自己的领地让给影族?"

"不是。"兔星将目光从叶星转向虎星,"五大族群必须都生活在湖畔,现在有一个族群需要领地。但是这场争论一定要解决。"

虎星用威胁的目光看着叶星:"我很乐意在这儿解决此事。"

黑莓星从叶星身旁滑过,在这两位族长中间停了下来。"这件事没那么容易迅速解决。"所有族群猫都静静地注视着黑莓星,眼睛睁得溜圆,"星族引导天族来湖畔并不是为了引起杀戮。"

虎星的皮毛平顺下来,目光也突然柔和下来:"星族指引一个族群去湖畔,却只要求我们其中一个族群牺牲领地让他们在这儿生活,这似乎有点儿奇怪。显然星族是想让每个族群都放弃部分领地,而不仅仅是影族。我们为什么不能调整边界来容纳天族呢?为什么单单只有影族要放弃自己的猎物去喂养其他的猫呢?"

聚集的猫窃窃私语着。紫罗兰光看着他们,他们同意虎星的话吗?毕竟,这位影族族长的话听上去还蛮有道理的。

"河族的领地对天族有什么用呢?对你们中的任何一族有什么用呢?"雾星的发言让紫罗兰光大吃一惊,"除了我们,谁还用得着沼泽或小溪?没有哪个族群喜欢将自己的脚掌弄湿吧?"

"也没有哪个族群知道如何在荒原上狩猎。"兔星插话道,

"天族想要在秃叶季来临时,忍受荒原上的冰雪吗?"

"他们可以学。"虎星争辩道,"他们学会了在河谷和松树林生活,为什么不能学习如何在沼泽或荒原生活呢?"

叶星火冒三丈。"你们说得好像我们是一群无家可归的独行猫!"她的目光扫过其他几位族长,"我打算就待在这儿了,是星族带我们来的。为什么每次只要你们觉得需要更多的领地,就要让我们离开自己的家园呢?"

雾星抖了抖自己的皮毛:"这是影族的要求,跟我们无关。他们想要回自己的领地,让他们自己去争夺吧。"

"让影族和天族自己去解决这个问题吧。"兔星也说道。

紫罗兰光突然觉得一阵悲哀,其他族群甚至连想都没想过要放弃领地。看着黑莓星点头表示同意时,她的心顿时沉入谷底。

"我们不应该让这场争论引发族群间的冲突。"雷族族长看着阿树,"根据星族的指示,我们同意你作为调解者,在大家争执不下的时候寻求妥协。或许你可以同虎星和叶星会面,赶在我们大家卷入领地争夺战之前想出解决方案。我想一定有适合天族和影族的解决方法。"

叶星嘟囔着。"我不确定会有什么方案适合影族。"她咆哮道,"先是泼皮猫入侵,再是花楸掌,现在又是这个。影族似乎注定要为我们其他族群制造麻烦。"

阿树冷静地眨了眨眼睛。"我会尽力提供帮助的。"他挤到猫群前方,"一场天族和影族族长之间的会面也许能帮助我们找到每

风暴来袭

个族群的需求究竟是什么。这里的土地一定是足够我们分享的，因为迄今为止还没有谁挨过饿。我会帮他们找到解决方案的。"

黑莓星低下了头。"谢谢你，阿树。从现在起，这件事就交给你了。"他看着雾星，"也许该继续森林大会了，听听河族和风族的消息了。"

雾星不以为然地说："好像我们待得越久，你们就能多点儿机会想出占领我们领地的借口似的。"她唰唰地甩了甩尾巴，从大橡树上一跃而下，朝长长的草丛走去。她的族伴急匆匆地跟在她身后。

这时，兔星开口说道："森林大会好像结束了。"说完，他朝黑莓星、虎星和叶星点了点头，便跳入了空地。

紫罗兰光看着影族离开了，雷族也紧随其后。他们进入了长长的草丛，嘴里不住地低声咕哝着。当桠枝经过时，紫罗兰光朝她眨了眨眼。桠枝心怀愧疚地低下了头。她们今晚没能分享舌抚。阿树等待着天族族长叶星，看着她从橡树上爬了下来。阿树真的能帮叶星和虎星达成共识吗？如何交谈才能缓解虎星对领地的饥渴呢？

紫罗兰光匆匆忙忙跑向自己的父亲，心中的不安使她的腹部一阵刺痛。"虎星会强迫叶星允许影族在我们的领地上狩猎吗？"一想到影族武士要共享他们的树林，紫罗兰光便觉得紧张不安。

"希望阿树能想出解决办法。"鹰翅注视着这只黄色公猫，眼里充满了怀疑。

紫罗兰光胸部一紧。"我们是不是得离开湖畔了？"倘若虎星

不放弃对前影族领地的要求,他们还能做什么呢?

鹰翅用鼻子轻轻地触了触紫罗兰光的头。"一切都会好起来的。"他温柔地保证道,"星族带领我到这儿,就是让我与你还有桠枝亲密相处的。星族不会让我们离开的。"

话音刚落,空地边缘传来了一阵嘶嘶声。只见麦吉弗和击石面对面站着,颈毛竖立着。两只猫都想从同一条路穿过草丛,他们站在原地,喉咙中发出了咆哮声。

"让他过去。"叶星从空地那边喊道,"我们可以等等。"

麦吉弗平贴着耳朵,向后退去。击石推搡着从他身旁经过,炽爪紧随其后。这两只影族猫高昂着头,先后从天族猫身旁经过。鼠尾草鼻和荨麻斑龇着牙,但还是让他们过去了。

影族消失在了长长的草丛中,这时,紫罗兰光的皮毛一阵颤抖。现在就得这样了吗?天族必须向影族妥协才能避免战斗的发生吗?紫罗兰光觉得自己的脚步十分沉重,她此前一直相信星族指引天族来到了湖畔,带他们回到了家。可是如果其他族群一直威胁要夺走它,它还会是一个真正的家吗?

第七章

赤杨心看到云尾和鼹鼠须从营地急速赶来，恐惧啃噬着他的腹部。他希望他们俩能带来好消息。

在他身旁的黑莓星挪了挪身子。"让我们祈祷虎星在得知消息时不会反应过激。"雷族族长的眼神有些阴沉，他简单地点了点头，转身跳回了高石台。

赤杨心挤进巫医巢穴。当滑进阴暗的巢穴时，他感到有荆棘拉扯着自己的后背。

他刚进巢穴，松鸦羽便抬起了头。"嗯？"他那混浊的蓝色眼睛似乎在寻找赤杨心，"黑莓星说什么了？"

"你觉得他会说什么？"赤杨心的皮毛下闪现出一丝愤怒。为什么我要不停地为自己解释呢？我已经尽力了！

"你跟他说了死亡浆果的事了吗？"松鸦羽的目光非常明确。

"说了。"赤杨心的心中十分忐忑，腹部像压了一块石头似的。毕竟他已说服了自己的同伴，让他们相信这是治疗洼光唯一的希望，但死亡浆果似乎没起什么作用。洼光仍然病着，他时而清醒，时而迷糊，高烧的折磨很可能会让他再次陷入昏迷。

赤杨心把自己对这只生病的公猫所采取的极端治疗方式告诉黑莓星后，他变得更不确定了。父亲黑莓星难以置信地睁大了双眼，赤杨心皮毛下猛地一紧。"在你给洼光服用死亡浆果前，应该问问我的意见。"黑莓星怒吼道。

"我咨询了叶池和松鸦羽。"赤杨心辩解道。

黑莓星的皮毛竖立着："他们不是你的族长！"

"你又不是巫医。"赤杨心大声反驳道。

"昨晚是我告诉虎星洼光很快便能回家的。"

"我必须做点儿什么。"赤杨心感到好无助。黑莓星怎么可能理解巫医必须做出的生死决定呢？

"这会害死他的。"

"他已经奄奄一息了。"赤杨心痛苦地看着黑莓星愤怒的眼睛，"这是唯一可以救洼光的方法了。"

"你说是一场梦告诉你使用死亡浆果的，"黑莓星咕哝道，"你确定这个梦是来自星族的吗？"

"十分确定。我看见那只兔子吃了死亡浆果后病情好转了，那是真实的，不是梦。"

黑莓星不耐烦地抽动着自己的尾巴："一定得告诉影族。"

雷族族长命令鼹鼠须和云尾去影族营地，告诉虎星，洼光的情况十分严重，赤杨心的心中涌动着阵阵恐惧。

洼光窝边传来的呜咽声将赤杨心猛地拉回现实中。他匆忙奔向窝边，松鸦羽此时已经蹲伏在这位生病的巫医身旁，用鼻子轻触着

风暴来袭
FENGBAOLAIXI

洼光的头。尽管赤杨心一整夜都在给他服用死亡浆果,可是他的烧还是没有退。赤杨心每喂一口,都希望能将这只公猫从死亡的边缘给拉回来一些。它可是救了那只兔子的命的啊!赤杨心精疲力竭地颤抖着,他坐了下来,喃喃自语道:"我敢保证一定会奏效的。"

"死亡浆果的确没有毒死他。"松鸦羽承认道,"只要一息尚存……"

"就有希望,我知道!你一直都是这么教我的。"

"就有生的希望,况且他还没死呢。"松鸦羽的语气中充满了鼓舞,但是从这只失明公猫竖起的皮毛中,赤杨心能看出他还是不相信死亡浆果能够治愈洼光。至少他在试着支持我。赤杨心对自己的这位前老师有了些许感激。

松鸦羽站起了身。"叶池很快会带更多的野甘菊回来,我们至少得感谢新叶季为我们带来的新鲜草药。"松鸦羽的目光迅速转向巢穴入口,赤杨心绷紧了身子。"好像有来访者。"松鸦羽担心地说。

惊慌刺透了赤杨心的皮毛。"是影族吗?这么快?"鼹鼠须和云尾刚刚才带着消息离开。

"你自己去看看吧。"松鸦羽朝垂下的黑莓丛点了点头。

赤杨心急匆匆地奔向黑莓屏风,从黑莓丛中间滑过,眯着眼睛抵御着刺眼的阳光。他闻到了影族的气味,让自己的眼睛适应了光亮,看到了空地上的虎星、杜松掌和雀尾,鼹鼠须和云尾正站在影族猫的身侧。

赤杨心的心猛地一跳。

藤池在育婴室外张望着，幼崽在她的身上爬来爬去。武士巢穴旁阴影处的白翅和桦落眨巴着眼睛，而他们的族伴在营地边上不安地挪动着身子。

"他们在气味线跟前等着。"鼹鼠须朝黑莓星喊道。

雷族族长从高石台向下看了看，便跳到了空地上。"虎星。"他朝这只肩膀宽厚的虎斑猫点了点头。

赤杨心的呼吸变得急促起来。虎星的皮毛在阳光下闪着微光，他礼貌地朝黑莓星低下了头，紧皱的眉头爬上他那宽宽的前额。

云尾看着黑莓星说道："虎星想单独跟你谈谈。"

赤杨心看见营地四周的猫都竖起了皮毛。黑莓星朝云尾缓缓地眨了眨眼，眼神中充满了疑问。赤杨心看到这只白色公猫挪动着脚掌，蓝色的双眼盯着地面。"我们还没有跟他说洼光的事。"他快速说道。

鼹鼠须点了点头："我们发现他们在边界等待着护送他们的巡逻队，就直接把他们带来了。"

赤杨心紧张不安地抽动着尾巴，似乎意识到了这两位武士与族长的谈话内容。他们还没有告诉虎星洼光病得有多严重。

他应该松口气吗？但影族族长迟早会发现真相的。

"我们到那边说吧。"黑莓星领着虎星朝高石台的背阴处走去，把雀尾和杜松掌留在空地上。黑莓星用尖锐的目光告诉自己的族猫继续去做手头的工作。武士们都各自忙碌起来，虎星充满怀疑

风暴来袭
FENGBAOLAIXI

地朝赤杨心眯了眯眼。他的目光冷若冰霜，刺透了赤杨心的皮毛。

"雷族的巫医必须听他们的族长说什么吗？"

赤杨心四肢不由一颤。有那么一个心跳间，他觉得自己应该回到巢穴，但是看到黑莓星故意没有理会虎星的提问，他知道族长觉得他应该留下来。黑莓星需要一位巫医去解释一些事情……

"你想要讨论什么？"黑莓星问虎星。

影族族长的目光孤傲冷漠："我应该很快会与叶星见面，解决领地的问题。我想要帮帮她，可是我不知道我能做什么。"

"这跟我有什么关系？"黑莓星警惕地绷紧了肌肉。

虎星怒气冲冲地抽动着尾巴："你真的想让影族和天族独自解决边界争端吗？我知道你相信阿树，相信他能帮上忙，但是一只独行猫对族群边界又会有多少理解呢？"

"他理解猫的想法。"黑莓星反驳道。

虎星眯了眯眼睛："他理解族群猫的想法吗？"

黑莓星不耐烦地挪了挪脚掌："你为什么来找我呢，虎星？我是不会选边站的。"

"我来找你是因为我们有着共同的边界，我来是因为你能帮我。如果让天族和影族自己解决争端，只会有两种结果。天族要么心平气和地归还我们的领地，要么就为保留它而战。"虎星阴沉的目光紧紧地盯着黑莓星。

黑莓星毫不退缩："你真的要把天族从湖畔赶走吗？毕竟我们经历了种种困难才把他们带到这里。"

"我们不会把他们从湖畔赶走。"虎星平静地说道,"但是我们会让他们远离我们的领地。"

"松树林那么大,"黑莓星劝道,"应该有足够的领地容纳两个族群吧?"

虎星看向雷族营地的围墙,似乎在看远处的树林:"是的,你也许说得对——如果其他族群也放弃一些领地的话。不能仅仅只是天族移动自己的边界,如果雷族也能移动自己的边界,或许会有更多的空间来……"

黑莓星打断了他:"我们在森林大会上决定,由阿树来调解你们和天族解决这个争端。这与其他族群无关。而且倘若叶星知道你在背后对她说三道四,她会不高兴。她会觉得你不尊重她。"黑莓星的眼神中流露出了一丝警告。

虎星眉头紧皱。这只深棕色虎斑猫凝视着黑莓星,一个不祥之兆刺透了赤杨心的皮毛。

"好吧。"虎星狠狠地抽动着自己的尾巴,"但别说我从未心平气和地来过这儿。"他扫了一眼雷族营地四周,"既然都到这儿了,我还是带我的巫医回家吧。"

赤杨心挺直了身子。"他还没有完全恢复,不适合走路。"恐惧刺入了他的皮毛。

"还没有恢复?"虎星难以置信地将目光转向赤杨心。

赤杨心看着地面:"在治疗两脚兽荆棘引起的感染时,我们遇到了麻烦。"

风暴来袭
FENGBAOLAIXI

影族族长的双眼中闪现出一丝怀疑。"我要亲自去看看。"虎星推开赤杨心,挤进了巫医巢穴。

赤杨心急匆匆地跟在他身后。

虎星在巢穴内停了下来,惊恐地凝视着洼光的窝:"他怎么一副半死不活的样子!"

"小点儿声!"松鸦羽怒不可遏地说道,"如果怒吼有用的话,我们早就治好他了。"

"他这是怎么了?"虎星质问道。

"我跟你说过了,"站在虎星和洼光窝间的赤杨心瞥了一眼虎星,"我们治不好他的感染。"

"为什么治不好?"虎星生气地问道,"已经过去一周了。"

"我们的草药都不管用。"话音刚落,赤杨心便看到了他放在洼光窝旁的一片羊蹄叶上的死亡浆果。虎星顺着他的目光望去,赤杨心惊恐万分,心中一阵冰冷。

虎星盯着死亡浆果,慢慢地穿过巢穴,嗅了嗅这些浆果。"这些是死亡浆果吗?"他看着赤杨心,他的目光里充满了怀疑,"在一个巫医巢穴里?"

赤杨心点了点头。看到虎星的目光中充满了愤怒,最后变得冰冷起来,他的心怦怦乱跳。

"你是想毒死他吗?"虎星的愤怒变为暴风雨般的咆哮穿过了巢穴。

黑莓星挤进了巢穴。"没有谁想要毒死他。"他将赤杨心轻轻

地推到一边,自己正对着这位影族族长,"实际上,我是派鼹鼠须和云尾去通知你,洼光病得很重,但是你却在我们的边界处碰上了他们。赤杨心、松鸦羽和叶池一直在竭尽所能治疗洼光,赤杨心这么多天几乎都没有合眼。你看!"他朝洼光的窝点了点头,"已经为他清洗了身子,现在他正躺在新鲜的铺垫上。我们尽可能给他最好的照顾,但还是没能解了两脚兽的毒。"

虎星依然死死地盯着赤杨心。"所以你就决定替他结束痛苦!"他的吼声中充满了愤怒。

赤杨心挺直身子,抑制着四肢的颤抖。他救治洼光的计划会引起雷族和影族的战争吗?

松鸦羽抬起了口鼻,平静地说:"洼光已经奄奄一息了,赤杨心看见一只患了同样感染的兔子吃了死亡浆果果肉后恢复了健康,他想看看这种方法是否对洼光也有效。我们已经尝试了各种方法,这是我们救洼光的唯一机会。"

虎星怒视着松鸦羽。"看起来好像也没起什么作用啊。"他责难地眯起了眼,"但是我却知道了你有多么轻视影族猫的生命。"

松鸦羽似乎有些害怕。

赤杨心眉头紧皱:"你什么意思?松鸦羽珍惜每一条生命。"

"那我的兄弟焰尾呢?"虎星怒气冲冲地说。

黑莓星甩了甩尾巴:"没有谁相信松鸦羽杀了你的弟弟。除了曙皮以外。但她那时已经悲伤得神志不清了!"

虎星的目光停留在松鸦羽身上:"可是,你根本就没打算救

风暴来袭
FENGBAOLAIXI

他,对吗?"

松鸦羽失明的蓝色双眼中流露出一丝愧疚,他低声说道:"我不得不让他离开。"

"现在,你也在想方设法让洼光离开。"虎星怒吼道。

"不!"赤杨心面对着这位影族族长,怒火在他的胸部燃烧,"我们不会让他死的,我们会一直治疗他,直到他康复。大火过后,星族曾指引我看到地面上重新长出了鲜花。它们是在告诉我死亡浆果能够治愈洼光,能够让他更加强壮。我只是给他喂了果肉,没有让他吃种子。果肉会清除他体内两脚兽的毒,我知道一定会的!"他的皮毛下涌起了坚定的信念,甚至比他开始进行这种可能致命的治疗时都要强烈。他看着虎星的眼睛,影族族长也回头怒视着他,他吓得脚掌直哆嗦。

"洼光同意接受治疗。"松鸦羽低声说道,"我们都知道这有多危险,可是其他的办法都没有效果,况且洼光也愿意试试。"

虎星回过头:"洼光同意了?"

松鸦羽点点头:"他知道我们要给他吃死亡浆果,也明白为什么要这么做。他告诉赤杨心大胆去做。"

虎星盯着洼光虚弱的身子看了一会儿,然后眯起了双眼:"这种治疗会有效吗?"

"他这不是还没死嘛!"松鸦羽怒吼道。

"但是他可能会死吗?"虎星的眼神中闪现出些许迟疑。

"有这种可能。"松鸦羽承认道。

虎星停顿了片刻，身后的尾巴缓缓地摆动着。"那我要带他回家，"他最终开口道，"就算他要死，也应该死在自己的族伴身旁。"

"但是他病得很重，无法行走。"松鸦羽说道。

"杜松掌和雀尾可以抬着他。"虎星回答道。

赤杨心惶恐不安，脚掌隐隐作痛："可是他一旦回去了，谁来照顾他呢？"

虎星故作无辜地睁大了眼睛："你应该愿意同我们一起照顾你的病患吧？"

赤杨心犹豫不决。万一洼光死了怎么办？那样的话，我就得独自待在敌族营地里了。他的腹部因恐惧而剧烈翻腾着。

"赤杨心得留在雷族。"黑莓星不乐意地抬起了口鼻。

"但是赤杨心刚刚说了，洼光需要治疗。"虎星平静地说道。

"所以洼光必须得继续待在这儿。"黑莓星怒吼道。

两位族长盯着对方，谁都没有动，可是赤杨心看到了他们皮下的肌肉都绷紧了。黑莓星的毛开始竖了起来。他们是要打起来吗？是我选择使用死亡浆果的。赤杨心紧张地吞咽了一下，绝不能让战争因我的选择而爆发。"我跟你们去。"他轻轻地说道。不祥的预感令他的心一片空白。

"很高兴看到你对自己的治疗如此有信心，"虎星说道，"倘若洼光康复了，一切都好说。"

黑莓星的耳朵抽动着："如果他不能恢复呢？"

虎星看着雷族族长的眼睛："如果是那样，就证明是赤杨心毒

风暴来袭

死了洼光。毒害其他猫理应受到惩罚吧？"

"别这么兔脑子！"松鸦羽厉声说道，"赤杨心在努力地救他！"

"如果真是这样，那他会很乐意来影族看着洼光慢慢康复吧？"虎星挑衅地看着松鸦羽。

"你是想扣下他来要挟我们。"黑莓星怒吼道。

"我不想再讨论这个问题了。"虎星甩了甩尾巴，"我们要带洼光回去了，赤杨心也会同我们一起走。当然，除非你不相信自己的巫医。或许你是想把赤杨心留在这儿，好保护他，因为你知道他所谓的治疗都是假象。"

怒火在赤杨心的皮毛下涌动着："这不是假象，给他服用死亡浆果是他活下来的最大希望。我跟你走，我会证明给你看的。"

"赤杨心，你确定吗？"黑莓星盯着他，担忧写满了黑莓星的眼睛。

"我确定。"赤杨心抬起了下巴，"使用死亡浆果是我的决定。是我坚持这么做的，别的猫不能因此受到牵连。"

虎星走到巫医巢穴入口，向自己的族猫喊道："杜松掌！雀尾！来这儿。"他朝黑莓星点了点头："如果洼光康复了，我会将赤杨心毫发无损地送回来。"

赤杨心心头一紧。如果洼光没有康复呢？

第八章

"把口鼻放低。"桠枝一边说着,一边将飞爪拖近地面。但愿这只年轻的小猫能够保持安静。她们藏在一截原木后,不远处,一只肥硕的苍头燕雀正在落叶间翻找虫子。"鸟是最难捕捉的猎物。"桠枝低声说,她的胡须蹭着潮湿的苔藓,"鸟对周围的动静很敏感,它们一听到轻微的响动,便会立刻飞走,所以你一定要动作敏捷。"

"既然鸟这么难捉,那我们何不抓些老鼠和松鼠呢?"飞爪小声嘀咕着。

桠枝眨眨眼睛看着她:"因为武士也需要练就捉鸟的本领。"

"为什么?"

桠枝强忍住心中的恼怒:"因为我们是武士!"飞爪又忽略了重点。桠枝听得见苍头燕雀啄树叶的声音,她焦躁得爪子有些发痒,朝原木抬起口鼻,飞爪也循着她的目光朝原木上方抬起脑袋。

"偷偷接近鸟时,你得有耐心,一定要等到它不留神儿,自己有把握时再奋力一跳……"

未等桠枝讲完,飞爪便激动地咕噜一声,爬过原木,奋力跳向

风暴来袭
FENGBAOLAIXI

苍头燕雀。桠枝注视着飞爪的背影,这时,苍头燕雀扇动翅膀,慌忙飞了起来。飞爪在空中扭着身子,想要抓住这只逃跑的小鸟,但却重重地摔到地上。

"我怎么教你的?"桠枝心中的怒火在燃烧,她跳过原木,径直走向正抖着皱巴巴皮毛的飞爪。

飞爪眨眼望着桠枝:"你说过我要动作敏捷。"

"我还说你得有耐心!"为什么飞爪总是抓不住重点呢?

"但你也说过我要动作敏捷。"说着飞爪抬起一只爪子,露出爪间的鸟羽,"看,我差点儿就抓到它了。"

"光凭差点儿养活不了族群!如果你等到苍头燕雀专心找虫子,而忽略了林中的其他动静时,你早就抓到它了。"桠枝脊背上的皮毛一起一伏。她遵循自己的直觉严厉地对待飞爪,但这只年轻的虎斑猫总是将事情搞得一团糟。也许是我的问题。桠枝心生疑惑,我确实告诉过她要动作敏捷。她对自己感到十分懊恼,低吼一声。为什么我一直得这么严苛呢?飞爪像个沮丧的幼崽似的盯着桠枝,桠枝越发气恼:"你为什么就是搞不明白孰轻孰重呢?如果你更用心些,也许就不会犯这么多错误了。"

"我喜欢跟着自己的直觉走。"飞爪垂头丧气地说。

"光靠直觉是远远不够的!"桠枝瞪着飞爪,"如果光靠直觉就可以的话,宠物猫和独行猫早就统治森林了。你需要世世代代的祖先总结和打磨出的技巧,直觉只是你的起点,训练才能使你成为一位武士。"

猫武士
MAOWUSHI

"但我要学的太多了。"飞爪垂下了尾巴。

"你只需再学一次！"这样的要求过分吗？"这几个月的训练将教会你一位武士需要具备的所有技巧。一旦你掌握了其中的精髓，就可以按照自己的喜好安排时间了，但现在，我希望你刻苦些。我可不想成为有史以来首位学徒不能通过测评的老师！"

飞爪的眼睛瞪得溜圆："你觉得我不能通过测评吗？"

"如果你一直这样，那就不能通过测评！"桠枝十分恼火，她转过身，朝营地走去。

"我们不继续捉鸟了吗？"飞爪在桠枝身后喊道。

"不了。"今天，桠枝无法忍受再看到飞爪失败了，"我们回家吧。你可以利用下午的闲暇时间在空地上练习狩猎动作，也好好想想自己到底要成为怎样的武士。或许这样，明天你会更专心些。"

桠枝在树林里阔步向前走着，满腔的怒火。她听见飞爪跟在身后，与她保持着几步远的距离。桠枝并未回头，在彼此的沉默中，她感觉得到飞爪的痛苦。怒火渐渐退去，桠枝的皮毛下涌起一丝愧疚。飞爪算不上资质特差的猫，她似乎只是难以抓住重点。或许我该更加耐心些，或许只有严厉还不够。挫败感令桠枝的爪子格外沉重。到达营地后，她低身穿过了入口。

飞爪悄悄来到桠枝身旁，盯着她的眼睛。"没能抓到苍头燕雀，我感到很抱歉。"她吞吞吐吐地说，"明天我会更用心的。"不等桠枝回答，飞爪便匆匆离开了。她冲过空地，朝她的母亲炭心跑去。此时，炭心正在修补长老巢穴。飞爪紧紧地依偎着炭心，炭

风暴来袭

心放下准备编入长老巢穴墙壁的金银花藤,惊讶地眨了眨眼睛。她的目光掠过空地,紧张不安看着桠枝,随后她卷起尾巴,搭在飞爪的脊背上安慰着。桠枝顿时觉得耳根发烫。

桠枝转身走开了。跑到自己妈妈那里寻求安慰的感觉一定很舒服。她强忍着痛苦。当她还是只幼崽,初次被带到雷族时,是百合心抚养了她。百合心温柔善良,但桠枝始终心存芥蒂,她知道自己不是百合心亲生的孩子。倘若卵石光还活着,她的生活会是怎样呢?若是由亲生母亲抚养,她或许就会知道自己的归属了,也就不会为了寻找感觉适合的家园而在天族和雷族之间摇摆不定了。倘若得到了亲生母亲严厉又温柔的爱,她或许就知道怎样做一位好老师了。

"若是洼光死了,你觉得虎星会杀了他吗?"黛西的说话声打断了桠枝的思绪。这只猫后正坐在藤池身旁,而这只银白相间的母猫正在小鬃的两耳间舔舐着。

小鬃在母亲的舌抚下躲躲闪闪:"灰条说过,之前的那个虎星杀死了火星。或许所有叫虎星的猫都是凶手。"

"别傻了。"藤池将这只幼崽拽得更近些,继续为她梳洗着,"虎星和火星死在同一场战斗中,仅此而已。"藤池一边舔着小鬃,一边说道,"这个虎星和那个虎星完全不同。"

"你怎么知道?你从来都没见过原来的那个虎星。"小鬃抬起头,眨着眼睛看着她,"灰条还是幼崽时就认识虎星了。"

"灰条就喜欢夸大其词。"藤池一边不屑地说着,一边心神不

安地瞥了黛西一眼。

"虎星要杀谁呢？桠枝匆匆走向育婴室。到达育婴室后，她眨着眼睛望着猫后们："你们在谈论什么？"

藤池嘘了一声，示意小鬃离开。"去和小海石竹还有小翻玩吧。"这只幼崽听后便蹦蹦跳跳地跑开了。藤池一脸严肃地看着桠枝："你外出的时候，虎星派来了一支巡逻队，他们把洼光带回影族了，还一同带走了赤杨心。"

桠枝知道，洼光终究是要回到影族的。她觉得影族带走了赤杨心也情有可原，洼光生病期间，赤杨心可以照顾他，同时也为影族里的其他猫提供了一位巫医。"赤杨心不愿去吗？"

黛西瞪大了双眼，目光中充满了担心："黑莓星说是赤杨心主动要去的，但看得出赤杨心很害怕。"

"但倘若黑莓星觉得赤杨心身处险境，也就不会让他去了。"藤池分析道。

"听起来黑莓星也别无选择。"黛西说道，"鼹鼠须说他无意间听到了整个对话，赤杨心一直在给洼光吃死亡浆果。"

藤池的尾巴紧张地抽动着："虎星发现了，他指控赤杨心故意毒害洼光，所以他让赤杨心一同去影族，来证明治疗有效。"

桠枝朝营地入口瞥了一眼。一想到赤杨心独自在影族，她的心跳就加快了。"你觉得如果洼光死了，虎星会杀了赤杨心吗？"她问道。

"虎星差不多是这个意思。"黛西喘息道。

风暴来袭
FENGBAOLAIXI

"他是说赤杨心会受到严惩。"藤池纠正道,"但他肯定不会相信赤杨心真的想害洼光。他只不过说起话来像是一副狐狸心肠,只有这样,黑莓星才会派赤杨心去影族营地。他们一定很需要巫医,但虎星毕竟是只影族猫,他才不会礼貌地提出请求呢。影族猫都喜欢高高在上,他们总觉得礼貌是兔子才该注意的事。"

这时,育婴室后方传来一声哀叹,是小翻在抱怨:"这次我想当狩猎者,上次就是我当猎物!"

藤池站起了身。

"我去吧。"桠枝向这位猫后摇了摇尾巴,示意她待在那儿别动,"你休息一会儿吧,我来教他们一些狩猎动作。"

藤池感激地朝她眨眨眼:"千万别让他们把你搞得精疲力尽。"

"不会的。"桠枝绕着育婴室走着,赤杨心的消息令大家惶恐不安,但这并未驱散她对飞爪的担心。也许教幼崽如何追踪猎物可以使她振作起来,她或许会发现,自己并不完全是一位糟糕的老师。

月光透过荆棘丛,洒在桠枝的窝旁。陪幼崽们玩耍使桠枝的爪子隐隐作痛,她本打算教他们一些狩猎动作,但很快这种尝试就变成了兴奋的游戏。整个下午,她都在营地四周追赶着他们,又在空地上背着他们爬来爬去。或许年轻的小猫都很容易分心。或许是我不擅长教学。桠枝试着抛开这些想法。若是鳍跃能在这儿陪她聊天

就好了。她瞥了眼鳍跃那空荡荡的窝。训练过后，鳍跃并未同噼啪爪一起返回营地，据噼啪爪说，鳍跃在回营地前还有些事情要做。傍晚时分，族群里的其他猫都开始安定下来，分享舌抚。桠枝一直等待着鳍跃，她从猎物堆为鳍跃精心挑选了一只鼩鼱，然后坐在为自己挑选的老鼠旁，满心期待地凝视着营地入口，盼望鳍跃随时都能走进来，但鳍跃始终没有现身。桠枝已经吃掉了自己的老鼠，并把鼩鼱重新放回了猎物堆。现在，鳍跃的窝空荡荡的，其他武士已经渐渐在桠枝身旁打起鼾来，桠枝琢磨着鳍跃可能去的地方。她忧心忡忡，爪子隐隐作痛。也许鳍跃受伤了，所以不能回家。她应该向松鼠飞或者黑莓星报告鳍跃失踪这件事吗？桠枝绷紧胸口，万一他故意待在外面怎么办？他或许想尝试一下夜间狩猎，或许他有自己的秘密任务，去暗中观察影族了。鳍跃刚来到雷族没多久，她不想让他惹上麻烦。

但如果他去狩猎或者侦察了，为什么没有告诉我呢？鳍跃独自离开，却没有叫桠枝随他一起，这似乎很奇怪，因为过去他们俩总是形影不离。他很快就会回来的，桠枝喃喃自语道，星族会眷顾他的。

桠枝将鼻子埋进爪间，闭上了双眼。渐渐地，身体的疲惫使她顾不上心中的焦虑，她进入了梦乡。

黎明时分，鸟儿的歌唱唤醒了桠枝。

"鳍跃？"还没睁开眼，桠枝便呼唤着鳍跃的名字。她的梦里尽是鳍跃——在一些梦中，鳍跃安全归来，另一些梦中，鳍跃独自

风暴来袭
FENGBAOLAIXI

在森林里,灌木丛后危机四伏。微弱的光线照在巢穴的入口,桠枝抬起头,转身看向鳍跃的窝。看见鳍跃的窝里依旧空荡荡时,她一下子紧张起来,飞快地嗅了嗅鳍跃的窝。冷冰冰的!他还没回来。一阵恐慌袭上桠枝的心头,他以前从未整夜待在外面。

他究竟在哪儿?

第九章

　　紫罗兰光在草地边缘停下脚步，呼吸着寒冷新鲜的空气。此时，太阳已经溜到了昏暗的沼泽后，在草丛上留下长长的影子。一片土地向着群山高高隆起，将森林从中分开，为两脚兽在绿叶季修建皮毛巢穴留下了空间。在这儿，紫罗兰光能看得见湖泊。目前，那里还没有巢穴，但两脚兽的气味很新鲜。紫罗兰光猜测，即使没有巢穴，两脚兽也会来的。它们也像族群猫一样在自己的边界上巡逻吗？这里有它们希望找到的猎物吗？阿树为何要在距离营地这么远的地方安排会见呢？

　　此时，这只黄色的公猫正在草地上踱着步，而叶星一直待在树荫下。天族族长的眼睛闪闪发亮，眼神既焦虑又轻蔑。她是为即将见到虎星而感到不安吗？还是为这次会见可能产生的结果感到忧虑呢？

　　"我们就不能在离营地近点儿的地方见面吗？"叶星烦躁地问道。

　　阿树停下脚步，望着叶星："这里是中立地带，影族和天族都未占有这片土地。"

风暴来袭
FENGBAOLAIXI

"我们本可以在湖岸见面的。"叶星一边咕哝着,一边抖抖毛发抵御着寒冷。

紫罗兰光甩掉身上的露水。"我觉得这里很清静。"她知道阿树为了邀请天族族长与影族族长的会见,在两个营地间来回奔波有多么辛苦,"这样,其他族群的猫才不会有机会干涉。"

叶星哼了一声:"他们为什么要干涉?其他族群已经表明态度了,他们不想卷入这场争端,让我们和影族自行解决。"

"至少他们没有偏袒任何一方。"阿树注视着森林深处,他显然在寻找虎星巡逻队的踪迹。紫罗兰光很好奇,影族族长究竟会带来多少武士呢。叶星选择她与贝拉叶、砂鼻、哈利溪还有鼠尾草鼻一同加入这支巡逻队,让她觉得很骄傲。年长的武士们聚集在离小山较远的地方,似乎不知道该干些什么。他们接受训练,是为了保卫族群而战,而不是妥协。叶星烦躁地望着他们:"你们就不能稍微分散些吗?看起来像是一群首次参加森林大会的学徒。"

贝拉叶和砂鼻互相使了使眼色,从哈利溪和鼠尾草鼻身旁自觉地散开。

"看见虎星了吗?"叶星问阿树。

"还没有踪影。"阿树抽动着尾巴。

"他迟到了。"叶星坐下来,目光愣愣地越过草坪,"真不知道我们还有什么可谈的,我不会放弃天族领地的,我们有权在这儿狩猎。"

"或许,若是我们搞清楚每个族群需要什么,我们就能和平解

决。"阿树轻声说道。

"不管怎样,我都不允许影族武士随心所欲越过我们的边界。"叶星瞪着阿树。

"如果我能让影族明白,这样很可能引发另一场大战,虎星也许会让步的。"阿树分析道,"毕竟是星族指引天族回到这里的,即便是虎星,也一定不会违背星族的意愿吧!"

山上吹来一阵刺骨的寒风,紫罗兰光这才意识到,只有在谷底,才能感受到新叶的气息。她忍住颤抖,不想表现得过于紧张。

这时,哈利溪竖起耳朵,贝拉叶的目光扫向阴暗的森林。

树林间的灌木丛微微颤动,叶星满怀期待地转过身。

是虎星吗?紫罗兰光绷直了身子,看见一只黑色的公猫从森林里走了出来。

"杜松掌!"叶星看起来有些糊涂,她的目光从影族副族长身上扫向他身后的空地,"虎星在哪儿?"

杜松掌并未作答,相反,他看了眼哈利溪、贝拉叶、鼠尾草鼻还有砂鼻。"你们是准备伏击吗?"他吼道。

阿树匆匆走上前:"当然不是。"

杜松掌卷起了嘴唇。"但这也是在炫耀力量。"他责难地看了一眼叶星,"你们是想威胁影族答应你们的要求吗?"

"提出要求的不是我们。"叶星反驳道。

阿树走到他们中间。"虎星呢?"他礼貌地问道。

"虎星有其他事情要处理。"

风暴来袭
FENGBAOLAIXI

叶星怒声吼道:"难道还有比这更重要的事情吗?"

"我是影族副族长。"杜松掌抬起口鼻,"我可以代表虎星处理族群事务。"

"我来这儿可不是要跟你一位副族长谈判的!"叶星轻蔑地瞪着杜松掌。

"难道对你来说,我不够重要吗?"杜松掌吼道。

紫罗兰光不安地移动着爪子。这场会见还没开始就要结束了吗?她满怀希望地看向阿树。

这只黄色的公猫已经绕到了叶星和杜松掌身旁,他的尾巴高高扬起,皮毛柔顺光滑。"每只猫都很重要。"他平静地说,"既然我们都来了,就别浪费时间了,赶紧探讨困扰双方的事吧。"

杜松掌眯起眼看看叶星,叶星也活动了一下脚掌。

"谈一谈总没什么坏处。"阿树急忙接着说。

"除了提醒影族,擅自闯入别族领地破坏武士守则,还有什么可谈的?"叶星瞪着杜松掌,厉声说道,"你可以原话汇报给虎星,虽然他应该已经知道了,但或许当初他离开自己族群的时候忘了这些守则。"

阿树瞪大了双眼:"我确信他还知道武士……"

杜松掌打断了阿树,怒视着叶星说道:"我就知道,你不讲道理!"

"你们一直觊觎我们公平得到的领地,难道就是讲道理吗?"

"公平得到的?"杜松掌的耳朵抽动着,"影族因为遭到入侵

和背叛日渐衰落。有些猫说你们以牺牲我们的族群为代价，趁势壮大你们自己的族群。"

"天族并没有……"阿树试着辩解。

叶星没理会他。"把这片土地给我们是虎星的主意。"叶星冲杜松掌厉声说道，"那时他甚至还不是你们的族长，但他却努力说服自己的族伴，告诉他们这是正确的决定。可现在，他又反悔了，想把这片领地要回去？"

"现在，影族的猫越来越多了。"杜松掌仍坚持己见，"我们需要更多的领地。"

"天族的猫也越来越多了！"

阿树张张嘴，但这次他什么也没说。他不知说些什么！紫罗兰光屏住呼吸，希望阿树说些什么可以平息他们不断升温的怒火。这只黄色的公猫凝视着紫罗兰光的眼睛，他的目光中有一丝恐慌，显然，他被叶星和杜松掌激烈的情绪吓到了。阿树与紫罗兰光对视片刻，这似乎使他重新振作起来，他挺起胸膛，转身面向叶星和杜松掌："很显然，影族猫和天族猫的数量都比过去更大了，两个族群都需要领地。这片松树林或许足够养活大家，我们何不标记新的边界呢？"

叶星警惕地瞟了杜松掌一眼，仿佛想等他做出反应后再给出自己的回答。

"新的边界？"杜松掌抽打着尾巴，"跟其他族群相比，影族已经做出了很多的让步。我们在甚至还不知道天族的存在时，就失

风暴来袭

去了我们早已占领无数个月的领地。为什么总要我们做出牺牲,让天族居住在湖畔呢?"

"为什么我们就该被从新家园赶走呢?"叶星冲影族副族长嘶嘶吼叫时,草地远处传来一阵兴奋的狗吠声。

一条狗跑过山顶,紫罗兰光的皮毛竖了起来。她看见三只两脚兽的幼崽跑在那条狗身后,它们的眼睛像狗的眼睛一样明亮。

鼠尾草鼻平贴起了耳朵。"我们得在这条狗嗅到我们的气味之前离开这儿。"贝拉叶和砂鼻转身面向这条狗,看着它蹦下小山,他们摆好防御的站姿,脖颈上的毛竖了起来。

叶星眯着眼盯了杜松掌许久,然后抽打着尾巴。"我们回营地吧。"她点头招呼着自己的族伴,从杜松掌身旁走过,"我们在这儿就是在浪费时间。"

紫罗兰光匆匆跟在叶星身后,溜进森林的阴暗处,这才如释重负。她的身后,狗吠声响彻旷野。叶星挤过荆棘丛,消失在灌木丛中,鼠尾草鼻、贝拉叶还有砂鼻也加快了步伐。紫罗兰光跟在后面,用余光扫了一眼杜松掌。这只黑色的公猫像个影子似的向山下移动,循着自己的路线,在松林间迂回前行。最后,杜松掌消失在她的视野里,紫罗兰光感觉到阿树的皮毛蹭着她的侧腹。

阿树走在她的身旁,目光凝重:"真不敢相信,今天的调解会这么糟。"

"这种事情向来很难。"紫罗兰光的心隐隐作痛,对阿树充满了同情。

"但我几乎插不上话。"阿树眉头紧蹙,"我想让他们慢慢理解彼此的想法,但他们之间的隔阂却比以往更大了。"

"我想,他们都是带着要比对方更愤怒的决心来参加这次集会的。"紫罗兰光安慰道,"你也没有别的办法。"

"我本该让他们听我说的。"

"他们都这么固执,你又怎么做得到呢?"紫罗兰光向这只黄色的公猫身旁凑了凑,希望自己侧腹的温暖能带给阿树一些安慰,但阿树似乎陷入自己的沉思中。

前方的斜坡上传来嘈杂的谈话声,叶星和其他武士们已经停下脚步,热切地交谈着。紫罗兰光赶紧爬上斜坡加入他们。

"别闲聊了。"叶星在贝拉叶和砂鼻面前走来走去,哈利溪和鼠尾草鼻看着她。这群武士的目光中充满了愤慨。

"虎星居然派他的副族长全权参加这么重要的集会!"鼠尾草鼻吼道。

哈利溪颈毛直立:"他根本就没打算解决争端。"

叶星曲起了脚掌:"我们再也不会谈判了,我要双倍增加边界巡逻队。如果有任何一只影族猫跨过族界,我们立刻给予反击。"

阿树停在紫罗兰光身旁,注视着武士们。"再给我点儿时间,我相信我们可以和平解决这件事。"他说道。

叶星狠狠地盯着阿树:"我们没有时间了,每一次有影族巡逻队跨过我们的边界,都会显得我们更加懦弱。"

阿树沮丧地弹了弹耳朵。"是你让我调解族群间的纷争的。"

风暴来袭

阿树提醒叶星，"如果你不让我从中调解，又为什么安排我这样的职务呢？"

"我高估了其他族群。"叶星吼道，"他们习惯了战斗，已经忘了怎样谈判，显然虎星就是想引发战争。我们第一次来到湖畔时，我以为其他族群是出于恶意才对影族说长道短……但我现在明白了，影族猫就是狐狸心肠，我终于知道花楸掌为什么不对他们抱有希望了，我也终于明白为什么有些影族武士会追随暗尾了，他们是天生的麻烦制造者。哼，既然他们想要战争，那就成全他们。"

"战争不能解决问题。"阿树坚持道。

叶星摇摇头："你还不明白吗？在这里，战争就是解决问题的方法，阿树。不仅仅是影族——没有哪个湖畔族群像我们一样思考问题，他们训练自己的族猫作战，而不是谈判。如果我们想要守住自己的领地，就得像他们一样。如果我们不为自己的信仰而战，其他族群也不会尊重我们，到时候就不仅仅是影族欺负我们了，你不明白吗？"

紫罗兰光能感觉到身边的阿树有多么沮丧。"那虎星在森林大会上提出的建议呢？"她快速问道，"不仅仅影族，每个族群都放弃自己的一小块领地。"她满怀希望地望着叶星。

叶星咕哝道："你没注意到其他族群的反应吗？他们恨不得马上就离开小岛。"

砂鼻怜悯地朝紫罗兰光眨了眨眼睛："我们必须接受，其他族群并不愿帮助我们。"

贝拉叶重重地坐下来："我们只能像以往那样依靠自己。"

阿树愤怒地抽动着尾巴。"既然这样，我为什么还要在这儿浪费时间呢？"这只黄色的公猫耳朵抖了抖，随后迈开大步离开了。

紫罗兰光看得出阿树有多么痛苦。他背对着天族猫，重重地坐在松树根旁，肩上的皮毛一起一伏。阿树在怀疑自己做错了吗？也许他希望自己从未与我们在一起。这种不安的想法流遍了紫罗兰光全身，阿树放弃了自己的独居生活，为天族提供帮助，却不被大家认可。虽然阿树不是一只自负的猫，但族猫对他技能的否定还是会伤害到他。他会决心回归自己的生活，重新做一只独行猫吗？

叶星摆摆尾巴招呼着紫罗兰光。"让他静静吧。"天族族长一定已经注意到她在观察这只黄色的公猫了，"他看起来需要些空间，他很快就会明白我们别无选择的。"

紫罗兰光眨眼望着天族族长，她为阿树感到心痛。阿树不会这么轻易就放弃自己信念的。但即便她为阿树感到遗憾，她也理解叶星的看法。除了凌辱，虎星什么也没给天族，其他族群也没有为他们辩护。天族在这儿看起来就像在河谷一样孤立无援，他们若想守住湖畔旁的领地，就必须为之战斗。

"快点儿。"叶星说着朝山下走去，"我们回家吧。"

紫罗兰光跟着哈利溪和贝拉叶走进营地。太阳已经落山了，暮光使得营地墙壁下的阴影越发黯淡。他们的族伴此时正在空地旁闲聊着。突然，紫罗兰光闻到了一丝微弱的雷族气息。她竖起耳朵，

风暴来袭

马上想到了桠枝,她的姐姐找借口来探望她了吗?

显然叶星也闻到了雷族的气味。鼠尾草鼻和砂鼻朝猎物堆走去时,天族族长停了下来。她环顾着营地,口鼻抽动着。

鹰翅从猎物堆处走过来见叶星,"怎么样了?"他的声音很低,因为叶星还没有告诉整个族群会见的事。

叶星抽动着尾巴说道:"虎星没来。"

"他派来了杜松掌。"贝拉叶停在族长身旁。

哈利溪抽打着尾巴:"他对谈判不感兴趣,他只想重复虎星在森林大会上说过的话。"

鹰翅眉头紧蹙:"虎星是铁了心不让我们好过了。"

"他们太无礼了!尤其是在我们向他们展示了我们的善意后。我们看在星族的面子上,让他们跟我们住在一起!"叶星怒气冲冲,她又抽了抽鼻子,朝巫医巢穴望去,"有雷族猫在这儿吗?"

紫罗兰光迫不及待地顺着叶星的目光望去。那里的雷族气息确实更强烈一些。她满怀希望,心跳加速,可她嗅了嗅空气,意识到这气味并不像是桠枝的。

"鳍跃回来了。"鹰翅告诉她。

紫罗兰光瞪大了双眼:"回来?"他永远离开雷族了吗?

"他是来探望芦苇掌的。"鹰翅解释道,"他听说芦苇掌病了。"

鹰翅说话间,巫医巢穴沙沙作响,鳍跃走了出来。他看见紫罗兰光时,眼睛明亮起来:"嘿!"

鳍跃快步向前,想要跟这支巡逻队打招呼,但叶星却两眼瞪着

这只年轻的公猫。"芦苇掌怎么样了？"她不客气地问道。

鳍跃似乎被她严厉的口吻吓了一跳，他停下脚步，耳朵抽动着。"她差不多康复了。"鳍跃对叶星说道。

"是黑莓星允许你来了吗？"叶星的皮毛竖了起来。

鳍跃低下了头："他不知道我来这儿了。"

"你没告诉你的族长就溜了出来，还擅自越过边界来到另一个族群的营地？"叶星听起来很是恼火。

紫罗兰光朝鳍跃身边凑了凑："他只是来探望他的至亲。"

"他离开天族的时候，就已经抛弃了自己的至亲。"叶星厉声说道。

哈利溪和贝拉叶相互看了一眼，紫罗兰光胸口涌起一股怒火。"他不会因为住在别处就会停止对自己至亲的挂念！"难道叶星觉得鹰翅和她已经不再关心桠枝了吗？她眨眼望着鹰翅，希望他能够支持自己。

鹰翅怜悯地看了看紫罗兰光："他当然还挂念他们，但他现在住在另一个族群了，他得尊重自己的新族长，还有我们的边界。"

心中的痛苦使鳍跃的目光变得敏锐起来。"我很尊重黑莓星。"他眨眨眼睛望着叶星，"我也一直很尊重你，但我很担心芦苇掌。以前她生病时，我从未离开过。"

叶星似乎并不为鳍跃的请求所动："担心也不能成为破坏武士守则的借口。"

鳍跃的肩膀沉了下去："那我回去了。"

风暴来袭
FENGBAOLAIXI

"现在你还不能走。"叶星坚决地说道,"你可以等到明天早上,会有巡逻队护送你回雷族并解释这一切。"

紫罗兰光肚子绷紧了。叶星为什么非要小题大做呢?如果让巡逻队护送鳍跃回雷族并报告给黑莓星,那么鳍跃和他的新族伴就会有麻烦。"我现在就可以带他越过族界。"她轻声提议道,"他可以在大家都不知道的情况下偷偷溜回去。"

叶星瞪着她。"你也想欺骗雷族吗?万一你们被巡逻队抓住了怎么办?你觉得我们和影族之间的麻烦还不够吗?还要去招惹雷族?"叶星果断地抽打着尾巴,"鳍跃今晚留在这儿,你们两个可以睡在学徒巢穴。我希望你能盯着他,紫罗兰光,如果他在夜里溜走了,那么你就要负责。"

鳍跃满怀歉意地瞥了一眼紫罗兰光,显然他并不想给她带来麻烦。"对不起。"他低声说。

但紫罗兰光并没打算放弃:"如果他整晚不回去,他的新族伴会担心的。"

"他在来这儿之前就该想到这些的!"叶星说完转身便走,她脊背上的皮毛竖了起来,怒吼着走向猎物堆。

贝拉叶朝鳍跃友善地眨眨眼,然后便跟着天族族长离开了。

"很高兴见到你。"哈利溪低声说了一句,随后也走开了。

鹰翅摇摇头。"叶星心情很糟,恐怕你来得不是时候。"他对鳍跃说道,"但她说得对,你不能想来就来。下次把你的担忧告诉黑莓星,幸运的话,他会派一支巡逻队和你一起来征求我们的意

见,同意你来我们的营地。"

鳍跃埋下了头。"好的。"他低声说。

鹰翅走开后,紫罗兰光推了一下鳍跃的肩膀。"至少我们还可以共用一个巢穴。"她说道,"就像从前一样,你可以给我讲讲趣闻。"她眨眨眼睛望着鳍跃,希望鳍跃可以开心一点,但鳍跃的眼里还是充满不安。

"桠枝不知道我在这儿。"

"她明天会知道的。"难道现在鳍跃和她的姐姐已经结为伴侣了吗?紫罗兰光轻轻地领着鳍跃跨过空地,问道:"你饿吗?猎物堆还剩些猎物。"

鳍跃摇摇头。"不饿,谢谢。"他低声说。

砾爪和边爪正在学徒巢穴旁练习战斗动作,浅爪和原鸽爪在他们身边分享着一只老鼠,而晴爪正在观看边爪向砾爪发动攻击。

"你该盯准他的前爪,而不是后爪!"看到砾爪轻轻松松就将边爪撞倒在地,晴爪喊道。

梅花心正和薄荷毛在小溪旁分享着一只鼩鼱,她冲学徒们喊道:"你们餐后应该歇一歇,而不是训练!否则肚子会疼的!"

"武士才会肚子疼,学徒不会的!"原鸽爪反驳道。

"可别说我没提醒你们。"梅花心抖动着胡须,转身继续享用她的鼩鼱。

鳍跃和紫罗兰光经过时,浅爪抬头看了看。"你今晚要回雷族吗?"她问鳍跃。

风暴来袭

紫罗兰光代鳍跃答道:"他明早回家。"

"做一位雷族武士感觉如何?"砾爪半蹲着停住了,眨着眼睛盯着鳍跃。

"还好。"鳍跃告诉他,"我想,跟做一位天族武士没什么区别。"

砾爪若有所思地抬起头。"万一我们和雷族打起来了怎么办?"他问道,"我们可以攻击你吗?"

紫罗兰光猛地抽动了一下尾巴。"我们不会和雷族打起来的,我们现在不是有阿树在守护和平吗?"她屏住呼吸。我还这么坚信吗?即便阿树和族群在一起,她也不确定阿树是否还能帮忙守护和平。她想象着阿树孤身待在森林里,想知道他是否已经在回营地的路上了。独自留下阿树让她觉得十分愧疚。也许她本该留下的。万一阿树再也不回来了怎么办?除了她,还会有谁在乎阿树吗?

紫罗兰光忧心忡忡,但她现在不能离开营地,她得照看鳍跃。不等学徒们询问更多难题,紫罗兰光便将鳍跃推进了荆棘巢穴。"今晚我们睡在这儿。"她一边跟着鳍跃钻进巢穴,一边对学徒们说道,"别像八哥似的喋喋不休,这样会打扰我们睡觉的。"

鳍跃跟着紫罗兰光进来后,发现中间的那棵树干四周围着一圈窝,便问道:"我该睡在哪里?"

紫罗兰光嗅嗅铺垫,发现其中两个窝闻起来有股陈腐的味儿。"这两个窝已经空了一段时间了。"紫罗兰光意识到其中一个曾是桠枝的窝,心里十分难受,她突然很想念自己的姐姐,她原以为这

种感觉早已经消逝了。"桠枝在雷族开心吗?"她一边爬进那个窝,一边问道。

"嗯。"鳍跃跳进紫罗兰光旁边的窝里,坐了下来,"她在那儿看起来就像在家里一样。"

"那你呢?"

"我还在适应。"鳍跃说道,"但我喜欢和桠枝待在一起。"他停下来,夜色吞噬了学徒巢穴,鳍跃的目光有些难以琢磨,"我以为她跟我想要的东西一样,但我想我错了。"

"什么意思?"紫罗兰光眨眨眼睛望着他,"你们不再那么亲近了吗?"

"我们还很亲近。"鳍跃的语气中充满了悲伤。

紫罗兰光很困惑:"我还以为你们现在已经结为伴侣了。"

"我之前也这么想。"鳍跃在窝里动了动。黑暗中,紫罗兰光几乎看不见他。"桠枝一心都在她的学徒身上,她不需要伴侣。"鳍跃躺下了,压得窝里的蕨叶咯咯直响,"可能我太自私了,也许我也应该把心思放在我的学徒身上。"

"桠枝一直都很想成为一位优秀的老师。"紫罗兰光轻快地说道,"我确信她很喜欢你。"

"是啊。"

紫罗兰光的眼睛适应了越来越幽暗的光线,她看得见鳍跃耳朵的轮廓。"芦苇掌见到你开心吗?"她问道。

"开心。"鳍跃听起来很兴奋,"她差不多完全好了,很快就

风暴来袭
FENGBAOLAIXI

可以离开巫医巢穴了。"

"我觉得叶星这么生气,并不是因为你来探望芦苇掌。"

"哈利溪和贝拉叶看起来也很气恼,但我觉得并不是因为我回来了。鹰翅说我来得不是时候,那是什么意思?"

紫罗兰光想起刚刚的会见有多糟糕,心里十分焦虑。他们与影族之间的战争比以往更近了一步。阿树受到了羞辱,万一他离开了怎么办?想到这些,紫罗兰光就格外难受。

"紫罗兰光?"鳍跃的喊声打断了她的思绪,"天族遇到什么麻烦了吗?"

"没有。"紫罗兰光快速答道,她觉得对一位雷族武士泄露天族的问题是不忠诚的行为,即便是鳍跃也不行,"一切都很好。"紫罗兰光眨着眼睛盯着黑暗深处,心中焦虑不安,爪子隐隐作痛。

她真希望自己说的是实话。

第十章

赤杨心的皮毛竖了起来,他仍然觉得影族营地上的一切都令他十分不自在。即使是在巫医巢穴,只有他和洼光,他还是觉得自己被监视着。他将少量的死亡浆果塞到洼光的唇边,见这只毫无意识的公猫没有反应,便轻轻地掰开洼光的牙齿,将黑色的果肉塞入口中。洼光动都没动一下。赤杨心将他的头放回他的窝边时,他的头很沉,简直像只死猫压在赤杨心的脚爪上。

太阳已经落山了,黄昏逝去,夜幕降临。黑暗渐渐逼近巫医巢穴。自从那天早上杜松掌和雀尾将洼光带回来后,洼光一直都没有恢复清醒。他的呼吸越来越弱,皮毛也变得潮湿起来。洼光皮毛中散发出阵阵热量,让赤杨心心中充满了恐惧。洼光能撑过今晚吗?如果这位影族巫医死了,虎星会怎么做呢?

赤杨心眨眨眼睛,尽量不去想这些。死亡浆果一定会起作用的,那个梦预示过的,而且大火也为新的生命让道。星族不会误导他,对吧?赤杨心抛开了脑中的想法。他绝不能怀疑星族。他确信,即使是星族第一次给他幻象,引导他去寻找天族之前,星族都一直与他同在。

风暴来袭
FENGBAOLAIXI

　　赤杨心把从浆果上剥离的种子埋了起来，可是他还是担心地坐着，感觉就像是肚中装着一块石头似的。当确定种子全部安全处理后，他从巢穴的另一边挖出一小块土，把叶子刮了下来。他在疏松的土壤中擦拭着自己的脚掌，直到脚掌全部变得干净，然后又小心翼翼地将树叶弄回原来的位置，覆盖住这块染上毒素的土地。最后，他将死亡浆果包在羊蹄叶中，藏在了洼光的窝下面。

　　赤杨心把死亡浆果带到影族营地后，之前是一直藏在一堆艾菊和金盏花中。虎星虽然没有禁止他继续用死亡浆果给洼光治疗，但是也没有说可以。他不敢去问虎星，因为他担心虎星会反对。这些死亡浆果是他唯一的希望，可是它们至今还没有任何效果。他只能继续等待，继续向星族祈祷。

　　心中的沮丧使赤杨心的皮毛下隐隐作痛，他感觉很无力，而虎星的威胁使情况变得更糟。难道虎星没有意识到，对一位巫医来说，任何一只猫的死亡都是一种惩罚吗？武士们都是兔子脑子，在他们争夺势力和领地的时候，错过了真正重要的东西。赤杨心听到，巢穴外面，苜蓿足和焦毛一边守卫着入口，一边窃窃私语着什么。虎星命令他们坚守自己的岗位，要保证不分昼夜地守卫着巫医巢穴。好像我会偷偷离开一只需要治疗的病猫似的！

　　赤杨心心中狂吼一声，轻轻朝巢穴黑莓墙上的一个裂缝走去，那里是洼光储存草药的地方。他还不如去帮洼光整理草药，让自己发挥些作用。赤杨心来到裂缝中，取出一捆捆干燥的草药，将叶子分开，将每种草药分成堆。有的草药在他的脚掌间变得粉碎，有的

则又硬又干。显然，距离洼光上次收集新鲜草药已有些时日了，当时他还未被感染。赤杨心小心翼翼地抽出最为干燥的草药，放在了一旁。这些草药早已失去了药效。

"你在干什么？"苜蓿足将头探入巢穴，她的鼻子抽动着。"你要用它们吗？"看到裂缝外赤杨心面前摆放的叶子，她的眼里闪现出一丝愤怒。

赤杨心直视着苜蓿足的眼睛："我正在清理没用的草药。"

"我怎么知道你不是在破坏洼光储存的草药？"她厉声说道。

"我为什么要那样做？"赤杨心怒视着她，"我是一位巫医，不是武士。我不想伤害任何一只猫。"

苜蓿足将目光移向洼光："那他呢？你不是给他服用了死亡浆果吗？"

"那是为了救他。"赤杨心哼道，"你真的觉得我会想方设法害死你们的巫医吗？"

苜蓿足眯起了眼睛："如果我们失去洼光，整个影族都会遭殃。"

"所以我在努力救他啊。"赤杨心低声怒喝道，"何况他是我的朋友。但是你不是巫医，不会理解我们之间的情谊。"

苜蓿足一声不吭地盯着赤杨心看了一会儿，接着进入了巢穴。"也许我不理解，"她说，"但是为了确保你不会破坏它们，我要看着你整理那些草药。"

焦毛从入口处窥视着："里面一切都还好吗？"

"一切都好。"苜蓿足告诉他，"我只是在监督赤杨心整理草

风暴来袭

药。"

焦毛退了出去,而苜蓿足在巢穴边上坐了下来,紧盯着赤杨心。赤杨心努力让自己的皮毛保持平顺,继续慢慢地挑出没用的草药。"你需要多收集些百里香。"他头也不抬地对苜蓿足说,"这些叶子太干了,已经没有多大药效了。"

"我怎么知道百里香长什么样子?"苜蓿足生气地说道。

"长得像这个。"赤杨心把百里香的茎秆推向她,"来闻闻,气味很独特。"说着,他转向其他的叶子,"新鲜的水薄荷很快就会发芽,你也应该收集一些,还有琉璃苣、荨麻……"他看着苜蓿足,"我猜你肯定知道荨麻长什么样子,对吗?"

"我当然知道。"苜蓿足厉声说道,"但我是一位武士!我不收集草药。"

"一旦洼光的烧退了,你可以陪我去森林,我可以帮你们收集一些。"赤杨心打开一片羊蹄叶,嗅了嗅里面陈腐的罂粟籽,"即使洼光的病情缓解了,短时间内,他还是会觉得软弱无力。"

话音刚落,巢穴入口发出了沙沙的声响。石翅一瘸一拐地进入了阴暗的巢穴。"焦毛说我可以进来。"他的目光紧张不安地移向洼光,"他还好吗?"

"他看起来像是还好的样子吗?"赤杨心猛地说道。

石翅不安地朝赤杨心眨了眨眼,抬起了一只前爪:"我的爪垫中扎了一根刺。"

苜蓿足怒视着这只白色公猫:"你就不能自己把它拔出来吗?"

"扎得太深了。"石翅浑身都在颤抖。

赤杨心走向前来，嗅了嗅石翅的伤口。这根刺牢牢地扎在他的爪垫中。"伤口需要敷一些草药，以免感染。"他用舌头轻轻地舔了舔这根刺的硬根，尝了尝刺周围溢出的鲜血，"我可以将刺拔出来，"他告诉石翅，"但是会很疼。"

石翅的胡须颤抖着。

"只要将刺拔出来，你就会好很多。"赤杨心看着苜蓿足的眼睛，只见她一脸的疑虑，"我想我能将刺拔出来，你愿意让我试试吗？"

苜蓿足有些犹豫。

"我不想自己的腿变瘸。"石翅告诉苜蓿足，"不管怎样，这是我自己的脚掌，我想让赤杨心试试。"

苜蓿足耸了耸肩。"好吧。"她同意了，"我只希望你不会成为第二个洼光。"

赤杨心并没有理睬苜蓿足，小心翼翼地用牙齿感受着这根刺。他先是咬住它，轻轻地拉扯着，等到他明显感觉到刺时，便猛地一用力。这根刺从石翅的爪垫中滑了出来，顿时鲜血直流。

赤杨心将刺放在地面上。"好好清洗清洗你的脚掌，我去找点儿金盏花。"他告诉这只白色公猫。

石翅早已在用力地舔舐着自己的爪垫，疼痛得到了缓解，他的皮毛也平顺下来。

赤杨心舔舐了一些碎裂的金盏花叶子，放在嘴里嚼了嚼。随

风暴来袭

后,他走回到石翅身旁,将药糊舔抹在伤口上。"一天后再取掉这些金盏花,伤口要保持干净。"

石翅点了点头,深蓝色的眼睛里满是感激。

苜蓿足在巢穴边挪了挪身子。"既然你在这儿,我想你不介意替洼光分担一些责任吧。"看着石翅一瘸一拐地走出了巢穴,苜蓿足咕哝道。

赤杨心并未吭声,而是去检查洼光。这位巫医还是一动不动,赤杨心清洗着他脖子周围潮湿的皮毛。求你好起来吧。他确信死亡浆果很快就会起效,他决不能失去洼光。即使没有虎星的威胁,失去洼光也是一件糟糕透顶的事情。他告诉苜蓿足,影族巫医是他的朋友,但洼光的发烧究竟还要持续多长时间呢?

"苜蓿足?"焦毛在入口喊道,"莓心和小凹在外面。莓心说小凹有点儿咳嗽,我能让他们进来吗?"

苜蓿足朝赤杨心眨了眨眼睛:"幼崽在这儿安全吗?"

赤杨心竖起了颈毛:"你觉得我会伤害一只幼崽?"

苜蓿足朝洼光点了点头,说道:"我的意思是说,他不会被感染,对吗?"

"当然不会。"赤杨心哼了一声,"他们可以进来。"

莓心轻轻地推着小凹进入了巢穴,苜蓿足向一旁挪了挪身子。

小凹在莓心的身旁不住咳嗽着,黑白相间的猫后满怀希望地朝赤杨心眨巴着眼睛。"他已经病了好几天了。"莓心说道。

黑色幼崽听起来有点儿干咳。"喉咙痛吗?"赤杨心轻声问

道。

"只在吞咽的时候会痛。"小凹挪了挪身子，往自己妈妈的身边靠了靠，看着洼光，"他快要死了吗？蓍叶说你想毒死他。"

赤杨心朝这只幼崽眨了眨眼睛。"巫医永远都不会伤害任何一只猫的。"他转过身，用牙咬着艾菊的茎放在了莓心的脚掌中，"这个应该能缓解咳嗽。"他告诉莓心，"让小凹在睡前嚼一口，睡醒之后再嚼一口。"赤杨心嗅了嗅小凹的头部，一点儿也不热，"他有发烧吗？"

"没有。"莓心收回了拿着艾菊的那只脚掌，"只是有些咳嗽。"

"好。"赤杨心看了看小凹的眼睛，发现他的眼睛依旧清澈，"只是秃叶季留下的咳嗽，一两天后就会好起来。让他远离其他幼崽，不过，如果其他幼崽目前还没有感染的话，或许就不会有事。"

"小塔尖和小日已经与蓍叶的幼崽睡着了。"莓心告诉赤杨心。

赤杨心赞许地眨了眨眼。

莓心低下了头。"多亏有艾菊。"她捡起艾菊茎，带着小凹离开了巢穴。当莓心经过苜蓿足时，赤杨心看到这两只猫互相交换了一下眼神，随后苜蓿足便将目光转向了他。赤杨心第一次从这只猫的眼中看到了尊敬。

赤杨心朝苜蓿足点了点头，转身返回了草药堆。

"赤杨心！"

一声恐慌的号叫将赤杨心从梦中惊醒。在一片黑暗中，他睁开

风暴来袭
FENGBAOLAIXI

了双眼。片刻之后,他才反应过来自己身在何处——是洼光身上的酸臭味告诉他自己目前在影族巫医的巢穴里。赤杨心没想到自己会睡着。他慌里慌张地看向洼光。虽然这只公猫的呼吸仍然十分微弱,但是看到他仍有呼吸,赤杨心松了一口气。他原打算一整晚都盯着他的。

苜蓿足也早就睡着了,此刻她突然醒了,眨巴着眼睛问道:"怎么了?"

苜蓿足刚爬起来,蓍叶就冲了进来。"快带上赤杨心!"这只姜黄色母猫的眼里充满了担忧。

焦毛跌跌撞撞地跟在她身后,眨了眨睡意蒙眬的双眼,问道:"发生什么事了?"

"是小影……"蓍叶绝望地看着赤杨心。

"我来了。"赤杨心冲过蓍叶身旁来到了空地。阴影笼罩着整个营地。

虎星此时在育婴室外,他惊恐万分,皮毛竖立着。"他在里面。"

赤杨心飞奔着从虎星身旁跑过,冲进了黑莓巢穴。月光透过巢穴顶部照了进来,赤杨心认出了鸽翅的窝。这只浅灰色母猫蹲伏在那儿,惊恐地看着身底下的这只幼崽。小扑和小光与其他几只猫蜷缩在巢穴的一侧,赤杨心在鸽翅窝边俯下身子,莓心则将其他几只猫推出了巢穴。

鸽翅的窝底,小影正在抽搐着身子,他的头来回摆动着。

"他这样多长时间了?"赤杨心问鸽翅。

猫武士

"没有多久。他刚一开始抽搐，我就让蓍叶去找你了。"

"我们必须紧紧地按住他，直到抽搐停止。"赤杨心飞快地进入窝中，抓住了这只幼崽的腿。"紧紧地抱住他的头，别让他动。"他告诉鸽翅。

虎星从赤杨心身旁挤过。这只深棕色虎斑猫的皮毛拂过他的皮毛时，赤杨心感觉到这位影族族长皮毛竖着，身子在颤抖。

"按住他的肩。"赤杨心告诉虎星。

虎星进入到窝里，赤杨心瞥见苜蓿足正在往育婴室里看。赤杨心顿时安心了不少。"你还记得我让你看过的百里香吗？"他朝苜蓿足喊道。

苜蓿足点了点头，眼睛瞪得溜圆。

"赶紧去找些来。"赤杨心命令道，"带些最新鲜的茎秆回来。"他再次转向鸽翅，"他生病了吗？发烧吗？咳嗽吗？"他为什么会痉挛呢？

鸽翅摇了摇头。

"他以前就痉挛过。"虎星咆哮道。

小影在赤杨心脚掌下剧烈地抽搐着。

"我们以前见过他这样抽搐。"鸽翅的眼睛一直没从她的幼崽身上离开，"在我们回湖畔的路上，小影出现过幻象——伴随着这样的抽搐一起发作。我们还以为会慢慢好起来。"她的声音变成一种忧心忡忡的喃喃声，"但是现在，他的病情却越来越糟……"

在大家的奋力按压下，小影的抽搐得到了缓解。赤杨心将口鼻

风暴来袭
FENGBAOLAIXI

靠近小影,令他欣慰的是,他感受到了这只幼崽鼻子的呼吸,稀疏的皮毛下涌动着阵阵热量。"等他停止了抽搐,给他清洗清洗身子,让他安静下来。"赤杨心感觉到小影的四肢不再颤抖,坐了下来,"我不知道如何才能让抽搐不再发作,但是百里香会让颤抖得到缓解。"

这时,巢穴入口处一阵颤动,苜蓿足钻了进来。她将两枝百里香的茎秆放在赤杨心身旁。赤杨心弯下身子从茎秆上咬下一些叶子,这样他就能将它们咀嚼成糊状,方便小影吞服。

"等一等。"虎星轻轻地将他推开,嗅了嗅这些叶子。

鸽翅难以置信地看着虎星:"你不相信他?"

苜蓿足缓缓走向前。"你可以信任他。"她轻轻地说道,"他之前治好了石翅和小凹。他似乎知道自己在做什么,我观察过他,他只是想要帮忙。"

虎星满眼狐疑地眯了眯眼睛。

赤杨心并未理睬他。"百里香能减轻他的症状。"他告诉鸽翅,"等他苏醒后,咀嚼几片叶子……"

"让他吞服下去。"鸽翅喃喃自语道,"我记得洼光之前给他用过百里香。"

赤杨心点了点头说:"倘若他以后痉挛发作,只要紧紧地按住他,这样就能确保他的安全,然后尽快让他平静下来。"

小影最后抽搐了一下,便虚弱地跌入窝的底部,仿佛暴风雨后的叶子进入了休眠。虎星抖了抖皮毛,鸽翅则俯身舔舐着小影。影

猫武士

族族长轻轻地拍打着自己皱巴巴的皮毛,让它变得顺滑,可是赤杨心仍然能够嗅到这只深棕色虎斑猫恐惧的气息。赤杨心沮丧得皮毛都有些刺痛。我只有知道这只幼崽抽搐的原因,才能治好他的病。

这时,窝里传来微弱的叫声。"鸽翅?"小影慢慢地睁开了眼睛,看着他的妈妈。

鸽翅将鼻子紧紧贴在他耳朵后面柔软的皮毛上。"你还好吗?"她问道,声音有些哽咽,"你吓死我了。"

"我会好起来的。"小影翻了个身,站了起来。身体仍很虚弱的他朝虎星眨了眨眼:"我又出现了幻象。"

鸽翅取来百里香,开始咀嚼它的叶子。"把这个吃了。"她将口鼻靠近小影的口鼻。

小影避开了鸽翅:"我要先告诉你们我的幻象。"

鸽翅和虎星惴惴不安地相互看了一眼。

"去检查一下幼崽。"虎星告诉苜蓿足。他摇了摇尾巴,苜蓿足点点头便离开了。赤杨心顿时心中充满了好奇:难道是星族向小影传递了一个信息?虎星看着赤杨心,说道:"你最好也离开。"

赤杨心的爪子抓进满是松针的地面:"我是一位巫医,有必要听这些。"

虎星怒吼道:"你是雷族的巫医……"

小影打断了虎星:"他能留下来吗?他是一位巫医——他或许知道这是什么意思。"

鸽翅点点头,表示同意:"他应该留下来。"

风暴来袭

虎星挪了挪他的脚掌。"好吧。"他担忧的眼睛紧紧地盯着小影,"你看到了什么?"

"我看到河族领地上下着大雨。"这只幼崽的声音非常虚弱。鸽翅紧贴着小影,用自己的身体撑着他。幼崽继续说道:"我在那儿的沼泽地中,这时,雨下得越来越大。天空一片漆黑,乌云密布,因为下雨,我几乎看不见树。天气越来越糟,我感觉雨水渗进了我的皮毛,流进我的耳朵,灌入我的鼻子。"这只幼崽浑身颤抖着,眼里充满了恐惧,"雨水进入了我的嘴里,我无法呼吸,接着……"他再次停下来时,鸽翅一边抽噎着,一边用尾巴包裹着他。"到处一片漆黑。"

恐惧如同冰水顺着赤杨心的脊柱流过,他看着小影,口干舌燥。

"这意味着什么?"小影眨着眼睛看着赤杨心。

"我不确定。"赤杨心不安地挪了挪自己的脚掌,"这或许只是因为痉挛引发的噩梦。"

"当然。"鸽翅高兴地说道。她坐在自己的窝里,把小影拉入自己的怀中保护起来。"这只是一个噩梦。"

"它不像是噩梦。"小影呜咽着说。

"吃点儿百里香,"赤杨心告诉他,"然后就和鸽翅一起去休息吧,早晨醒来你就会好起来的。"

"我觉得头疼。"小影的眼睛黯淡无光。

"我去找点儿罂粟籽,它们能缓解疼痛。"赤杨心跌跌撞撞地走出了巢穴,他觉得自己头昏脑涨,四肢不停地颤抖,好像无法支撑他的身子似的。关于小影的幻象，赤杨心只能想到一种寓意，这让他惶恐不安。

这只幼崽即将死亡。

"那只是一个噩梦？"虎星的声音吓了赤杨心一跳。影族族长跟着赤杨心出了巢穴，此刻正在月光下看着他。

赤杨心心中一紧："希望如此。"

虎星眯起了眼睛："但是你觉得还有别的寓意。"

赤杨心垂下了目光。如何告诉一位父亲，他的幼崽已经看见了自己的死亡呢？"我……我不知道。"他吞吞吐吐地说道。

"他会像焰尾一样，溺水身亡吗？"影族族长的眼里闪现出阵阵悲伤，颈部的毛发竖立着。赤杨心知道，对虎星来说，想起他那曾经落水、被困于冰下的弟弟，肯定很不好受。

"我无法预知未来。"赤杨心的腹部紧绷着，"但是他确实看见了一些阴暗的东西，一些必须要避免的东西。"

"他自己的死亡吗？"

赤杨心将目光从这位备受煎熬的族长身上移开。看到曾经那么强壮的一只猫变得如此胆战心惊，赤杨心也有点儿害怕。"我不知道。"他怎么能承认虎星或许说的是对的呢？万一小影的幻象真的变成了现实，那该如何是好呢？虎星已经通过给天族施压，威胁到了所有的族群。赤杨心一阵哆嗦，他不知道一位悲痛欲绝的父亲将会给这片森林带来多么恐怖的报复。

风暴来袭

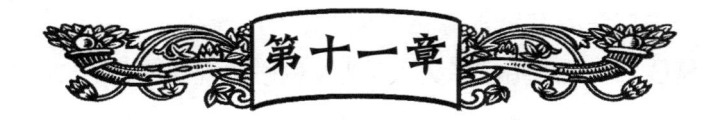

第十一章

桠枝焦虑不安地环顾着森林,她想看见鳍跃熟悉的皮毛。头顶上方,阳光在树枝间闪烁着。一阵柔和的微风吹起了她脚掌周围的枯叶,她闻到了森林的阵阵霉臭味。

"你看见鳍跃了吗?"飞爪急切地看着桠枝。

"他很早就出去了。"桠枝的耳朵不安地抽动着。现在已是上午,鳍跃还没有回来。可是飞爪似乎毫不关心,她扫视着森林,一会儿看看在晨风中飘落的叶子,一会儿又看看在头顶枝条上跳跃的小鸟。

"噼啪爪说他今早应该与鳍跃一起去接受战斗训练,但是鳍跃根本就不在自己的窝里。"飞爪快步向前,向下拍打着脚掌,想要去抓一根摇晃的蕨秆。

"他黎明之前就离开了。"虽然桠枝讨厌撒谎,但是她想要保护鳍跃,直到她有机会查明鳍跃的去向。早晨,她带着飞爪走了山毛榉小道,因为这里仍能闻到鳍跃的气息。鳍跃昨天消失之前,一定走过这条路。桠枝十分担心,脚掌隐隐作痛。她应该将鳍跃失踪的消息报告给族长吗?或许鳍跃需要帮助。如果我们日高时分还没

找到他,我就将他失踪的消息告诉黑莓星。

桤枝嗅了嗅空气,这里仍有鳍跃的气息,但是闻起来已不再新鲜。缕缕阳光斜射在树间,她眯起了眼睛,透过阳光费力地扫视着森林。她渴望看到鳍跃那棕色的皮毛。他在哪儿?

"桤枝?"飞爪抬起了头,目光从刚刚注视的蕨秆上转移开来。

"怎么了?"桤枝将注意力转回到她的学徒身上。

"我们要去练习狩猎吗?"

"当然。"桤枝答应过她要去练习狩猎,"我们正要去山毛榉那儿,那里或许会有老鼠。"或者有鳍跃更加新鲜的气味。

"你为什么一直扫视森林呢?你在找什么吗?"

桤枝犹豫了一下,飞爪比她想象中还要敏锐。"我只是在寻找松鼠。"她漫不经心地说。

飞爪直起身来,凝视着林间。"那儿有一只。"她一边喊着,一边朝森林远端低洼处的一棵高大的橡树点了点头。

桤枝看见树枝高处的叶子间有灰色的皮毛在移动。"太高了,根本够不着。"她说道。

"可你曾经是天族……"飞爪的声音渐渐变弱了,有什么东西吸引了她的注意。这只灰色虎斑母猫兴奋地竖起了耳朵:"快看!边界巡逻队!还有好多猫跟他们一起,好像是天族的。"

桤枝顺着飞爪的目光望去。蕨毛、狮焰和樱桃落正朝她们走来。这支巡逻队正护送着一群天族猫穿过雷族领地。他们穿梭在树间,很难立刻认出是谁。桤枝瞥见了鼠尾草鼻和麦吉弗,嗅到了紫

风暴来袭
FENGBAOLAIXI

罗兰光的气味,她的脚掌都变得兴奋起来。当他们慢慢靠近时,桠枝看到自己的妹妹走在他们中间,鹰翅在她的身旁。她的父亲也来了!桠枝快速奔向他们。这时,她看到鳍跃跟在他们后面,幸福顿时涌上了心头。他是安全的!桠枝试图与鳍跃进行眼神交流,可是鳍跃却避开了她的目光。她的皮毛中闪现出一丝不安。她想要跟鳍跃打招呼,询问他的情况,可是她不知道他们的族伴是不是已经发现他失踪了。

"嘿。"桠枝高兴地跟狮焰打着招呼。鳍跃或许已经加入了这支巡逻队,但他对自己的离开却只字未提。"发生什么事了?为什么天族猫会在这儿?"

"我们在边界碰到了他们。"狮焰告诉桠枝,"鳍跃跟他们在一起。"他若有所思地眯起了眼睛,看着桠枝,"但是他们不愿告诉我们原因,他们想同黑莓星交谈。"

桠枝心中一紧。鳍跃和天族猫在一起干什么呢?"一切都还好吗?"她盯着父亲的眼睛,但没有从他的眼神中得到答案,桠枝十分沮丧。

"我们还是去跟黑莓星解释吧。"鹰翅说道。

他的冷漠刺透了桠枝的心。我们不再是至亲了吗?对他来说,我如今只是一位武士而已吗?紫罗兰光也有同样的感受吗?桠枝满怀希望地凝视着她的妹妹。紫罗兰光朝她眨眨眼睛,安慰着她。这时,飞爪赶了上来。

"天族想要干什么?"这只年轻虎斑猫问狮焰。

"我想鳍跃知道得比我多。"他意有所指地答道。

飞爪朝鳍跃眨了眨眼睛:"原来你在这儿呢!噼啪爪一直在找你。"

鹰翅不耐烦地甩了甩尾巴:"我们能快点儿吗?"

"我也正这么想呢。"狮焰在树间怒气冲冲地往前走去。

桠枝急匆匆地来到鳍跃身旁:"你还好吗?"

"嗯。"他扭过头去。桠枝看见他的皮毛不安地竖了起来。

鳍跃会解释他为什么一整夜都没有回来吗?"你去哪儿了?"

"我们还是先回营地吧。"鳍跃咕哝道。他尴尬地从桠枝身旁挤过,跟上了巡逻队。飞爪蹦蹦跳跳地跟在他们身后,她兴奋地甩打着尾巴,仿佛自己正带着一只鲜美多汁的老鼠回营地似的。

紫罗兰光落在后面,来到桠枝身旁。"嘿。"她用口鼻蹭着桠枝的下巴。随着妹妹的气味弥漫到了桠枝的全身,她发出了咕噜声。她怎么能觉得紫罗兰光不再爱她了呢?哪怕只是那么一瞬间这么觉得。虽然已经分开了这么久,可是她们之间的姐妹之情如同其他所有兄弟姐妹一般坚不可摧。桠枝如释重负,心中的疑问也不断涌现:"发生什么了?为什么鳍跃同你们的巡逻队在一起呢?"

紫罗兰光看着武士们穿过了蕨丛,消失在了眼前。"在鹰翅告诉黑莓星之前我什么都不能说。但是别担心,不是特别严重的事情,武士们只是偶尔喜欢卖弄卖弄自己的爪子。"

卖弄他们的爪子?桠枝绷紧了身子:"有战斗要发生了吗?"

紫罗兰光的眼神突然暗了下来。"不是同雷族。"桠枝还未来

风暴来袭
FENGBAOLAIXI

得及继续追问,紫罗兰光便飞奔着去追赶自己的族伴了,桠枝也赶紧追了上去。会有什么事发生呢?她追上了紫罗兰光,心怦怦地跳着,可是她的妹妹眼睛一直盯着前面的猫,显然不想讨论天族来雷族领地的原因。

"你还好吧?"桠枝试探性地问道。

"我很好。"紫罗兰光看着她。

"那鹰翅呢?"桠枝跳过一根横在路间的枯枝,"他看着我,一副不认识我的样子。"

"别担心。"紫罗兰光告诉她,"自从我们离开营地后,他甚至都没有同我说过话。他在执行任务,仅此而已。一旦他将消息告诉黑莓星,我保证他会跟往常一样。"

桠枝瞥了一眼前方的营地围墙,这支巡逻队马上就要到了。什么事情如此重要,能让鹰翅对她不理不睬呢?紫罗兰光所说的不会与雷族发生战斗到底是什么意思呢?

随着荆棘屏障一阵摇晃,雷族武士护送着天族的这支巡逻队进入了营地。桠枝悄悄地跟在他们后面,紫罗兰光也紧随其后。

"你觉得他会说什么呢?"营地四周的雷族武士站起身来,飞爪兴奋地冲到桠枝身边。

"我不知道。"桠枝轻轻地推着飞爪朝学徒巢穴走去。噼啪爪和斑爪正在学徒巢穴里抻着脖子,越过族伴的头顶向外观望。"你去和你的兄弟姐妹一起旁观吧。"说完,桠枝悄悄到紫罗兰光身旁。

黑莓星已经爬下了落石堆,脚下的细石噼啪作响,落在空地

上。狮焰在他面前停住了,朝天族巡逻队点了点头说:"我们在边界碰到了他们。"

雷族族长朝鹰翅低下了头。松鸦羽走出了巫医巢穴,一脸期待地抽动着鼻子。他在期待听到赤杨心的消息吗?桠枝知道松鸦羽一直在为赤杨心担忧。松鸦羽失明的蓝色双眼在天族巡逻队身上停留了片刻,随后便转身返回了巢穴。

武士巢穴外面,罂粟霜从黄蜂条和鼹鼠须的旁边看了过去。

炭心眯起了眼睛:"鳍跃为什么跟他们在一起?我还以为他今天在训练噼啪爪呢。"

灰条从长老巢穴探出了头。

"是谁啊?"米莉在巢穴里喊道。

"天族来了一支巡逻队。"灰条答道。

"什么?"米莉听起来有些着急,"我听不到你在说什么。"

灰条眼珠一转,转身朝巢穴里面走去。

鹰翅平静地看着黑莓星:"你的一位武士未经允许来到了我们的营地。"

黑莓星的颈毛立刻竖立起来:"谁?"

鹰翅朝鳍跃点了点头。鼠尾草鼻用口鼻轻轻地向前推了推这位武士。鳍跃可怜兮兮地穿过了空地,鹰翅继续说道:"是你派他来监视我们吗?"

鳍跃猛地抬起了头:"我没有监视……"

"你已经惹上麻烦了,"鹰翅怒视着他,"别再乱说话。"

风暴来袭

看着鳍跃害怕的样子,桠枝的心里一阵难受。鹰翅为什么要对鳍跃这么严厉呢?他还是一个幼崽时,鹰翅就已经认识他了。他们曾经是族伴,他怎么能相信鳍跃会监视自己原来的族群呢?桠枝看着鼠尾草鼻和麦吉弗,他们僵硬地站着,目光十分冷漠,一副警戒的样子,仿佛正面临着一支战斗巡逻队,而非一个和平友好的族群。难道是天族发生了什么让他们紧张的事情了吗?桠枝偷偷地看向紫罗兰光,但她的妹妹静若磐石,目光紧紧地盯着鹰翅。

黑莓星抬起了下巴:"如果鳍跃真去了天族,那也是在我不知情或没允许的情况下去的。我并没有派谁去监视你们的营地,当然也没有派鳍跃。鳍跃嘴巴上的胡须没有一根不诚实,而且他永远都不会背叛任何一只猫,更别说自己原来的族伴了。"

鳍跃睁大了双眼,仿佛被黑莓星的夸赞惊到了。鹰翅点了点头,竖起的皮毛终于平顺下来。他知道黑莓星说的是事实。桠枝如释重负,无论困扰天族的是什么,鹰翅知道鳍跃是一只善良的猫。

黑莓星严厉地看着鳍跃:"你什么时候离开的?"

"昨天晚上。"鳍跃看着自己的脚掌。

"昨天晚上?"黑莓星将责备的目光转向桠枝,桠枝缩成一团。黑莓星一定猜出桠枝知道鳍跃失踪了。

"我本打算立即回来,可是叶星不让我离开。"鳍跃小声说着。

"别把自己的错推给叶星。"黑莓星厉声说道,"你不该未经允许就越过边界,更别说进入其他族群的营地了。"

"对不起。"鳍跃垂下了肩。

黑莓星眉头紧皱:"让我好奇的是,居然没有猫向我汇报你失踪了。"

桠枝愧疚地垂下了目光。

"全是我的错。"鳍跃连忙说道,"我必须去见芦苇掌。之前听说她生病了,我非常担心她。真的对不起。"

黑莓星没有动,目光变得十分严厉:"你想念自己的至亲,这很正常,但是这不是你可以背着自己的族伴偷偷行事的借口。你得让我们能相信你,而且我们需要知道你是安全的。下个月由你来负责清扫长老巢穴,桠枝可以帮你。她应该在知道你失踪的第一时间,就立刻向我汇报。你当时或许已经身陷险境了。"

族伴看向桠枝,她觉得耳朵一阵发烫。

"你知道他离开的事吗?"紫罗兰光低声问道。

"我知道他想去看芦苇掌。"桠枝低声答道,"但是我没想到他居然没有告诉任何猫就走了。当我看到他不见了的时候,我想我应该向黑莓星汇报,但是我又不想让他惹上麻烦。"

紫罗兰光用鼻子轻轻地推了推桠枝的肩:"你一定非常爱他。"

桠枝不自然地挪了挪脚掌:"我想是的。"

"那你为什么不跟他一起来呢?那样你就可以来看我和鹰翅了。"

心中的愧疚刺透了桠枝的皮毛。"我不想破坏武士守则。现在我已经有了一位学徒,我不能再像幼崽一样行事了。我在这儿

风暴来袭

已经有了更多的责任。"她看着自己的脚掌。"况且,他也没有问我。"她有些悲伤地补充道。桠枝注视着鳍跃:如果鳍跃问她的话,她会去吗?

紫罗兰光的皮毛蹭了蹭桠枝:"我们还是很想你。"

"我也想你们。"桠枝身子靠近了些。

"紫罗兰光!"鹰翅的叫声穿过了空地,"我们要走了。"

桠枝满心期待地看着自己的父亲。他会与她说话吗?鹰翅朝她眨了眨眼睛,眼里充满了慈爱,但是在他身旁的鼠尾草鼻和麦吉弗急不可耐地挪动着身子。鹰翅点了点头,转身离开了。

紫罗兰光的尾巴拂过桠枝的脊背。"或许下次森林大会的时候,我们会来看你的。"她说,"到时我们可以好好聊聊。"

"好的。"桠枝的心中涌起阵阵忧伤,她看着紫罗兰光跟着鹰翅和鼠尾草鼻,匆匆忙忙地走出了营地。她已经忘记至亲在身边时,自己是多么欣慰了。

黑莓星径直走上落石堆,回到了高石台,其他的族猫也返回到各自的岗位。

鳍跃看着桠枝的眼睛。当他朝桠枝走来时,眼里充满了歉意。"对不起。"他说道。自从发生争吵以来,这是他们第一次说话。"你一定担心坏了。"

"是的,不过没关系。"她匆匆迎了上去,口鼻紧紧地贴在鳍跃的口鼻上,"我本该意识到,让你去见芦苇掌是一件多么重要的事。"桠枝的鼻子中仍有紫罗兰光的气味,"至亲永远是至亲,即

使他们不在同一个族群。"

鳍跃松开了口鼻:"但是我给你带来了麻烦。"

"没关系。"桠枝看着他。他能回来真是太好了。"再说了,如果我们一起清扫长老巢穴的话,一定会非常有趣。"

"我想也是。"鳍跃有些不确定地看着桠枝。

桠枝眉头紧皱:难道他回来不开心吗?"你有想我吗?"

"当然。"

"我很想你,一直想着你去哪儿了。"

"我告诉过你。"鳍跃争辩道。

"你说过你很担心芦苇掌,但是没有说要偷偷溜出去一整晚!"

"我没打算……"他停下来,吸了口气,"我们别再争吵了,见到我之前的族群和至亲,我想了很多。"

"想了很多?"看到鳍跃突然变得严肃起来,桠枝紧张不安地挪了挪身子。

"你是雷族唯一能让我觉得真正亲近的。"他解释道,"我怀念和自己一出生就认识的猫生活在一起的时光。"

桠枝的心跳开始加速。他是要告诉自己他要离开了吗?"但是你很快就能适应下来的。几个月以后,你会觉得你一直都很了解雷族。你也听到了黑莓星有多么认可你。"你不能离开。桠枝甚至都不敢大声说出来,鳍跃终究还是不爱她了吗?

"我喜欢这里,但是我觉得没有归属感。"鳍跃盯着自己的脚

风暴来袭

掌,"这就是我为什么想在这里,在雷族建立家庭的原因。这样我就会觉得自己是族群的一部分,觉得在这里有真正属于自己的东西。我想有自己的幼崽。"

"幼崽?"桠枝口干舌燥,几乎说不出话来。

鳍跃看着她,目光里充满了期待。

"但是你知道我对要幼崽的态度。"桠枝脱口而出,"我还没有准备好。我想要专心训练学徒,我已经告诉过你这些了。"

"我知道。"鳍跃盯着她的眼睛,"但是我需要你重新考虑一下,我必须要觉得自己属于这里,觉得你需要我。如果连你都不想与我生养幼崽,那我就更加无法觉得雷族是我的家。"

第十二章

紫罗兰光的爪子瑟瑟发抖，爪子下的松树皮十分光滑。她试着不去看下方的森林地面，拖着爪子往鹰翅身旁凑了凑。万一她跳下去的时机不对怎么办？万一她没有站稳扭伤了爪子怎么办？这是自暗尾侵入族群以来，她的第一次战斗。她准备好再次面对战斗了吗？"鹰翅？"她轻声问道，"我们还要等多久？"等待使她越发焦虑。

鹰翅扭过头，鼓励地看了紫罗兰光一眼："看见影族巡逻队时，做好准备，等叶星发出命令后再跳下去。"

天族族长正蹲伏在旁边的树上，她和麦吉弗在同一根树枝。叶星斑驳的皮毛掩藏在阳光闪烁的树枝间，贝拉叶和哈利溪蹲坐在小道另一边的松树上。过不了多久，太阳便会高高升起，影族巡逻队想必很快就会来吧？森林大会之后，每天都有影族猫越过边界，来到天族的领地。每一次，他们都会沿着这条小道，朝天族领地深处走去。

叶星已经怒不可遏，影族猫的每一次入侵都会使她越发愤怒。"我们必须进行回击。"昨天夜里，她告诉自己的族伴，

风暴来袭

"在河谷时，我们是那里唯一的族群，从不需要靠战斗守护自己的边界，但这里不一样，我们得捍卫自己的利益。"没有猫表示反对。自打和杜松掌见面以来，还不到一周的时间，影族的侵犯越发肆无忌惮，他们甚至还留下标记，炫耀他们来过这儿。"让我们来教训教训他们，让他们知道，天族的领地不容入侵者践踏。明天过后，他们将不敢再踏入这里一步！"

紫罗兰光能感觉得到自己的心跳。叶星挑选她参加战斗，让她倍感骄傲，但她也害怕自己让族伴失望。她紧张地扫视着那条小道。一只小鸟跳到了树叶上，停留片刻，随后拍打着翅膀飞入空中，掠过了树顶。这时，松林间飘来一股影族的气味，鹰翅绷紧了身子，紫罗兰光竖起了耳朵。树叶沙沙作响，接着传来了脚步声。他们来了！

紫罗兰光沿着小道望去，蛇牙步入了她的视野，她吓得屏住了呼吸。击石和蛇牙在一起，炽爪在击石的身旁慢跑着，草心跟在后面，她身后的浅色虎斑尾巴像条蛇似的左右摇摆着。

愧意刺痛了紫罗兰光的肚皮。当她还是影族幼崽的时候，草心是当时住在育婴室的猫后之一。她一直非常和善——虽然不像亲生母亲那般，但草心却比紫罗兰光的养母松树鼻还要体贴。如今她们反目成仇，这种感觉很奇怪。但只要影族一直试图窃取天族领地，她们不反目成仇还能怎么样呢？她得捍卫自己的族群。影族猫看起来很放松，就像是在自己的领地上巡逻似的。他们怎么会有这么大的胆子？紫罗兰光看向叶星，等待她发出攻击的

信号。

叶星观察着影族猫,当他们走近时,她脖颈上的毛竖了起来。像蝰蛇一样,叶星静静地等待着进攻的时机,她盯着影族猫,一直等他们走到她的正下方。叶星嘶吼一声,发出指令:"上!"

鹰翅跳向影族巡逻队时,紫罗兰光的心猛地一紧。哈利溪、麦吉弗、贝拉叶还有叶星也跳向影族猫。一时间,突袭的吼声响彻云霄。紫罗兰光嘶叫一声,露出爪子,从树上跳了下来,刚好跳到击石的背上。这只公猫在她的重压下摔倒在地,当他以娴熟的动作在地上翻滚时,紫罗兰光将自己的爪子刺入了他的身体,紧紧地抓着。

击石转过身压住了紫罗兰光,紫罗兰光不禁发出哼声,但她并未松开爪子。她突然想起自己的训练。永远不要露出自己的肚子。击石跌跌撞撞地站起身,紫罗兰光依然紧紧地抓住他。接着,紫罗兰光的牙齿狠狠地咬进击石的后颈,用后腿连续猛烈击打着他的脊背。击石在紫罗兰光身下尖叫起来,拼命想摆脱她。

在他们的身旁,炽爪痛苦地哀号着,哈利溪正不断猛击这只年轻公猫的鼻子。贝拉叶将爪子插进蛇牙的肩膀,并将这只影族母猫按倒在地。叶星冲蛇牙嘶吼道:"你们是不是以为可以随时侵犯我们的领地?"接着,天族族长打中了草心的鼻子,此时,击石在紫罗兰光身下疯狂地跳着。当击石踉踉跄跄向后退去时,紫罗兰光的爪子更用力地刺进他的身体。我打败你了!紫罗兰光

风暴来袭
FENGBAOLAIXI

心中涌起胜利的喜悦。

突然，紫罗兰光的脊背撞到一块坚硬的木头上。她眼冒金星，眼前发黑。击石已将她推到一棵树上。紫罗兰光呻吟一声，松开了击石，滑倒在地。击石转过身，面向她，眼里露出凶光。这只影族公猫抬起前爪，恐惧顿时漫过紫罗兰光的全身。击石缩起嘴唇，朝她的口鼻狠狠挥出一爪，接着，灰色的皮毛出现在紫罗兰光的眼前。只见鹰翅冲向这只影族公猫，不等击石的爪子击中紫罗兰光的鼻子，便给了他重重一击，击石的鲜血溅洒在森林地面上。

紫罗兰光震惊万分，她闻得到浓烈的血腥味儿，也嗅到了恐惧的气味。影族猫寡不敌众，正拼命抵抗着。

"撤退！"草心喊道。她已经被叶星按倒在地，眼睛里全是恐惧。

叶星的眼里怒光闪烁。"回去让虎星看看！"说着她从草心的侧腹扯下一撮皮毛，一道爪印出现在草心的身体上。

草心挣扎着爬起来逃走了。炽爪正拼命躲避着哈利溪，在树林间奔跑着。击石拽住蛇牙，一同奔向一片蕨丛。他们跌跌撞撞地冲了进去，然后消失不见了。

"我们要越过边界追他们吗？"鹰翅看向叶星。

"让他们走吧。"天族族长吼道，"我想他们已经吸取了教训。"

紫罗兰光气喘吁吁地爬起身，盯着影族武士逃走时滴满鲜血

的小道。

"你还好吧？"叶星看着她。

"只是觉得呼吸困难。"她喘息道。

叶星看看其他猫："有谁受伤了吗？"

"只伤了点儿皮毛而已。"哈利溪摇了摇尾巴。

"我想只有影族猫受伤了。"贝拉叶吼道。

鹰翅骄傲地朝紫罗兰光眨眨眼睛："你表现得很好。"

紫罗兰光难为情地低下了头："我本该抓住他更长时间的。"

"击石很拼命。"鹰翅用自己的口鼻触着紫罗兰光的脑袋，"没有哪位武士能抓更久的。"

心中的自豪使紫罗兰光浑身温暖起来。叶星转身走向营地。"我想这段时间，我们再也看不到影族猫了。"天族族长说道。

在一片睡意中，紫罗兰光欣慰地呼噜一声，她感觉到阿树躺在她身旁——阿树仍在天族，他并未因试图调解族群矛盾而变得更加沮丧，也未因此而选择永远离开。阿树在这儿似睡非睡地躺着。自从上次与杜松掌糟糕的会面后，他每晚都是如此。但现在阿树辗转反侧，坐立难安，这彻底扰醒了紫罗兰光。"怎么了？"紫罗兰光警戒地问道。阿树在窝里坐了起来，绷紧身子望向黑暗深处。紫罗兰光站起身，此时，一声怒吼划破寒冷的夜空。不知什么东西在撕扯着墙壁，整个巢穴都颤动着。巢穴外面，传来爪子砰砰踩在地面上的声音。

风暴来袭
FENGBAOLAIXI

"是影族!"鹰翅警告的怒吼在黑暗中传来,他跑向巢穴入口。

紫罗兰光心头一紧。她已经猜到影族会来复仇,但她从未想过他们会在夜深之时来袭击营地。雀毛、贝拉叶和梅柳从自己的窝里冲了出来,而梅花心和荨麻斑已经冲到了外面,紫罗兰光心怦怦直跳,也跟了上去。"你要来吗?"她回头看着阿树问道。

阿树没有动:"如果我在战斗中偏袒一方,还怎么调解族群间的矛盾呢?"

紫罗兰光迅速点了点头。阿树说得对,如果他是大家和平相处的唯一希望,那么他就不能与影族作战。

紫罗兰光冲到月光中,舌头上沾满了影族的臭气。巢穴已被撕成了碎片,天族猫都聚集在空地上。两位影族武士正飞速跑过营地,紫罗兰光认出了雪鸟的白亮皮毛,砂鼻和荨麻斑在她身后紧追不舍,但雪鸟娴熟地避开了他们,跑向了出口。樱尾和薄荷毛试图抓住焦毛,但焦毛从她们中间冲了过去。当鹰翅冲向焦毛时,焦毛在麦吉弗的肚子下躲闪着,不停地甩着尾巴。

他们已经破坏完营地,准备逃跑了。巢穴墙壁一片狼藉,树枝散落得到处都是。

"别让他们逃了!"雪鸟和焦毛冲出营地入口时,鹰翅命令道。麦吉弗带着贝拉叶、荨麻斑和其他族伴紧紧追了上去。紫罗兰光仔细察看着空地。营地里还有其他的影族武士吗?当其他猫消失在森林中时,猎物堆旁的动静引起了紫罗兰光的注意。

猫武士

杜松掌！这位影族副族长正从猎物堆拖拽一只田鼠。他在偷天族的猎物！紫罗兰光大吼一声，跑过空地。"放下！"她冲到杜松掌面前，皮毛中怒火闪烁。杜松掌愣住了，眯着眼恶狠狠地盯着她。紫罗兰光冲向杜松掌，爪子抓住了他的侧腹。杜松掌怒吼一声，挣开紫罗兰光，溜进空地边缘的阴影里。紫罗兰光紧紧追了上去，但杜松掌的速度太快了，他像一只鸟似的滑过地面，冲出营地，消失在距离入口一只狐狸远的荆棘丛中。

紫罗兰光气喘吁吁地停下了脚步，森林里的天族武士足够多了，她应该守在营地里，以确保巢穴周围没有其他潜伏的影族武士了。于是，紫罗兰光赶忙跑回营地。

叶星正站在空地中，鹰翅和砂鼻在她身旁，这位天族族长瞪大了琥珀色的眼睛，看着紫罗兰光。叶子散落一地，黑莓的茎秆悬在被影族猫撕扯得破烂不堪的墙壁上。"这就是他们来这儿的目的吗？"叶星眨着眼睛，看着眼前破败的景象，眼里充满了疑惑，"他们来这儿就是为了破坏我们的巢穴？"

鹰翅眉头紧蹙："这么做有什么意义呢？巢穴我们可以重建的啊！"

砂鼻抽打着尾巴："也许他们觉得这样做是给了我们一个警告。"

紫罗兰光努力迫使自己支棱的皮毛平顺下来，走到鹰翅身旁。影族猫在他们沉睡时闯入了营地，这让她焦虑不安。"或许我们应该安排守卫。"她望着叶星，小心地提议道。

风暴来袭
FENGBAOLAIXI

这位天族族长似乎并未听见紫罗兰光的话，一直注视着入口。

这时，荨麻斑跑进了营地，他的皮毛因为在森林里奔跑而变得凌乱不堪，梅花心和雀毛紧跟在他身后。"我们追丢了。"荨麻斑气喘吁吁地说，"他们跑向边界了，麦吉弗正带领一支巡逻队追踪他们的气味，以确保他们不会再返回来。"

梅花心盯着一片狼藉的营地："真是一团糟！"

叶星的皮毛抽动着。"明早再愁这些吧。"她朝雀毛点点头，"帮我守住入口，其他猫去睡会儿吧。"

鹰翅摇摇尾巴说道："我也一起守卫吧。"他把紫罗兰光推向武士巢穴便走开了。

阿树正站在巢穴入口处，他沮丧地瞪圆了双眼。紫罗兰光停在这只黄色的公猫身旁，瑟瑟发抖。"真不敢相信，他们竟然侵入了我们的营地，"她轻声说道，"他们简直和泼皮猫没什么两样。"

黑暗中，阿树朝紫罗兰光眨了眨眼睛。"我真觉得自己应该帮忙守护族群间的和平。"他听起来很沮丧，"但他们似乎决心战斗了，而我却无能为力。我不能袖手旁观，眼睁睁看着影族摧毁你们，但我也不确定自己是否有能力阻止他们。"

我不能袖手旁观，眼睁睁看着影族摧毁你们。紫罗兰光的心沉了下来，他说的是你们而不是我们。他现在说话的姿态就好像他已经不属于天族了，紫罗兰光紧紧地依偎着阿树。"你也许还能让他们醒悟。"她的话听起来很没底气，影族猫已经越过边界太多次了，更何况，他们现在直接明目张胆地闯入天族营地了。

砂鼻和荨麻斑在雪鸟身后紧追不舍，但雪鸟娴熟地避开了他们，跑向了出口。

别让他们逃了！

鹰翅命令道。麦吉弗带着贝拉叶、荨麻斑和其他族伴紧紧追了上去。

紫罗兰光仔细察看着空地。营地里还有其他的影族武士吗？

当其他猫消失在森林中时，猎物堆旁的动静引起了紫罗兰光的注意。

影族副族长正从猎物堆拖拽一只田鼠。他在偷天族的猎物!

杜松掌!

放下!

杜松掌愣住了,眯着眼恶狠狠地盯着紫罗兰光。

紫罗兰光冲向杜松掌,爪子抓住了他的侧腹。

她看不出天族与影族之间还有什么和平可言,但她得让阿树相信,在天族,还有他的一席之地。

阿树没有说话,他将口鼻挤进紫罗兰光脖颈的皮毛中。他那温暖的呼吸使紫罗兰光感觉到一丝宽慰,但紫罗兰光知道阿树很沮丧。阿树依偎着她时,她感觉得到阿树身体的沉重。是族群削弱了他的士气吗?紫罗兰光十分悲伤,心中隐隐作痛:如果他不能带来和平,那么他还会离开吗?他以调解者的身份加入了天族,如果他不能从中调解,那还有什么理由留在这里呢?

新叶季的阳光照进巢穴,紫罗兰光醒来时感觉十分温暖。她睁开双眼,阳光从被扯坏的墙壁缝隙照了进来,使巢穴里显得格外明亮。她看到阿树的窝里空荡荡的,不禁心跳加快:他在哪儿?

紫罗兰光跳出自己的窝,匆匆跑出巢穴,来到外面,仔细查看着被破坏的营地。看到阿树后,她顿时松了口气。阿树正在学徒巢穴旁帮哈利溪收集灌木。如果他打算离开,现在就不会费心帮忙了吧?浅爪和原鸽爪在他们身旁竞相奔跑着去抢断裂的枝干,而晴爪和花蜜爪正将松散的卷须编回巢穴墙壁中。

武士们在空地上忙碌着,他们不安地走来走去,鹰翅在砂鼻耳旁小声说着什么。雀毛在猎物堆旁狼吞虎咽地吃着一只田鼠,叶星在营地边上徘徊着,目光忧郁地嗅着被蹂躏过的巢穴。她要宣布回击影族吗?影族猫这样突袭天族营地后,理应遭到报复。

风暴来袭
FENGBAOLAIXI

天族族长在巫医巢穴旁停下脚步，斑愿和躁片正在被撕裂的口子旁皱着眉头。"你们的草药储藏室也被破坏了吗？"叶星问道。

"没有，星族保佑。"斑愿告诉叶星。

鹰翅抬起口鼻望着他的武士们，武士们也转过身，充满期待地望着他。

"贝拉叶。"他冲淡橙色母猫点头说道，"选出三位武士帮着你修补长老巢穴。"说着他朝闲蕨睡的那簇蕨叶摆了摆尾巴。这位失聪的长老正坐在弯曲的枝干间，她的巢穴已经处于露天下。鹰翅继续说道："荨麻斑，你带一队学徒去森林，尽量多收集些茎秆，蕨叶也行，如果能在不刺痛爪子的情况下带一些荆棘回营地，那就再好不过了。"

荨麻斑招呼晴爪和花蜜爪时，叶星从一片狼藉的巫医巢穴那儿抬起了头。"你们只是在浪费时间，鹰翅。"她怒吼道。

鹰翅望着叶星："你什么意思？"

"何必还费心重建呢？"叶星重重地坐了下来，"不管我们建什么，影族都会来破坏的，其他族群也不会出手保护我们。"

紫罗兰光绷紧了身子。叶星在说什么？他们不能让影族打败他们！

贝拉叶盯着天族族长："我们不能屈服！"

"我们必须战胜他们。"哈利溪活动着爪子。

鹰翅平静地盯着叶星："我们得重建家园，直到他们意识到我们应该待在这儿为止。"

"这有什么意义呢？"叶星忧郁地看着他，"我们为什么要来这儿？这些族群显然不欢迎我们。我们在河谷有美好的家园。暗尾已经走了，我们可以返回那里并过得更好。既然没有猫支持我们，为什么还要强行留在湖畔呢？既然我们注定要独自作战，倒不如去没有边界的地方，那里也没有其他族群觊觎我们的领地。"

荨麻斑眨眨眼望着叶星，淡棕色的皮毛抽动着，鼠尾草鼻和薄荷毛不安地交换着眼神。

"河谷离得远吗？"原鸽爪问浅爪。

斑愿抽打着尾巴。"你就是太伤心了。"她对天族族长说道，"你可能累了，为什么不睡会儿呢，休息好了再考虑这些。"

斑愿正在说话的时候，雀毛呕吐了起来。雀毛正在距离猎物堆一尾远的地方缩成一团，浑身抽搐着，肚子一起一伏的。紫罗兰光的口鼻忙转向这位武士。雀毛痛苦地瞪圆了双眼，将一块没有咀嚼完的滑溜溜的田鼠吐到地上。斑愿赶忙跑向他。当雀毛再次抽搐时，她嗅了嗅这只田鼠。雀毛不停地呕吐呻吟着倒在地上时，斑愿的皮毛焦虑地竖了起来。

叶星也匆匆跑了过来。

"离开这儿。"斑愿抽动着鼻子，示意叶星后退，"我还不知道他为什么呕吐。"

"是因为腐烂的田鼠吗？"鹰翅从空地的另一头喊道。

斑愿摇了摇头。

风暴来袭
FENGBAOLAIXI

雀毛发出一声低沉、颤抖的哀号，紫罗兰光听到后，皮毛竖了起来：他一定很痛苦。到底是什么让他病得这么重呢？这时，紫罗兰光突然想起了一件事，不由得屏住了呼吸。雀毛吃的那只田鼠，昨晚她看见杜松掌碰过。这似乎很奇怪，也许影族公猫根本就没打算偷天族的猎物，他有更阴险的计划吗？是杜松掌对这只田鼠做了什么伤到雀毛了吗？紫罗兰光的胸口发紧。破坏巢穴只是为了分散大家的注意力，他们的计划是利用雪鸟和焦毛来扰乱整个天族族群，然后杜松掌在他们的猎物上下毒吗？影族真会如此狐狸心肠吗？

第十三章

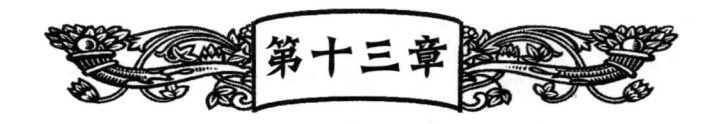

赤杨心将死亡浆果埋在巫医巢穴的墙壁下，满脸期待地瞥了一眼入口处。每半个月一次的巫医聚会将在今晚举行，虎星会放他走吗？他想去参加森林大会，因为他有重要的消息要告诉大家。

洼光正在恢复中，此刻他正在自己的窝里熟睡着。这位影族巫医昨夜便退烧了，赤杨心感到如释重负：他的治疗奏效了！今早是他最后一次喂洼光死亡浆果的果肉。

赤杨心在巫医巢穴旁宽敞的地面上清洗着自己的爪子，然后用树叶小心翼翼地盖住地面上的裂缝，扭头瞥了眼小影："你得离这儿远一点儿，记住了吗？"

这只灰色小猫一脸严肃地点点头。自从他痉挛以来，他就一直在帮赤杨心打理巫医的事务。每次转身，赤杨心都会险些被小影绊倒。过去他帮松鸦羽时也这样吗？想到这儿，他不禁觉得好笑。他为这只幼崽安排了任务，现在小影正在清理巢穴，整理草药，将蜘蛛赶出巢穴——而这并非赤杨心命令他做的。他似乎知道自己该做些什么。

虎星允许这只幼崽在这儿消磨时光，这让赤杨心暗暗窃喜。影

风暴来袭
FENGBAOLAIXI

族族长已经不再安排猫看守他了,很显然,虎星已经开始相信他了。

巢穴入口传来一阵脚步声,小光和小扑挤在巢穴口,她们激动得眼睛闪闪发光。

"小影!"小扑一刻也静不下来,"击石和炽爪答应说要在空地四周给我们当獾骑呢。"

"我们骑着时,他们会往前跑的!"小光尖叫道,"肯定很有趣。"

"你一定要来!"小扑眼巴巴地看着小影,"你一直在给赤杨心帮忙,已经错过太多好玩的事了。"

"我在这儿也很开心。"小影告诉她。

小光半信半疑:"照顾病猫怎么会比骑獾有趣呢?"

"我学到了很多知识。"小影告诉她,"总有一天,我会成为一位巫医。"

赤杨心胸口一紧。他可能活不了那么久。这只幼崽的幻象闪现在他的脑海:我感觉雨水渗进了我的皮毛,流进我的耳朵,灌入我的鼻子……小影还在规划着自己的未来。他的幻象并没有让他恐慌。如果小影注定会成为一位巫医,那么也许他收到的并不是预言,而是警告。

赤杨心抖抖皮毛,告诉自己会有时间弄清楚的,他希望自己是对的。"等到了那一天,你就已经长大了,就不能再玩骑獾游戏了。"他告诉小影。

"我不在乎。"这只灰色的公猫挺起了胸膛,"我想留在这儿帮你。"

小扑翻了个白眼,推着小光往巢穴外走去:"我们就是在浪费时间,我们快去玩吧。"

"你确定不想去玩吗?"赤杨心问道,"你可以稍后再来帮忙的。"

"我只想待在这儿。"小影坚定地说。

显然没必要再跟这只幼崽辩论了。"既然如此,去拿些昨天苜蓿足收集的金盏花吧。"赤杨心告诉小影,"该给草心的伤口抹药了。"

"是亮绿色的,闻起来像酸荨麻一样的吗?"

"对。"

小影迈着碎步跑向草药储藏室,赤杨心望着草心。清晨的阳光照进巢穴口,草心正在巫医巢穴里的窝中熟睡。自从前天草心侧腹带着抓伤回来后,赤杨心就一直在为她治疗。同时,他还治疗了炽爪、击石和蛇牙。他们都有抓伤,但草心的伤口最深,赤杨心只好将她留在巫医巢穴。巡逻队说是天族伏击了他们。赤杨心觉得很奇怪,很纳闷天族为什么要用如此鲁莽的袭击来挑衅影族,这样对两族之间的矛盾又有何益处呢?

"是这个吗?"小影嗅着草药储藏室前的一捆新鲜绿茎问道。

"是的。"赤杨心赞许地眨眨眼,"带两棵绿茎去草心的窝边,我来检查一下洼光。"赤杨心正说着,洼光醒来了,他懒洋洋

风暴来袭
FENGBAOLAIXI

地将脑袋伸出自己的窝外，冲赤杨心眨眨眼睛。这位巫医猫的眼睛还是没什么神采，皮毛也需要好好梳洗一番，但看到他再次醒来仍是一件喜事。"你能吃一点儿吗？"赤杨心穿过巢穴，用鼻子将一小块鼠肉拱到洼光的鼻口旁。

洼光怀疑地用舌头舔了舔老鼠肉："我可能还需要点儿时间来恢复食欲。"

"你需要变得强壮。"赤杨心告诉他。

"能清醒过来就已经够好了。"洼光低声说。

赤杨心又检查了一遍他的伤口。酸臭味儿已经没有了，伤口也开始愈合。这些天来，赤杨心心中头一次涌起一阵喜悦。他坐在地上咕噜着，小影嘴里叼着一捆金盏花茎，迈着碎步从他身旁跑过，奔向草心的窝边。

洼光眨眼看着新鲜的草药，鼻子抽动着："这些草药很新鲜，不像是从我的储藏室拿来的，是你从雷族带来的吗？"

"是苜蓿足搜集的。"赤杨心告诉他。

洼光睁大了双眼："帮忙处理巫医的事务，这可不像苜蓿足的作风。是虎星命令她做的吗？"

"她主动要求的。"

洼光沙哑地咕噜了一声。"你在这儿很受欢迎啊。"他调侃道。

"一旦我告诉虎星你正在康复，那么我会更受欢迎的。"赤杨心还没来得及跟影族族长分享这个好消息。

巢穴的另一头，草心发出一阵呻吟。

"她醒了！"小影激动地喊道。

"我想你最好去帮帮你的学徒。"洼光咕噜了一声。

"他很快就是你的学徒了。"赤杨心穿过巢穴。

"我要嚼些金盏花吗？"小影用牙齿叼起一棵绿茎问。

"你太小了，还不能嚼这些草药。"赤杨心轻轻地拿开金盏花，"金盏花的味道太浓烈了，会让你恶心的。"

"那我可以帮你给她的伤口涂抹药糊吗？"

赤杨心没有说话。这时，草心抬起了头，迷迷糊糊地看着赤杨心，满脸的痛苦："我的侧腹很痛。"

赤杨心检查了一下她的伤口。"没有感染。"他告诉草心，"我为你涂些金盏花，你马上就会觉得好一些的。"

小影抖开蓬松的皮毛。"我来帮你。"他骄傲地对这只虎斑猫说。

赤杨心开心地抽动着胡须："你还有更重要的任务。"

"是什么？"小影盯着他问道。

"草心和洼光都需要水，我想让你带着那团苔藓，"赤杨心朝巢穴入口旁的一团苔藓抽动着口鼻示意道，"去长老巢穴旁的水坑，将它浸透，然后尽快在水流失前带回来。"

"好！"小影跑向苔藓，叼起苔藓冲出了巢穴。

赤杨心很快便嚼烂了一棵金盏花茎，然后温柔地涂在草心的伤口上。草心闭上双眼，似乎又安然入睡了。治疗其他族群战伤的猫感觉很奇怪，若是天族知道有一只雷族猫在帮忙治疗他们的对手，

风暴来袭
FENGBAOLAIXI

他们会说些什么呢？他们会认为他背叛了他们吗？这场战斗与我无关。再说了，巫医不应该偏袒任何一方，他们必须拯救生命，缓解伤痛。如果武士们想要战斗，那就随他们去吧，赤杨心不打算拒绝治疗任何一只猫。

这时，巢穴入口传来一阵响动，打断了赤杨心的思绪。是小影回来了吗？他转过身，看见虎星走进了巢穴。

"我刚刚看见小影正在水坑浸泡苔藓，看到他那么开心真好，尤其是在……"影族族长停了下来，他看见洼光正坐在窝里，虎星的眼睛一下子亮了起来，"你为什么不告诉我？"

"我想等他能吃东西了再说。"赤杨心走到洼光的窝边，"如果他能吃东西了，那就是彻底康复了。"赤杨心发现第二块老鼠肉已经被洼光吃掉时，十分欣慰。

洼光舔了舔嘴唇，眨眨眼睛望着虎星，说道："对不起，让你担心了这么久。我真是个鼠脑子，居然会被困在两脚兽的银网里，但我就是没忍住想要去够下面的紫草。"

"看到你好些了，我很高兴。"虎星摇动着尾巴，"瞧，"虎星朝赤杨心甩着尾巴，"洼光所需要的，就是在自己的巢穴里得到精心的治疗。"

赤杨心瞥了一眼洼光窝下的缝隙，那里还藏着一些死亡浆果。他应该告诉虎星自己还在喂洼光死亡浆果果肉吗？赤杨心犹豫不决，惴惴不安，皮毛下隐隐作痛。倘若他找到了新疗法，就应该分享，也许有一天，其他巫医也会需要这种疗法。赤杨心看着虎星的

猫武士

眼睛说道:"我从雷族带来了死亡浆果,来到这儿以后,我一直在给洼光吃死亡浆果的果肉。"

这位影族族长的眼里闪过一丝诧异。赤杨心绷紧了身子,等待着虎星发怒,但虎星只是歪歪头,看起来若有所思。"你像武士一样勇敢。"他终于开口了,"万一死亡浆果害死他了怎么办?"

"我必须冒险一试。"赤杨心告诉他,"如果我没有喂他死亡浆果,他一定已经死了。"

洼光向前伸伸口鼻:"我欠他一条命。"

虎星眯起了眼睛:"我们应当感谢你,赤杨心,影族对你的勇气表示敬佩。"

赤杨心低下了头,虎星的赞赏使他感到了一股暖流。"我是一位巫医,"他低声说,"我别无选择。"

"我该怎样报答你呢?你想回家吗?"

"等洼光痊愈了,可以担负起自己的职责,我就回去。"赤杨心告诉虎星,"我不在的这段时间,雷族可以应对的。"虎星点点头。"但今晚我得去月亮池与星族分享消息。"赤杨心补充了一句。

"已经到半月了!"虎星听起来像是忘记了似的,他低下头,"我当然不能阻挡巫医与星族分享消息,你可以告诉其他猫,洼光康复了,影族又完整如前了。"

我再也不是你的囚犯了。赤杨心客气地朝影族族长眨眨眼:"谢谢。"

赤杨心正说着,小影迈着碎步跑进巢穴。他将湿淋淋的苔藓抛

风暴来袭
FENGBAOLAIXI

在草心的巢穴旁,匆匆跑到父亲虎星身边:"赤杨心为什么感谢你?"

"我告诉他,今晚他可以去月亮池。"

小影那柔软的毛发兴奋得蓬松起来:"我可以跟他一起去吗?"

赤杨心摇摇头。"恐怕不行。"他温柔地告诉这只幼崽,"这是巫医的集会,我们要和星族分享消息。"

"我也能分享。"小影抬起了口鼻,"我有幻象。"

赤杨心看见虎星忧虑的目光黯淡下来。他也想起小影的梦了吗?

"你必须待在营地。"虎星告诉小影,"赤杨心不在的时候,总得有猫照顾洼光和草心。"

小影竖起了耳朵:"我要掌管巫医巢穴了!"

"是的。"虎星溺爱地咕噜了一声,"为了防止你犯困,褐皮可以帮你。"

"我才不会犯困呢。"小影承诺道,他认真地朝赤杨心眨眨眼,"我保证,你不在的时候,洼光和草心会得到最精心的照顾。"

"谢谢。"赤杨心用鼻子触了触这只幼崽的脑袋,"那可真是帮了我大忙。"

皎洁的残月悬在头顶上空,洒在环绕月亮池四周的岩石上。岩石闪闪发光。

赤杨心沿着印满祖先们爪印的小道往谷底走去。斑愿与柳光正坐在水边，赤杨心走近后，向她们低头问候时，天族巫医斑愿站起身来，赤杨心愧疚地竖起了耳朵。不久前，他还一直在治疗斑愿族伴造成的伤口，他是不是不忠诚了？若是如此，那是对谁不忠诚呢？这场战争与我无关。他努力抛开心中的这些想法。

叶池迫不及待地跑过来问候他，松鸦羽也眨着眼望着他，蓝色的眼里充满了期待。

"你还好吗？"松鸦羽听起来有些担心。

"我们都担心你或许来不了了呢。"叶池的口鼻紧紧地贴在赤杨心的脸颊上。

"我很好。"赤杨心安慰他们。

"洼光怎么样了？"松鸦羽的毛发抖动着。

"他仍在康复中，昨夜已经退烧了。"

"感谢星族！"叶池抬头望着星光闪烁的天空。

松鸦羽靠近赤杨心："死亡浆果奏效了？"

"我告诉过你，死亡浆果会有效的。"赤杨心摇了摇尾巴，最终确定死亡浆果有效让他如释重负。

"你是在冒险。"松鸦羽咕哝道。

"倘若这是你的主意，你同样会冒险的。"赤杨心调侃道。

"或许吧。"松鸦羽坐在水边，一阵微风搅动水面，在这只盲猫的爪尖边泛起涟漪。

"恭喜你，赤杨心。"叶池的眼中闪烁着宽慰的光芒，"你何时才能回家呢？"

风暴来袭
FENGBAOLAIXI

"我答应过虎星,等洼光痊愈了,能承担自己的职责了,我再回去。"影族需要他。

"嘿。"隼飞气喘吁吁地来到水池边,朝其他猫点头致意。他后面的这段路一定是跑来的,赤杨心刚刚在小道上没有看到他。

"风族一切还好吗?"叶池问道。

"很好,谢谢。"说着隼飞坐到了水边。

"雷族怎么样?"柳光问道,"有谁生病了吗?"

"只是普通的咳嗽和腹痛。"叶池告诉她。

"河族也很好。"柳光报告说,"只是柔爪被卷入一股激流中,差点被带到湍急的水里,还好斑点爪及时把她拽了上来,但她喝了很多水。"

"她生病了吗?"叶池问道。

"正在逐渐康复。"柳光的语气还算轻松,"蛾翅回营地了,她在照顾柔爪。"她瞥了一眼斑愿,问道,"躁片在哪儿?"这只天族猫还一直没有说话。

斑愿凝视着水面。"他留在营地了。"她轻声说。

赤杨心和叶池相互看了一眼。这位天族巫医不同寻常地安静,赤杨心不知自己该不该问天族是否一切安好。这时,斑愿已转身面向水池,在岸边蜷伏下身体。

"我们和星族分享消息吧。"她说道。

赤杨心走到水边,安顿下来,其他猫也在水池四周各就各位。赤杨心闭上双眼,低下了头。

赤杨心的鼻子刚触到水面,一幅幻象便在他周围咆哮而来。风吹打着他的皮毛,他感觉自己像一片叶子,被暴风雨吹得四处漂荡,雨水猛打着他的脸颊。赤杨心用力张望,挥打着抵抗飓风。突然,大风将他甩到一片潮湿的草地上。暴风雨仍在咆哮,赤杨心伏下了身。天空乌云密布,五棵小树苗如利爪一般紧紧地抓住地面。小树苗周旁,狂风涌过沼泽地,草地如水流般泛起一阵涟漪。小树苗在风中咯咯直响,它们的枝干缠绕在一起。尽管缠绕在一起,五棵小树苗依旧坚定地站着,倔强地抵抗着暴风雨。赤杨心眯起眼,当他看到五棵小树苗共同抵抗暴风雨时,心中燃起了一丝希望。

这时,一阵猛烈的狂风席卷而来,他的心猛地一跳,随着一声碎响,一棵小树苗放弃了努力,它被连根拔起,瞬间被狂风卷走,就像一棵树枝在草地上翻滚着。雨越下越大,风的咆哮声也越来越高。紧接着,其他小树苗也松散开了,纷纷被暴风雨连根拔起,吹到远处。不一会儿,赤杨心发现,自己正盯着一片空荡荡的草地,地平线上什么也没有,只有一片一望无际的草的海洋。

赤杨心睁开眼睛,口鼻离开了池面,抖掉鼻尖上的水珠。其他巫医也挺直了身子,眨着眼睛相互看着。赤杨心坐起了身。"我们五大族群必须团结一致!"他脱口而出。

"我看见了小树苗。"柳光喘息道。

"其中一棵小树苗被连根拔起后,其他小树苗也被风卷走了。"隼飞插言道。

赤杨心脊背上的毛发竖了起来。我们看到了同样的幻象!

风暴来袭

松鸦羽坐起身，一双盲目盯着水池四周："听起来我们大家看到的幻象都一样。倘若真是那样，星族便是在告诫我们，哪个族群都不可以消失。如果一个族群消失了，那么我们都会消失。"

"但哪个族群会消失呢？"隼飞看起来很困惑，"雷族与风族一如既往的强大，影族现在有了新的族长，也回到了自己的家园，河族又成为五大族群之一。"

斑愿颈毛直立。"你们所有族群！你们是那么狂妄自大，根本不知道发生了什么！"她那浅绿色的眼睛怒光闪烁，"影族想把天族赶出湖畔！上次的森林大会，你们没听到虎星的威胁吗？"

"我们听到了，"叶池告诉她，"但那只是领地争端，不是吗？族群间难免会有这样的矛盾，我们以为你们会和影族解决这个问题的。"

"怎么解决？"斑愿瞪着他们，"你们觉得叶星能开拓出一片新领地吗？还是能说服虎星少索取一些领地呢？"

"阿树说过他会帮你们的。"隼飞说道。

斑愿抽打着尾巴。"你真觉得一只独行猫能为族群带来和平吗？"未等答复，她继续说道，"你们都表现出一副事不关己的样子，但星族已经向我们展示了这个幻象，告诫你们这件事关系到所有族群！如果五大族群不能团结一致，解决这场争端，那么天族就会被赶出湖畔。"

赤杨心凝视着这位天族巫医。她说得对，他们都忽视了天族和影族的争端。这场战斗与我无关。赤杨心浑身漫过一阵愧疚，他表

现得好像只要他视而不见,这个问题就会解决似的。现在星族已经向他们明确表示,这是不可能的。

叶池平静地盯着斑愿:"没那么糟吧?"

"影族昨晚袭击了我们的营地。"斑愿告诉他们。

赤杨心绷紧了身子,这是他头一次听说天族遭受袭击。虎星不告诉他这件事,他并不感觉奇怪,但他昨晚没睡,一直在照顾洼光,为什么没听到战斗巡逻队回来呢?难道没有猫受伤吗?

"我们睡觉的时候,他们破坏了我们的巢穴。"斑愿继续说道,"更糟糕的是,叶星并不想重新修理巢穴,她想离开这儿,回河谷去。"

"离开湖畔?"隼飞的毛发紧张得一起一伏,"你们不能离开,我们好不容易才把你们带到这儿的。"

"为什么不能?"斑愿质疑道,"你们并没为我们能留在这儿做些什么。"

赤杨心不安地移动着爪子,天族的确有可能重返河谷。暗尾曾将他们赶了出来,但现在暗尾已经死了,他的那群泼皮猫也已经散去,没什么能阻挡天族回到他们数月前曾经的家园。

"我们得和我们的族长谈谈。"叶池飞快地说道,"我们一定能找到办法的。"

斑愿的目光黯淡下来:"没什么办法能弥补影族对我们所做的一切。"

松鸦羽眯起了眼睛:"如果你们需要帮忙重建营地,我相信黑

风暴来袭

莓星会愿意派遣一支队伍帮助你们的。"

"我说的不是他们对营地的破坏。影族对我们的猎物下了毒，他们想要毒死我们！"愤怒使斑愿的语气尖厉起来。

"下毒？"赤杨心的皮毛下蠕动着不安，"你什么意思？"

"昨晚影族猫来到我们的营地时，紫罗兰光看见杜松掌在猎物堆旁。他在紫罗兰光的追赶下逃跑了，但雀毛吃了猎物堆的田鼠，就病了。"

"也许那只田鼠太老了。"柳光猜测道。

"是很严重的病。"斑愿怒吼道，"他很痛苦，我给他吃了一些蓍草，想让他吐出让他痛苦的东西，结果他吐出了一些种子。"斑愿冷冷地盯着赤杨心，"是死亡浆果的种子。"

其他巫医纷纷转过身，凝视着赤杨心，赤杨心突然觉得寒气刺骨。

"是你将死亡浆果带去影族为洼光治病的，不是吗？"斑愿责问道。

赤杨心飞速思考着。没错，他的确带去了很多的死亡浆果，但都藏了起来，并没有其他猫知道，而且奇怪的是，在影族突袭后，雀毛很快就生病了，给天族的猎物下毒也是影族阴险的计划之一吗？

松鸦羽怒声问道："你是在说赤杨心幕后指使他们下毒吗？"

"我是说因为他，影族才有机会接触到死亡浆果。"

"不是那样的！"赤杨心愤怒地抖开自己的毛发，"我将死亡浆果藏起来了，连虎星都不知道它们在哪儿。"他希望真的是

这样。

"没谁看见你给洼光吃死亡浆果吗?"叶池问道。

赤杨心停了下来。会不会是苜蓿足或者焦毛在巫医巢穴入口看守的时候看见了?"我不知道,但我知道叶子里包了多少死亡浆果,死亡浆果并没有丢失。"他非常确定,那天早晨最后一次给洼光吃死亡浆果时,自己没有发现有死亡浆果丢失。"死亡浆果没有丢。"他盯着斑愿的眼睛重复道,"如果杜松掌用死亡浆果对你们的猎物堆下了毒,那一定不是我的那些。"

叶池烦躁地晃动着尾巴:"谁在乎这些死亡浆果来自哪里?大家都熟悉死亡浆果,我们是幼崽的时候,就被告知远离死亡浆果。当务之急,是影族和天族之间的矛盾越发尖锐了,我们得在叶星决定带领天族离开湖畔之前阻止这一切。"

松鸦羽点了点头:"我们都看见幻象了,如果天族离开,我们都会被摧毁的。"

"我们得告诉自己的族长。"隼飞赞同道。

"他们得召开紧急森林大会。"柳光说道。

赤杨心不安地挪动着身体:"上次森林大会并没有解决问题,再召开一次森林大会只会让情况更糟。"

叶池盯着他说道:"如果黑莓星知道现在处于紧要关头,他一定会不遗余力地将天族留在湖畔。"

"兔星也会遵循星族的意愿的,显然星族也希望天族留下来。"隼飞揣测道。

风暴来袭
FENGBAOLAIXI

"那雾星呢?"赤杨心不安地望着柳光。

这只灰色虎斑猫有些犹豫:"自从暗尾险些摧毁我们之后,雾星对星族智慧的信念有些动摇。但我会尽力说服她,让她知道我们必须团结一致,得让天族留下来。"

赤杨心看见柳光的眼里闪过一丝忧虑。她怀疑雾星对族群的承诺吗?就在不久之前,雾星还封锁着河族的边界,拒绝与其他族群来往,甚至连巫医也不得通过,她也许会觉得天族这么做很有道理。

"那么虎星呢?"松鸦羽盯着赤杨心,他浑浊的眼神比其他视力正常的猫更锐利,"你一直住在他们的营地,你觉得能说服虎星吗?"

"我不……我不知道。"他能说什么呢?虎星从未跟他谈过与天族之间的争端,他们只谈过躺在巫医巢穴里受伤的武士。赤杨心不知道这位影族族长会不会对邻族的遭遇有些怜悯之心。此外,是虎星对天族的领地提出诉求才引发了争端,他甚至还积极鼓励自己的武士一次又一次地越过边界。这位影族族长是不会放弃自己的主张,哪怕是星族希望天族留在湖畔。

松鸦羽站起了身。"我们必须说服他。"他朝其他猫点点头,"告诉你们的族长,他们必须会面,族群必须和睦相处并团结在一起。"松鸦羽说话间,一阵寒风在山谷里刮起,"否则,即将来临的暴风雨会把我们全部卷走。"

第十四章

烁皮和云雀鸣沿着湖滨前行着,桠枝跟在他们身后,石子戳入了她的爪垫。黑莓星和松鼠飞朝巡逻队走去,在他们身后,飞爪、噼啪爪和雕爪正兴奋地交谈着。此时月亮刚刚半圆,这个时间去小岛似乎有点儿奇怪。但是松鸦羽和叶池从月亮池回来之后,黑莓星就通知其他族群,将要举行一次特殊的森林大会。

鳍跃的毛发轻轻擦过桠枝的侧腹。桠枝凝视着他,想要得到安慰:"你觉得天族真的会离开湖畔吗?"

"我不知道。"鳍跃并没有看她的眼睛。

"可是如果星族传来信息说必须要有五个族群的话,其他族群一定会竭尽全力劝他们留下吧?"

"我觉得影族不想让他们留下。"鳍跃听起来有点儿厌倦,仿佛认为与影族讲道理毫无意义。

"但还是有可能的,如果其他族群想让他们留下的话⋯⋯"桠枝满怀希望的声音渐渐低了下来。

"谁说他们想让天族留下?"鳍跃凝视着前方。

桠枝皮毛下一紧。其他族群会拒绝支持天族吗?毕竟,没有一

风暴来袭
FENGBAOLAIXI

个族群曾给他们提供过领地。万一天族真的离开该怎么办呢？她就会永远失去紫罗兰光和鹰翅！桠枝思绪万千，鳍跃会同他们一起离开吗？和他生养幼崽的事，她还没有想好。

其他族群是不会让他们走的！他们不能离开！桠枝知道，黑莓星十分重视叶星离开所带来的威胁。毫无疑问，他决定要去阻止她。那天早晨，黑莓星同松鼠飞和狮焰说了许多，在为巡逻队挑选武士时，他的目光黯淡忧郁。

桠枝注视着鳍跃，希望他能说一些鼓励的话。"很高兴黑莓星选择了我们，万一这是我同紫罗兰光和鹰翅最后一次见面的机会呢？"请告诉我一切都会好的。

"我还以为至亲一点儿也不重要呢。"

鳍跃的语气中带着一丝怨恨，桠枝有些害怕。自从鳍跃告诉桠枝他想要幼崽以来，他一直都很冷淡，似乎总是桠枝在主动引起话题，而他每次只是三言两语，闪烁其词。桠枝的心隐隐作痛，可是她又能做什么呢？承诺成为他的伴侣？为了给他生育幼崽而放弃指导飞爪？心中的愤懑刺痛了她的腹部。鳍跃在强迫她去做她目前还不想做的事情，但是她爱鳍跃，她明白鳍跃之所以会这样，是因为他过得不快乐。要是他能在雷族找到家的感觉该有多好。桠枝原打算一直拖延下去，不想直接答复他，给他时间去适应。但是万一天族离开了呢？这将迫使他做出决定。他会选择族群还是至亲呢？

桠枝转换了话题："但愿芦苇掌的咳嗽已经好了。"

鳍跃没有说话。

猫武士

在他们前方，百合心正停在湖畔喝水。桠枝从她身边经过时，她的目光掠过水面瞥到了正沿着对面湖畔行走着的影族。

"烁皮一定也注意到了他们。""看到天族离开，影族一定很开心。"她对云雀鸣说。

云雀鸣顺着烁皮的目光望去："对他们来说，秃叶季一定不好过。天族占用了他们一半的领地，他们如何还能正常狩猎呢？"

"希望他们能夺回领地。"烁皮抖了抖自己的皮毛，"如果影族饥寒交迫，所有的族群都会有麻烦。"

"没有哪只猫愿意让自己的边界附近是一个饥肠辘辘的族群。"云雀鸣说道。

烁皮甩了甩尾巴："等到天族离开了，一切都可以回归正常了。"

桠枝简直不敢相信自己的耳朵，烁皮居然想要天族离开。那星族呢？难道她不在乎五大族群注定是要在一起的吗？

桠枝朝鳍跃眨了眨眼睛："你听到了吗？"

鳍跃的皮毛竖立着："我想她是在担心影族和天族之间的冲突可能会蔓延。"

桠枝烦躁不安。烁皮曾是她的老师，难道她一直都希望天族离开吗？为什么我没有意识到呢？"你觉得其他族群的猫也是这样想的吗？"

鳍跃耸了耸肩："如果他们真的这样想，天族就必须要离开了。"

风暴来袭
FENGBAOLAIXI

桠枝顿时口干舌燥。听完鳍跃的话，她这才意识到，在此之前，她一直都没有真正觉得天族可能会离开。但是鳍跃说得对，倘若没有一个族群站在天族一边，他们便别无选择，只能离开。"我或许真的永远都见不到鹰翅和紫罗兰光了。"

鳍跃一声不吭。难道他不关心吗？

"你会和他们一起回去吗？"桠枝凝视着鳍跃，心怦怦跳着。

"我不知道。"鳍跃避开了桠枝的目光。

她将要同时失去自己的至亲和所爱吗？如果他们离开了，她还剩下什么？桠枝忧心忡忡，跟着自己的族伴走向树桥。

桠枝默默地越过树桥，抵达了对岸。她离开鳍跃，急匆匆地去追赶飞爪。

飞爪瞥了她一眼，说道："希望兔爪和斑点爪也能参加森林大会，我有很多新动作要向他们展示呢。"

噼啪爪嗖嗖地穿过他们身旁的草丛："等着让他们看看我们所学的所有战斗技巧。"

他们一走进空地，飞爪便甩打着自己的尾巴："他们在这儿！"风族猫和河族猫在树林中移动着，月光洒落在他们的皮毛上。飞爪箭步如飞，朝远处的一群学徒奔去。噼啪爪紧随其后，而桠枝却有些犹豫不决。她的族伴正朝其他武士点头，表示欢迎。桠枝扫视着空地，发现天族和影族还没到。烁皮正同风皮和锦葵鼻交谈着，桠枝眯起了眼睛。她是在告诉他们她希望天族离开吗？他们会赞同吗？

猫武士

MAOWUSHI

　　桠枝惴惴不安，迈步来到了大橡树下的阴影处。黑莓星已经等候在宽阔粗糙的树干旁，这位雷族族长的目光难以捉摸。

　　桠枝闻到了天族的气息，她的脚掌隐隐作痛。长草丛沙沙作响，天族拥入了空地。斑愿的两侧是叶星和贝拉叶，砂鼻和梅柳紧随其后。鹰翅！紫罗兰光！桠枝看到自己的父亲和妹妹缓缓步入月光下，顿时放松了不少。她急匆匆地跑到他们跟前。"这是真的吗？"她朝鹰翅眨了眨眼睛，心怦怦地乱跳着，"天族要离开了吗？"

　　鹰翅的目光十分严肃。"我们还不确定。"他瞥了一眼正朝大橡树走去的叶星。

　　紫罗兰光的口鼻紧紧地贴着桠枝的脸颊。"希望这次森林大会意味着我们能留下来。"长长的草丛再次沙沙作响，她绷紧了身子。虎星昂首阔步进入了空地。杜松掌跟在他的身后，眯着眼睛，警惕地四处看着。石翅、苜蓿足和焦毛跟在这位瘦骨嶙峋的副族长身后也进入了空地。击石和褐皮在队伍的末尾。这些影族武士默默地在空地边缘移动着，与其他族群保持着距离。

　　"他们没有带任何学徒来。"紫罗兰光小声说道。

　　桠枝喉咙吞咽了一下："我猜这不是一次平常的森林大会。"

　　虎星朝大橡树走去，他恭敬地朝黑莓星点了点头，然后跃上了最低的树枝。

　　"你最好和自己的族伴在一起。"鹰翅低声对桠枝说，"森林大会马上开始了。"

风暴来袭
FENGBAOLAIXI

"待会儿我还会见到你吗？"桠枝一脸期待地朝他眨巴着眼睛，"你不会不跟我说就离开，对吗？"

"当然不会。"鹰翅用自己的鼻子轻轻地碰了碰桠枝的耳朵。

紫罗兰光用尾巴轻轻地拍了拍桠枝的脊背。"无论发生什么，我们离开之前，都会和你见面的。"她匆匆忙忙地跟在鹰翅身后，加入聚集在大橡树下的天族猫队伍。我们离开之前。桠枝心里一惊，她是指离开森林大会还是离开森林呢？别这么兔脑子！她甩了甩自己的毛发，一切都会好起来的。桠枝看着黑莓星跳上了大橡树，在虎星身旁坐了下来。叶星、雾星和兔星紧随其后。几位族长必须达成一致，这才是星族想要的。

飞爪穿过空地，兴奋地同兔爪闲聊着："桠枝打算改天教我如何捕捉秃鹰。"斑爪在他们身旁蹲伏下来，模仿着噼啪爪展示的狩猎蹲伏动作。

"快点儿过来！"桠枝摇摇尾巴，向他们示意道。然后她从族猫中间穿过，停在鳍跃身旁，飞爪和斑爪也赶紧跟了过来。

黑莓星抬起了口鼻。"现在你们应该都已知道，我们的巫医收到了来自星族的信息了吧。"他向下看了看其他几位巫医身旁的松鸦羽，然后朝叶池点了点头。

在月光的照耀下，叶池的目光扫视着聚集的猫群。"昨晚在月亮池，我们共享了一个幻象。"一阵微风吹过，头顶的荆棘丛沙沙作响，她继续说道，"我们看到五棵小树苗生长在一起，狂风在它们周围肆虐，它们的树干彼此紧紧地缠绕在一起。狂风也无法使它

们屈服,可是当其中一棵小树苗放弃时,暴风雨便将它们全部连根拔起。"

隼飞身子前倾:"信息很明确,那就是五大族群必须互相支持。"

"否则所有族群都会消失。"柳光插话道。

赤杨心迫不及待地抽动着自己的尾巴:"我们必须结束冲突。"

"怎么可能?"锦葵鼻怒吼道,"族群之间一直以来都有冲突!"

"而且会一直持续下去。"风皮从空地另一侧喊道,"我们是五个族群,不是一个。"

蕨毛的眼睛在月光下闪烁着:"森林大会曾经是我们遵守的唯一停战期。"

"我们必须保护我们的边界。"苜蓿足咆哮道。

桠枝不安地挪了挪脚掌,她凝视着那片在繁星下竖立起的皮毛的海洋。

赤杨心甩打着尾巴:"照你们这么说,好像和平是不可能了!"

"我们都是武士!"上方传来虎星的怒吼。

"我们是武士!"石翅附和着虎星的吼叫,像一只布谷鸟似的重复道,"我们是武士!我们都是武士!"

在他身旁的族伴也提高了嗓音,怒吼声传遍了所有族群。桠枝看着他们一个个面目狰狞,皮毛竖立着。这并非星族想要的。

"或许我们是武士。"黑莓星在虎星身旁喊道,"可我们不是傻瓜!我们会为了解决冲突而制造冲突吗?你可以为了自己的族群而牺牲生命,但可千万别为了传统而牺牲自己的族群!"

风暴来袭

怒吼声渐渐变为一阵不安的沉默。

"黑莓星。"虎星厌恶地撇了撇嘴,"你总是这么能言善辩。你想要我们放弃冲突,但是为了和平我们还必须放弃什么呢?"

石翅平贴起了耳朵:"他想要影族放弃领地。"

黑莓星回头瞪着石翅,尾巴不停地抽打着。

虎星眯起了眼睛:"这种和平十分适合雷族。你们拥有自己的领地,我们却要失去自己的领地。你们日渐强大,而我们却日益衰弱。"

下方的杜松掌平贴着耳朵吼道:"为什么影族要独自承受呢?"

叶星的双眼燃烧着怒火。"你竟敢说影族是在独自承受!我们所经历的,并不比任何一个族群少,而且因为影族,我们仍然在遭受折磨。"她朝斑愿点了点头,"告诉他们影族都做了什么!"

这位天族巫医眯起了眼睛:"雀毛中毒了。"

"所以呢?"焦毛在猫群中瞪着斑愿,"这跟我们有什么关系呢?"

"他吐出了死亡浆果的种子。"斑愿平静地答道,"我立马便认出了它们。一定是谁让他吃了死亡浆果的种子。"

所有的族猫都紧张不安地挪动着身子,虎星此时也从大橡树上瞪着她。"你是在指责影族给你的族伴喂食了死亡浆果吗?"他轻蔑地哼道,"他显然是自己误食了。"

兔星眯起了眼睛:"会有猫误食死亡浆果吗?"

雾星抬起了头。"天族在来到森林之前,见过死亡浆果吗?"

她好奇地盯着斑愿。

斑愿挪了挪脚掌:"没有见过,河谷边没生长过死亡浆果。"

"那么,天族猫难道就没有可能是误食死亡浆果吗?"

杜松掌身旁的鹰翅勃然大怒:"他们四周尽是温热多汁的猎物,为什么要去吃死亡浆果呢?"

虎星盯着鹰翅愤怒的目光:"雀毛一定吃过一个死亡浆果,不然他怎么会吞下这些死亡浆果的种子呢?"

"他是被下毒的!"砂鼻抽动着尾巴。

砂鼻旁边的梅柳竖起了颈毛:"我们知道赤杨心在用死亡浆果治疗洼光,影族营地里有死亡浆果。现在,我们的一位武士因为它们而中毒了。"

梅柳周围的天族猫愤怒地窃窃私语着。

"这只是巧合!"虎星的目光移向赤杨心,"你的死亡浆果有丢失吗?"

"没有……"赤杨心脊柱的皮毛竖立着,眼神飘忽不定,显然是在回想着什么,"我一直在密切地关注着它们,但是……"他惶恐不安地挪动着身子,爪子刺入了地面。

叶星从坐着的树枝处朝他探过了头:"但是什么?"

"我无法保证之前掩埋的死亡浆果种子没有被拿走。"

虎星的颈毛竖立了起来:"你是说影族用你的死亡浆果种子毒害了雀毛吗?"

就在族猫们紧张不安地交头接耳时,猫群边上传来一个微弱的

风暴来袭
FENGBAOLAIXI

声音："我在我们的猎物堆附近看见过杜松掌。"

桠枝看见紫罗兰光盯着虎星的眼睛，惊讶不已，胡须抖动着。

"就在雀毛生病的前一晚，杜松掌在那儿。"紫罗兰光来到族伴的前面喊道，她的声音颤抖着。

"但是你没有证据证明是杜松掌毒害了雀毛！"心中的愤怒使虎星的怒吼变得严厉起来，他恶狠狠地怒视着紫罗兰光。桠枝的心猛地一跳，虎星继续吼道："有猫生病了，你就来怪我们？草心因为天族而受伤了，现在正躺在我们的巫医巢穴里，她受到了攻击！她是在你们的一支巡逻队经过后受伤的，这可不仅仅是偶然。"

"经过？"叶星怒火中烧，"你们侵入了我们的营地！"

"你们攻击了我们的巡逻队！"虎星反驳道。

"你们是在我们的领地上！"叶星龇着牙对影族族长说道。

黑莓星移到了他们中间，他的目光看向阿树："你就不能做点儿什么来调解吗？"

这只黄色公猫在猫群后面的阴影处挪了挪身子，他走进月光中，注视着黑莓星。"我如何调解呢？没有谁愿意听我的。我曾试着让影族和天族之间和平相处，但是他们都不愿妥协。"阿树看着聚集在他前面的猫，"虎星说你们是武士，他说得对。我认为你们之间不会有和平。"

桠枝在这只独行猫的眼里看到了挫败。他已经放弃了吗？紫罗兰光看着阿树，她的眼里闪烁着恐惧。她害怕阿树会离开湖畔。阿树曾经承认，自己无力给族群带来和平，如今他在这儿没有安身之

处了吗？

黑莓星身旁的叶星咆哮道："我不知道我们为什么要来这里！因为暗尾和他的泼皮猫，我们已经受够了。我们应该想到你们不会好到哪儿去。湖畔的族群只忠于他们自己的肚子。他们对领地的渴望比任何武士守则都重要。"黑莓星的耳朵生气地抽动着，叶星继续说道："你们都表现出一副要帮助天族的样子，让我们去湖畔狩猎。我们在竭尽全力地帮助族群，在你们选定的区域建立营地，将你们标记的地方视为边界。我们接纳了影族，甚至允许他们成为天族的武士。后来，我们又毫无怨言地放任他们离开，重建自己的族群。但如今，他们窃取我们的猎物，标记我们的领地，仿佛是他们自己的一样。可是你们其他族群都没有反对，你们害怕分享自己的领地，便让影族像对待外来者一样对待我们。现在，影族想方设法谋害了我们的一只族猫，你们却在找各种借口。影族可能会窃取我们的领地，将我们一个接一个杀害，而你们其他族群没有一只猫出手援助。"天族族长厌恶地撇了撇嘴，聚集的群猫默默地望着她，"这就是我们要离开湖畔，回到河谷的原因。"

桠枝屏住了呼吸。他们要离开了……他们真的要离开了！她透过群猫看着紫罗兰光，悲痛撕扯着她的心。

"你们属于湖畔。"黑莓星坚持说道。

"你们不能离开。"兔星站起身来，"很久以前，你们曾被赶出过族群，以后不会再发生了。"

雾星眯起了眼睛。"为什么不会呢？自从他们来到湖畔之后，

风暴来袭
FENGBAOLAIXI

很多事情都变得复杂了。如果他们回到河谷,一切不都会变得简单了吗?"她充满歉意地朝叶星眨了眨眼睛,"即使去了远处,你们仍然是族群的一部分,仍然可以遵守武士守则,可以信仰星族。而且没准你们会在那儿生活得更加幸福。"

叶星凝视着她,随后低下了头:"至少你很诚实。"

虎星咆哮道:"影族也一直很诚实。我们曾经说过想要回自己的领地,还有比这更诚实的吗?如果你们非要走的话,那就走吧。"

"可是幻象怎么办?"大橡树下面传出了松鸦羽惊慌失措的声音,他缓缓向前,一双盲眼向上仰视着几位族长,"星族告诉过我们,五大族群必须联合起来,如果天族去了河谷,我们五个族群如何团结起来呢?"

斑愿惴惴不安地甩动着自己的尾巴:"星族给我们大家都展示了这个幻象。"

"星族知道暴风雨即将来临。"叶池站在这位天族巫医的肩上说道。

"我们必须一起面对!"隼飞喊道。

赤杨心恳切地凝视着黑莓星:"你不能让天族离开,否则我们都会消失。"

桠枝浑身颤抖起来,她简直不敢相信眼前发生的一切。族群怎么能让这种事情发生呢?风族和雷族的猫紧张不安地挪了挪身子,他们互相交换着眼神,眼里闪现出阵阵恐惧。天族猫紧紧地靠在一

起，好像被捕获的猎物似的，而河族猫则不安地注视着雾星。影族猫默默地观望着，皮毛下的肌肉紧绷着。

黑莓星抬起了下巴："雷族愿意为天族让出领地！"

松鼠飞猛地将口鼻朝向他，狮焰的颈毛竖立着，而他的族伴吃惊地互相眨巴着眼睛。桠枝的心中闪现出一丝希望。"你觉得他真的会放弃领地吗？"她低声问鳍跃。

"希望如此。"鳍跃眯着眼睛看着黑莓星，"天族绝不能离开。"

黑莓星迫不及待地看着兔星："风族愿意牺牲自己的领地，让天族留在湖畔吗？"

兔星犹豫不决，他望向正凝视着他的族猫，竖起了皮毛："如果其他族群愿意放弃领地，我们也会放弃自己的领地。如果天族需要的话，要么所有族群都给他们提供，要么大家都不提供。没有哪个族群拥有绝对的优势，这是保持和平的唯一方法。"

黑莓星满怀希望地朝雾星眨了眨眼睛。

雾星冷漠地回视着他："我已经表明了河族的立场，我们认为天族回到河谷对大家都好。"

"那幻象呢？"黑莓星轻轻地甩打着尾巴。

虎星怒吼道："我们以前从预言中幸存了下来，这次也会幸免于难。影族一定要拿回自己的领地，天族可以冒险留下，也可以选择离开。"

叶星撇了撇嘴："所以，没有族群愿意为天族让出领地吗？"

风暴来袭
FENGBAOLAIXI

大橡树四周的群猫都低下了头，脚掌不安地挪动着。

这位天族族长琥珀色的眼睛里燃烧着熊熊烈火："我明白了……大家都想要其他猫帮助自己。你们当中有些猫说了太多关于团结一致的话了，说你们有多想看到我们大家和平相处，仿佛你们对其他族群的关心并不比对自己的少。但是现在我明白了，这一切都是谎言！难怪星族看见你们将来会遭遇暴风雨。我们看够了，也听够了。我们并非湖畔族群的一部分，我想现在我们都能对此达成共识了。天族并不属于这里，我们永远都不会属于这里。"

"拜托了，"黑莓星恳求道，"别这么贸然做出决定。我知道我们肯定能找到解决办法的。"

叶星冷冷地看着他，说道："如果这能让你觉得更加高兴，我今晚会同自己的武士协商，明天早上做出决定。"她跳下了树枝，树下的群猫让开了路，她穿过猫群朝自己的族猫走去。鼠尾草鼻和贝拉叶默默地看着她，眼睛黯淡无光。

桠枝觉得身旁的鳍跃在移动，他此时正在发抖。"他们真的要离开了。"他咕噜着，桠枝几乎听不到他的声音。桠枝的心跳加快了。在鹰翅和紫罗兰光离开之前，我必须要跟他们谈谈。她匆忙穿过空地，穿行在自己的族伴之间。她听到了鳍跃的呼喊："桠枝！"

桠枝并没有理会鳍跃。难道他不理解吗？这或许是最后一次机会了，她必须要同自己的至亲谈谈。"鹰翅！"她气喘吁吁地追上了自己的父亲。

鹰翅将口鼻紧紧地贴在她的头部。

紫罗兰光凝视着桠枝。"我们要离开了。"她的目光中闪现出一丝忧伤。

"你们不能离开！"桠枝绝望地看着他们。

"我们必须追随自己的族群。"鹰翅告诉她。

"我保证黑莓星会让你们加入雷族的。你们可以跟我一起待在湖畔。"桠枝绝望地看着父亲，"你们不要离开，不要留下我一个！"

紫罗兰光忐忑不安地注视着鹰翅，鹰翅也朝她眨了眨眼，便转向了桠枝。"我们是天族猫。"他告诉桠枝，"天族去哪儿，我们就去哪儿。"

"你可以跟我们在一起。"紫罗兰光急切地说道，"叶星会带你回去的，鳍跃也可以一起回去。我们都可以在一起。"桠枝迟疑不决，或许她应该跟他们一起离开。"你以前是天族的一员，现在可以再次加入天族。"紫罗兰光催促道，"而且你的至亲也在天族。"

桠枝的皮毛竖立着。那雷族怎么办呢？她用了很长时间才发现自己真正属于那里。但是雷族的族伴并不是自己的至亲，没有了至亲，她该如何生活呢？桠枝的脑子一片混乱，心脏似乎要炸裂了。她吸了口气，看着紫罗兰光满怀希望的目光，她知道自己必须做什么。"我如今是雷族的一员。"桠枝垂下了目光，"我从来不属于天族，我不确定自己能不能这样做。"

鹰翅倾身靠近桠枝，她的口鼻处能感受到鹰翅的呼吸："你必

风暴来袭

须要做自己觉得正确的事，我们也一样。"

桠枝抬起了头，嗓子一阵哽咽："请不要离开我。"

鹰翅痛苦地睁大了双眼："我也无能为力。我是天族的副族长，我的族群需要我，我不能离开他们。"

桠枝的胸中涌起了阵阵愤怒。"但是你却可以离开我！"她怒视着紫罗兰光，"我们一起经历了那么多，你怎么可以离开？"

紫罗兰光一脸惊愕地看着桠枝："是你一次又一次地离开了我。"

桠枝僵住了。这是事实，她抛弃过自己的妹妹，第一次是在影族，然后是在天族。心中的愧疚吞噬了她，紫罗兰光也是这种感受吗？

"天族猫！"叶星在长草丛旁朝自己的族猫喊道，哈利溪和麦吉弗急匆匆地跟在她身后。

"我们必须离开了。"鹰翅声音沙哑地说道。他转过了身子。

桠枝发疯似的看着紫罗兰光："这会是我最后一次见你吗？"

"我不知道。"紫罗兰光用自己的口鼻轻轻地碰了碰桠枝的口鼻，在寒冷刺骨的夜空中，她的呼吸十分温暖，"这取决于叶星。"

"再见了。"桠枝几乎说不出话来。紫罗兰光松开了口鼻，去追赶鹰翅，桠枝的喉咙一阵发热。当转向自己的族伴时，她看见了鳍跃，鳍跃此刻正盯着梅柳和砂鼻，看着他们消失在草丛中。桠枝匆匆忙忙地奔向鳍跃，问道："你跟他们道别了吗？"

鳍跃并未吭声，他的目光中充满了悲伤，桠枝心如刀割。

猫武士

"如果他们离开的话,你打算同他们一起离开吗?"桠枝觉得大脑一片空白。

鳍跃凝视着她:"我爱你,桠枝,但是如果你不想跟我生养幼崽,我应该会同自己的至亲一起离开。至少我能去属于自己的地方,而不是追寻着一个可能永远都不会实现的梦。"

桠枝凝视着他。"难道你就不关心我想要什么吗?"心中的愤怒让她不再悲伤,"生养幼崽不只是你的选择,而是我们共同的选择。我只是目前不想要幼崽,并不意味着以后永远都不会。"

鳍跃的耳朵下意识地抽动着,桠枝并未等他回答。

"你爱的必须是我,"桠枝厉声说道,"而不是我所给你的家庭。如果你不能等我做好准备,我想你不是我想要的伴侣。或许你应该离开。"

桠枝从鳍跃身旁挤过,朝长草丛走去。

风暴来袭
FENGBAOLAIXI

第十五章

紫罗兰光跟着鹰翅过了树桥,跳到了湖边。他们朝松树林走去,这或许是他们最后一次回家了。朵朵浮云从月亮上飘过,一阵微风过后,湖面掀起了阵阵涟漪。快要变天了!她跳到鹰翅的身旁,脚爪下的碎石移动着。"没有我们,桠枝应该不会有事吧?"

鹰翅迟疑了一下,说道:"她有雷族。她现在和雷族猫是一家了。"

"我猜还有鳍跃。"紫罗兰光满怀希望地说。

"没错。"鹰翅转过身子,匆匆忙忙地去追赶自己的族伴。紫罗兰光从他的声音中听出了他的担心。她尽量不去回想之前道别时桠枝的表情。对不起,我离开了你。桠枝是紫罗兰光这一生中唯一一只自打出生就认识的猫,再次分离让她重新想起了幼时那种失落的感觉,想起了影族带她生活在黑暗的松树林,而自己的姐姐留在雷族的情景。紫罗兰光的胸口隐隐作痛。正在这时,阿树跳到了她的身旁,她感觉到了他的温暖。

"桠枝不会有事的。"阿树一边缓缓地沿着湖岸前行,一边温柔地说。

"我会想她的。"

"我知道。"阿树注视着前方的天族猫。

湖的另一边，一只猫头鹰在林中鸣叫着，它的声音在水面上回荡。一阵微风过后，回声消失了，带来了雨水的气息。紫罗兰光抖松了自己的毛发。

"如果我们去河谷，你觉得我还能再见到桠枝吗？"紫罗兰光看着阿树，可是阿树却一副心不在焉的样子，他的目光早已移到了别的地方。他在想什么呢？

在他们前方，麦吉弗与叶星一起并肩前行，鹰翅稍稍落后于其他的族伴，跟梅柳并行着。麦吉弗怒气冲冲地甩动着尾巴："我希望黑莓星并没有让你改变自己的想法。"

"我答应他今晚考虑考虑。"天族族长带领着巡逻队渐渐靠近了树荫。

"我们只能离开。"哈利溪快步追上了叶星。

他身后的贝拉叶抽动着耳朵："我们不是走投无路。"

"我们不能任由其他族群摆布。"鼠尾草鼻低着头躲避着寒风，"如果我们就这么离开了，他们便会永远认为我们是弱者。"

"我们应该留下，为能在湖畔拥有一席之地而战斗。"贝拉叶催促道，"这也是星族想让我们做的。"

叶星怒吼道："星族只会让我们的生活变得艰难。"

斑愿竖起了耳朵："星族能预见我们看不到的未来，或许在找到安宁之前，我们必须要承受一点儿苦难。"

风暴来袭

"我们会在河谷找到安宁的。"麦吉弗说道。

"我们也会见到老朋友。"哈利溪插话道,"日光武士看到我们一定会很高兴。"

"我们不需要日光武士。"露泉怒气冲冲地说,"如今我们是真正的族群猫了,我喜欢在树林里生活,不想去奇怪的地方。"

"一旦你习惯了,就不会觉得奇怪了。"麦吉弗说道。

鼠尾草鼻咕哝道:"我们不能回河谷,现在我们要在这里生活。树林中有充足的猎物,而且在这里也不会有泼皮猫带来麻烦。只要我们向其他族群证明我们不会任其摆布,天族就能在湖畔发展壮大。"

"我不想离开鳍跃。"梅柳惴惴不安地将尾巴从石子上扫过,"自己的至亲不在身旁,他该怎么办呢?"

"他有桠枝。"麦吉弗告诉梅柳,"鳍跃不久就会有自己的至亲。"

哈利溪爬上了树下凸起的一块岩石:"你答应过我们要回河谷的,叶星。你不能食言,你也看到其他族群的敌意了。他们只想着自己,根本不关心我们。为什么我们要关心他们呢?"

叶星继续往前走着,她的目光一动不动地盯着前方,而她的武士们则互相争论着。紫罗兰光看着自己的父亲跟在他们身后,他打算说些什么吗?突然,她感觉到阿树竖起的毛紧贴着她的毛,她瞥了一眼阿树,发现他的皮毛爹开了。他嗅到危险的气息了吗?紫罗兰光绷直了身子,嗅了嗅空气,她只闻到了林中猎物的气味。她

注意到阿树竖着耳朵，似乎在专心地倾听着什么。他的目光十分坚定，仿佛有猫正在他的身旁行走，然而那里一只猫也没有。紫罗兰光看到阿树的目光变得呆滞起来，她的皮毛间升起一阵寒意。阿树在看一只死去的猫！她的心跳加快了，她是被鬼魂包围了吗？

阿树突然加快了步伐，跟上了其他猫，紫罗兰光急匆匆地跟在他身后。"叶星！"阿树的声音听起来十分着急。

天族族长停下了脚步，看着他，目光中闪现出一丝担忧："怎么了？"

"有只已经死去的猫正和我们在一起。"阿树朝身旁的空地低下了头，表示尊敬。

哈利溪和鼠尾草鼻向后退去，他们的皮毛竖立着。鹰翅眯起了眼睛。

"是谁？"叶星仰起了头。

"我不知道她的名字。"阿树快速答道，仿佛有重要的消息要分享似的，"但是我以前见过她。她说我必须要提醒你，让你想起回声之歌的幻象，是这个幻象将你带到了湖畔。她说你属于这里，你必须要留下来。"

麦吉弗抽动着尾巴："这是阿树的想象！他只是害怕离开森林而已。"

阿树的眼睛并未从叶星身上离开："她说你必须留下来。"

叶星怒视着阿树："或许是回声之歌的幻象带我们来到了这里，但是不会让我们一直待在这儿。我必须要做对今天的天族有利

风暴来袭
FENGBAOLAIXI

的事，而不是回声之歌活着的时候对我们有利的事。"

阿树焦急不安地注视着身旁的空地。"她说天族必须留下来。"他告诉叶星，声音听起来非常紧急。

叶星挪了挪自己的脚掌。"如今，无论是活着的还是已死的猫，我已经听到了大家的想法。"她朝阿树低下了头，"谢谢你的关心，但是我不能因独行猫的幻象就让自己的族群冒险。你无法完全理解身为族群的一员到底意味着什么：没有哪只猫的话语能凌驾于其他猫之上，我们唯一关注的是怎样保护族群的利益。"叶星转过身，开始沿着湖岸往前走去，族猫们此刻都默默地跟在她的身后。

紫罗兰光紧张不安地在阿树身旁停了下来："那只已经死去的猫还在这儿吗？"

"她已经走了。"这只黄色公猫沮丧地看着紫罗兰光。

"很遗憾叶星没有听你的话。"如果她听了阿树的话，天族就不用离开湖畔了，紫罗兰光也不用离开桠枝了。

"族群永远都不会听我的。"阿树喃喃自语道，"他们不需要我的帮助。"

"我听你的啊！"紫罗兰光的皮毛间闪过一丝警觉。他打算离开吗？"我永远都会听你的。你不但聪明善良，而且还热心肠呢。"

阿树缓缓地朝她眨了眨眼睛："我希望事情能有转机，希望自己能在族群为自己找到一个位置，但是这儿并没有我的一席之地。"

紫罗兰光听懂了阿树的话,心中的绝望撕扯着她的胸膛:"你能成为一位武士,我可以训练你。"

阿树摇了摇头:"我必须待在湖畔,那只已死的猫十分确定我们应该留下来。况且,我注定是一只独行猫,同你的族群待在一起让我意识到了这个事实。天族,或者说是任何族群都没有我的安身之处。即使天族离开,我也绝不会离开的。"

紫罗兰光屏住了呼吸,这正是她一直以来都害怕发生的事。没有阿树,她怎么会幸福呢?"难道你不想和我在一起吗?"

"我当然想。"他的目光里充满了温暖,"虽然我们心属彼此,但是我无法成为族群猫。"阿树将自己的口鼻贴近紫罗兰光的口鼻,"为什么你不能同我一起成为独行猫呢?我们不需要族群,我们自己就能幸福。"

紫罗兰光咽了咽口水。她一直都担心阿树会建议她这样做,因为她知道自己会情不自禁地跟他一起离开。她应该这样做吗?一想到每天都能和阿树待在一起,紫罗兰光便觉得兴奋不已。但是她怎么能背叛自己的父亲和族群呢?对她来说,他们就是全部。可是阿树爱她,不是因为她是他的至亲,而是自己对他来说是独一无二的。阿树看着她,眼里闪烁着希望。通过阿树看自己的眼神,紫罗兰光明白了一切。他迫切地希望我能留下。

"我们可以待在湖畔。"阿树继续说道,"那样你就可以离桠枝近点儿了,也可以跟我在一起了。"

紫罗兰光想把自己的鼻子埋在他的皮毛里,然后答应阿树。她

风暴来袭

不用离开湖畔，不用抛弃自己的姐姐，也可以同自己深爱的猫待在一起。但是她无法想象没有鹰翅的生活。在她成长的过程中，已经缺少了鹰翅的陪伴，她不敢冒再次失去他的风险。至少不是像这样失去他。

一想到要背叛自己的族群，紫罗兰光便感觉到自己的爪子、自己的心都在告诉她，天族才是自己的归属。

她的呼吸变得平稳起来。巡逻队消失在了森林中。"快点儿。"她轻快地喊道，"我们跟上其他族猫吧。已经很晚了，我有点儿累了。或许叶星会决定留下来，我们不需要做什么决定。"

紫罗兰光匆匆忙忙地从阿树身旁跑过，追赶自己的族伴去了，她的胡须颤动着。叶星真的会带领天族离开湖畔吗？我不能留下阿树和桠枝。她的每根毛发似乎都闪现着恐惧，但是我不得不这样做！她怎么会有选择呢？此刻，紫罗兰光唯一的希望便是叶星决定要留下来。她进入了森林，抬起头看着天空。在树冠与天空相接的地方，繁星犹如露珠一般闪闪发光。星族，求求你，让叶星做出正确的选择吧。

紫罗兰光睁开了双眼。曙光照进了巢穴。她坐直身子，发现阿树依然蜷伏在她身旁的窝里，顿时如释重负。只有他们俩仍待在巢穴里，紫罗兰光听见了外面的脚步声。她轻柔地用鼻子拱了拱阿树："大家都已经醒了。"

阿树打着哈欠，站起了身子："叶星做出决定了吗？"

"我不知道。"紫罗兰光跳出了自己的窝,心中暗自希望着。叶星昨晚改变了自己的决定吗?她会宣布天族将留下来,努力争取在湖畔拥有一席之地吗?紫罗兰光走出了巢穴,在外面等候着,阿树跟上了她。

叶星已经在空地上等候着了,露泉和芦苇掌围在她身旁。他们周围,武士们小心翼翼地行走在被扯得稀巴烂的巢穴废墟上。寒风撕扯着紫罗兰光的皮毛,雨水从头顶上方的树枝间滴落,她慢慢靠近阿树。

鹰翅坐在空地的另一边,脚掌掩藏在尾巴下。此时,砂鼻缓缓地来到他身旁。浅爪、砾爪和花蜜爪挤在学徒巢穴外面,皮毛兴奋地竖着。

露泉靠近芦苇掌,问道:"我们会离开吗?"

"叶星还没有说。"芦苇掌低声答道。

斑愿在巫医巢穴的阴影处往外偷偷看着,寒风吹得她眯起了眼睛。

叶星环视了一圈破败不堪的营地,目光变得坚定起来。紫罗兰光屏住了呼吸。别让我们离开。一阵狂风吹得头顶的嫩叶沙沙作响,叶星终于开口了。

"我认真想过了,怎样做才是对族群最好的。"她缓缓地说道,"我已经决定,天族要离开湖畔,我们将回到河谷。"

紫罗兰光觉得好像有无数的小爪子在撕扯着自己的五脏六腑。她盯着叶星,真希望是自己听错了,或许天族族长看到她眼中的失

风暴来袭
FENGBAOLAIXI

望会改变自己的决定。但是叶星眼神坚定地看着她的族猫,她一直都那么的坚强,然而现在,她显然需要得到族猫的支持。紫罗兰光突然意识到,如果自己的族伴离开的话,她也无法留下来。她转向阿树,看到了他眼里闪烁的悲伤。阿树知道紫罗兰光打算说什么。紫罗兰光喉头动了一下。"我必须要同他们一起离开。"她低声说道。

"我知道。"阿树紧紧贴着她,"我会想你的,但是我必须留下来。"

鹰翅朝叶星低下了头,表示尊敬:"我们什么时候离开?"

"现在。"天族族长甩了甩尾巴,"没理由再犹豫了,带上你们所需要的,我们马上离开。"

斑愿睁大了眼睛:"我不确定雀毛是否还能长途行走。"

"族伴会帮忙的。"叶星告诉斑愿,"毒素已经从他的肚子里排出了,他会在旅途中慢慢强壮起来的。"

斑愿犹豫了一下,说道:"如果他觉得累了,我们必须休息。"

叶星点了点头:"好的。"

斑愿弯着身子进入了巢穴,将一捆捆草药扔在了空地上。这些草药都整齐地包裹在叶子里,用青草捆扎着。躁片冲出巢穴,叼起了一个包裹。"请你拿上这个。"他将草药包丢到哈利溪的爪前,又翻身跑回去捡另一个。这时,斑愿也把雀毛从巢穴里领了出来。这只暗棕色虎斑猫琥珀色的眼睛显得有些呆滞,他缓缓地移动着。薄荷毛和麦吉弗急匆匆地跑来帮忙,他们站在雀毛的两侧,撑着

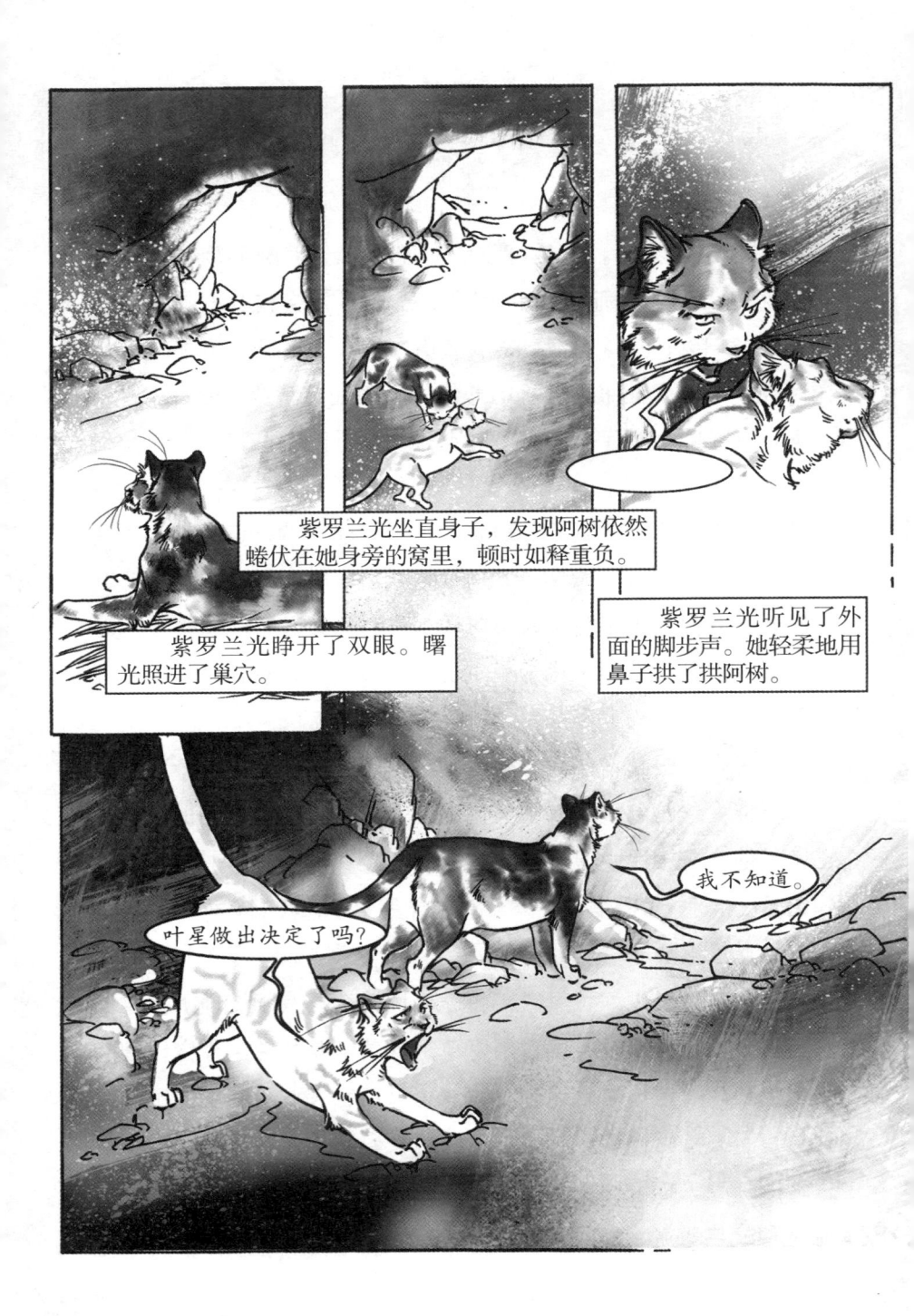

紫罗兰光坐直身子,发现阿树依然蜷伏在她身旁的窝里,顿时如释重负。

紫罗兰光睁开了双眼。曙光照进了巢穴。

紫罗兰光听见了外面的脚步声。她轻柔地用鼻子拱了拱阿树。

叶星做出决定了吗?

我不知道。

叶星已经在空地上等候着了，露泉和芦苇掌围在她身旁。他们周围，武士们小心翼翼地行走在被扯得稀巴烂的巢穴废墟上。

他,一起朝营地入口走去。

梅柳走到了猎物堆旁。她捡起昨晚剩下的一只老鼠,开始朝入口走去,悲伤让她的眼神黯淡无光。鼠尾草鼻捡起一只麻雀跟在她身后。

紫罗兰光觉得自己的脚掌冻在地面上了。她用自己的口鼻紧紧地贴着阿树的脸颊:"请帮我照看桠枝。"

"我会尽全力的。"阿树保证道。

"我们一定要永远记着彼此。"

"我永远都不会忘记你的。"阿树的眼里充满了悲伤。

"我爱你。"紫罗兰光恋恋不舍地离开了阿树,她的心好像被撕裂了一般。她匆匆地跟在族伴身后,走出了营地。鹰翅轻轻地从梅柳的爪子里接过了老鼠。梅柳点了点头,表达自己的感激之情,便去追赶砂鼻了。

鹌鹑爪和晴爪停了下来,回头看着营地。"别磨蹭了。"芦苇掌催促他们往前走。

花蜜爪在哈利溪身旁跳来跳去。"远吗?"她兴奋地说。

"很远。"哈利溪告诉她,"冷静下来,你需要为长途跋涉保存体力。"

紫罗兰光强忍着心中的悲伤。她正跟随自己的族群远离她最爱的两只猫。一想到阿树独自待在荒凉的营地,她的喉咙便一阵哽咽,但是她没有回头,她已经做出了决定。

天族正在离开湖畔。

第十六章

　　风向已变,破晓以来的这段时间里,天空越来越黑,雨水轻轻地拍打在巫医巢穴的顶上。赤杨心从巢穴口向外窥探着。他透过薄雾,望着空地。影族猫正躲在自己的巢穴里避雨,赤杨心看着周围流动的小溪,潮湿的松脂味儿扑鼻而来,长老巢穴旁的水洼的水位已经上涨了很多。

　　他抖松了皮毛抵御着严寒,转身回到巢穴。他穿过巢穴,嗅了嗅埋藏死亡浆果种子的地方。洼光和草心睡觉时,赤杨心仔细查看过,发现死亡浆果的种子里混入了泥土,但这并不能判定是否有死亡浆果丢失。

　　"你还在担心天族吗?"洼光从自己的窝里坐起身。经过细致的梳洗后,他的皮毛十分光滑。

　　赤杨心告诉了他森林大会上的事情。"斑愿说他们毒害了雀毛。"赤杨心说。

　　草心在窝里僵硬地挪了挪身子说:"影族武士从不会毒害其他猫,我们是武士,不是狐狸心肠,我们用自己的爪掌解决争端。"

　　"我知道。"赤杨心不相信影族会用毒药伤害其他族群,武士

守则绝不允许如此恶毒的行为，更何况他在影族营地待了这么久，亲眼看见影族武士和其他族群的武士一样可敬。但这次的巧合还是让他觉得很苦恼。

"天族真的打算离开吗？"草心的问题打断了他的思绪。

"叶星答应说她会考虑，但其他族群并没有为挽留她说些什么。"赤杨心绷紧了肚子。拜托，星族，让她决定留下来吧。

"真不敢相信，族长们竟然没把你们的幻象当回事。"说着洼光爬出了自己的窝。

"我也难以相信。"赤杨心嗅了嗅影族巫医猫的伤口。伤口愈合得很快，而且也没有发烧的迹象。"五位巫医看到了同样的幻象，他们到底还要多少证据才能有所行动呢？"

"他们能做什么呢？"草心看起来很困惑，"虎星不可能放弃我们对领地的索求，我们需要更多狩猎的空间，只要天族占用我们的领地，影族就总会面临饥饿的威胁。"

"总得有族群让给天族领地。"洼光争辩道，"我们每个族群都赠送一点儿领地，这要求过分吗？这样至少大家可以共同分担这个负担。"

赤杨心不确定叶星是否愿意听到天族被称为负担，但他也认为只要求影族让出领地给天族是不公平的。"要是其他族长肯让步就好了。"赤杨心说道。

"叶星本可以退一步的。"草心说道，"她本可以答应影族在天族领地上狩猎的。"

风暴来袭

洼光眉头紧蹙:"两个族群追捕同一只猎物是行不通的。"

赤杨心的爪子十分沉重。似乎没有办法既在湖畔为天族找到领地,又能守护族群间的和平。

这时,巢穴入口有个影子在移动。当虎星走进巢穴时,赤杨心的爪子闪过些许不安。你在谴责影族用你的死亡浆果种子毒害了雀毛吗?赤杨心向虎星低头致意时,脑海中回响起虎星的话。"嘿。"影族族长还在生他的气吗?

"嘿。"虎星抖掉身上的雨水,扫了一眼巢穴,"你的患者今天怎么样了?"

赤杨心移动了一下爪子:"草心的伤口愈合了,没有感染的迹象,洼光……"

虎星打断了他:"我看得出,洼光已经好了很多。你在这儿干得不错,赤杨心,影族会永远感激你的,感谢你不仅照顾我们的巫医,还在他生病时如此细心地照料我们的族伴。"虎星锐利的目光看向赤杨心,没有生气的迹象。这只深棕色虎斑猫继续飞快地说道:"我想你该回家了,洼光看起来气色不错,可以重新担负起自己的职责了。"

"是的。"洼光扬起了下巴。

"很好。"虎星依旧注视着赤杨心,"你准备好离开了吗?"

"嗯。"赤杨心眨眼望着他。虎星在赶他走吗?

"你的族伴一定很想你,我敢肯定。他们看见你回去会很开心的。"虎星瞥向巢穴口,雨水正从黑莓丛上滴落下来,"如果你愿

意的话，可以等到雨停了再走。"

"谢谢，但我想尽早回去。"赤杨心并不在乎虎星是否想让他离开。当他意识到自己再也不必为影族负责时，他的心情突然轻松起来。他要回家了！赤杨心朝洼光点点头："照顾好自己。"

洼光低下头："谢谢你，赤杨心，你救了我的命。"

"如果是你，你也会为我这样做的。"

洼光亲切地注视着赤杨心，草心坐起了身："谢谢你照顾我。"

"我很乐意效劳。"赤杨心朝洼光摇了摇尾巴示意道，"我今早在草心的伤口上涂了金盏花，今晚她还需要一些新鲜的。"

"我知道了。"

赤杨心走向巢穴口时，虎星并未动身，只是问道："需要巡逻队护送你回去吗？"

"不必了，谢谢。"说着赤杨心走到了巢穴外。回家之前他还想去个地方，但他并不想让影族巡逻队看见。赤杨心在雨中急匆匆地走着，看见莓心低身走出了育婴室，他很惊讶。

"你要走了吗？"莓心眨着眼睛望着赤杨心，她的胡须上积满了雨滴。

"是的。"赤杨心停下了脚步，"洼光已经康复了。"

鸽翅也走了出来："谢谢你照顾小影。"

"还有小凹。"莓心插言道。

"别让他淋到雨。"赤杨心告诉她。

"我会小心的。"莓心说话间，小影匆匆跑出了巢穴。

风暴来袭
FENGBAOLAIXI

"你要走了吗？"他瞪圆双眼盯着赤杨心。

"是的。"赤杨心歪着头说道。离开这只年轻的公猫，让他觉得有些难受。

"但我一会儿还打算去巫医巢穴帮你的忙呢。"

看着这只幼崽黯淡的眼睛，赤杨心涌起一阵悲伤，肚子隐隐作痛，他不想让小影失望。"你可以帮洼光。"他告诉小影，"我相信他一定会很感激的。"

小影看起来垂头丧气的："但我喜欢帮你。"

鸽翅用尾巴揽住这只幼崽："赤杨心得走了，他的族群需要他。"

"但万一我又有幻象了怎么办？"

赤杨心看见鸽翅的眼神黯淡了下来。"你的母亲知道该做什么。"他安慰道，虽然他的声音听起来很自信，但他的心里仍有些怀疑，他还没有彻底查清小影上次的幻象，但那听起来确实不太吉利。"小心一点儿。"赤杨心一边向营地入口走去，一边喊道，"待在营地里，别忘了幻象都是来引导我们的。"

赤杨心穿过荆棘通道，匆匆走进森林里。如果这只年轻的公猫与星族建立了联系，那么可以肯定的是，一切都会很顺利。既然这样，我为什么不放松些呢？他一边向天族边界走，一边问自己。

当他跨过边界时，雨水已经渗透他的皮毛，胡须上也积满了雨滴。赤杨心循着一条兔子踩出的小路走向天族营地。他得弄清楚叶星做出了怎样的决定，谁也不能阻止他。说服巡逻队很容易，他只

需告诉他们自己要去见斑愿,即便最刁钻的武士也会再三考虑后,让他过去的。

天族的气味很微弱,也许雨水已经冲掉了他们的标记。小山后出现了一片营地的荆棘墙,赤杨心嗅了嗅空气,希望能在这儿发现更强烈的天族气味。但在森林的潮湿气味中,他很难探测到天族的气味。赤杨心的皮毛下蠕动着不安。他们不会不辞而别吧?他与紫罗兰光相识最久,紫罗兰光还是幼崽时,是赤杨心发现了她,并把她带回了族群。赤杨心相信,紫罗兰光若要离开,不会不与他告别。他抑制住悲伤,满怀希望地竖起耳朵,探听着族群生活的声音。这时,他听到一阵轻快的脚步声。是一位学徒吗?赤杨心停下脚步,仔细扫视着森林。一只松鼠从小路上一闪而过,消失在荆棘丛中。他眉头紧蹙,在距离营地如此近的地方,这么轻易地发现猎物很不寻常。赤杨心匆匆跑向营地入口,低身钻了进去。

天族营地空荡荡的。天族猫都在避雨吗?他快速走向武士巢穴,向里面窥探着,一股陈腐的气味扑鼻而来。赤杨心抽出身,扫视着营地,心里越发不安起来。巢穴被扯得破破烂烂,蕨叶散落在地面上,整个营地破败不堪。影族对营地的破坏很彻底!五棵小树苗抵抗风雨的幻象闪现在他的脑海。天族猫没有避雨,他们已经离开了。

赤杨心的心猛地一跳:幻象就要成真了!他的皮毛下闪过一丝不安,他依稀记得叶星在森林大会上有多么愤怒。现在,影族想方设法谋害了我们的一只族猫,你们却在找各种借口。影族真的曾试

风暴来袭
FENGBAOLAIXI

图谋害天族猫吗？绝不可能，他们是可敬的武士，不是狐狸心肠，但斑愿在雀毛的呕吐物中发现了死亡浆果种子，紫罗兰光也看见杜松掌在摆弄天族的猎物，她们都不会说谎。

赤杨心思绪万千，他迈步在雨中奔跑，来到巫医巢穴，低身走了进去。巫医巢穴里全是草药混杂着呕吐物的陈腐的气息。赤杨心漫无目的地环顾着四周。紫罗兰光曾看见杜松掌在猎物堆旁。赤杨心耸起肩膀抵挡着雨，在空地四周走着。他嗅嗅地面，探寻着猎物的气味。闻到老鼠的气味后，他停下了脚步。那气味很微弱，已经被雨水冲刷了大半，但地面上仍有血渍，泥土里渗透出猎物浓郁的气味。这里一定是天族储藏猎物的地方！赤杨心在周围的空地上搜寻着线索。影族气味？他停下来，张开嘴，嗅闻着。他集中精力，顺着气味走向了营地墙壁。这里背雨些，气味更浓烈些。真的是影族的气味。他伸出脚掌划过潮湿的地面，地面因爪印而变得格外光滑。赤杨心蜷下身，在缠绕一起的黑莓茎秆下寻找着。看到地面上散落的种子时，他的爪子隐隐作痛。他将爪子伸进去，钩出种子，马上认出那就是死亡浆果种子。赤杨心在种子上嗅到了影族的气味，颈毛竖了起来。

果真如此！

影族把死亡浆果种子带到了天族营地！

杜松掌？绝不可能……他是影族副族长，紫罗兰光一定是搞错了，也许她看见杜松掌时，另一位武士已经在猎物上下了毒。一阵冷意流遍他的皮毛。是虎星命令他的族猫在这儿留下死亡浆果种子

的吗？这是他将天族赶走的计划吗？

赤杨心挺直了身子，皮毛下涌动着震惊。虎星不会这么残忍的！他虽然凶狠，但仍是一位武士。

但他们都是武士。赤杨心在影族生活过，影族与雷族并没有什么不同。他难以相信，影族猫中有谁会如此险恶，但确实有只猫将死亡浆果种子带到了天族。

赤杨心迅速掩埋了这些种子，以免其他生物不小心误食，随后便返回了雷族营地。应该向黑莓星汇报他的发现。

"赤杨心！"他低头穿过雷族营地入口时，烁皮最先看见了他。她跑过空地，爪子溅起水花，溅在光滑的地面上。烁皮用口鼻蹭着他的脸颊："你再也不会离开了吧？"

"是的。"赤杨心心神不宁地朝她眨眨眼，他几乎没看自己的妹妹。赤杨心思绪万千，他得告诉黑莓星天族离开以及死亡浆果种子的事。

烁皮绷紧了身子："怎么了？"

"天族离开了。"

烁皮耸耸肩："叶星说过他们会离开的。"

她忘记幻象了吗？她为什么不难过呢？"你不知道这意味着什么吗？"

"当然意味着和平。"烁皮歪歪脑袋，好像不懂为什么这件事会困扰赤杨心似的。

风暴来袭
FENGBAOLAIXI

"你回来了!"不等赤杨心回复烁皮,松鸦羽从巫医巢穴向外喊道,他甩着尾巴招呼赤杨心去避雨。

"我一会儿过去,我得先和黑莓星谈谈。"赤杨心告诉他。

"赤杨心!"鼹鼠须从武士巢穴探出了头,"见到你可真高兴!"

小海石竹、小鬃和小翻爬出育婴室,雨滴在他们蓬松的毛发上闪闪发亮。

小鬃跑向赤杨心:"影族看起来是什么样子啊?"

"虎星可怕吗?"小翻跟了过来。

他们簇拥在赤杨心的爪子前,赤杨心温柔地将他们拱开。"我一会儿再告诉你们。"说着他走向落石堆。

"快回来!"藤池在育婴室吼道,"在外面,你们会感冒的。"

"这不公平。"小海石竹瞪着藤池。

"狩猎巡逻队的猫就不担心感冒。"小鬃嘟囔道。

他们返回育婴室时,赤杨心跳上了高石台,在黑莓星的巢穴外停下了脚步。他嗅了嗅空气。黑莓星在巢穴里,松鼠飞和他在一起。他穿过垂下的藤蔓,抖掉皮毛上的雨水。

"你回来了!"黑莓星眨着眼睛望着他。

松鼠飞用口鼻贴紧他的脸颊:"见到你真好。"

"我得和你们谈谈。"赤杨心迫不及待地注视着他们,"天族走了。"

松鼠飞和黑莓星相互看了一眼,仿佛在回忆之前的对话。

"你们似乎并不惊讶。"赤杨心探寻着黑莓星的目光。

黑莓星耸耸肩说道："是的，叶星昨晚看起来很坚决。"

赤杨心的胸中涌起一阵沮丧：为什么没有猫像他一样为这件事感到难过呢？"但她说她会考虑的！"

松鼠飞瞪圆的双眼里充满了同情："她只是出于礼貌。"

"当然，我们也不希望这样。"黑莓星严肃地说，"但我们别无选择。"

松鼠飞朝她的伴侣身旁靠了靠，说道："你父亲已经尽力了，他提过赠给他们领地。"

黑莓星的耳朵抽动着："没有其他族群的支持，我们就没办法让天族留下来。"

赤杨心凝视着他们。他们准备接受失去天族了吗？他们不记得那个幻象了吗？"其他族群怎么办？"

"星族会引领我们的。"黑莓星告诉他。

"如果没有猫听星族的，星族何必要费心呢？"赤杨心的心中涌起一股怒火。

松鼠飞将尾巴搭在赤杨心的脊背上。"我们听星族的。"她低声说，"但我们无法改变现状。"

"你们可以告诉其他族群真相！"赤杨心从母亲的身边挣脱开来。

"真相？"黑莓星重复道。

"影族赶走了天族。"赤杨心愤怒地颤抖着，"他们入侵天族营地时，将死亡浆果种子藏在了天族的猎物里。"

风暴来袭

"我知道，斑愿在森林大会上对我们说过。"黑莓星镇静地说道，"但我们没有证据，雀毛可能在其他地方误食了死亡浆果种子。"

赤杨心抽打着尾巴。"我有证据！我在天族营地的猎物堆旁发现了死亡浆果种子，上面还有影族的气味。"他自信地盯着他的父亲。

黑莓星瞪大了双眼，忧虑使他的目光黯淡下来。

"你得做点儿什么！"赤杨心步步紧逼。

"做什么？"黑莓星抖抖毛发，"雀毛活下来了，天族也已经离开了，谴责影族在天族的猎物堆中下毒也不能把天族带回来。"

"这只会掀起更大的波澜。"松鼠飞插言道。

"虽然我们现在只剩四棵小树苗了。"黑莓星继续说道，"但我们仍可以团结在一起。"

"让剩下的族群团结起来比以往任何时候都重要。"松鼠飞赞同道。

赤杨心怀疑地注视着他们："但幻象告诉我们，当其中一棵小树苗连根拔起时，暴风雨将会把我们全部摧毁。"

"我们已经竭尽全力了！"黑莓星厉声说道，随后又温柔地补充道，"星族不会抛弃我们的。"说完，他望向别处，目光扫向巢穴边的阴影。赤杨心看见父亲的皮毛微微颤动着。黑莓星害怕了。

恐惧撕扯着赤杨心的肚子。族群处于危难之中，而他却无能为力。

第十七章

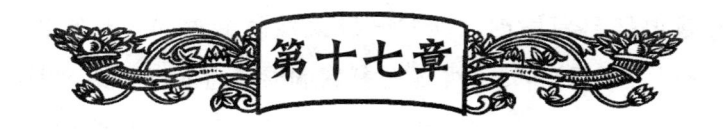

"快跟上!"桠枝眯起眼睛挡着雨水,在山顶停下脚步,等飞爪追上来。她想带自己的学徒到最远的雷族边界附近狩猎。鳍跃和噼啪爪正在山脚处,他们决定留在训练场练习战斗招数。

"鳍跃还好吗?"飞爪回头瞥了一眼这只棕色公猫,然后快步走向桠枝。

"我猜他是想念自己的至亲了。"桠枝知道远不止如此,但她不想谈论鳍跃,尤其是不想跟她的学徒谈论这件事。她开始沿着小路向雷族领地深处走去。

飞爪在她身后蹦蹦跳跳的:"他在你身边时似乎很不安,你们吵架了吗?"

"没有。"桠枝钻到一棵树枝下,另一边有新鲜的老鼠粪便,这气味或许能转移飞爪的注意力,让她不再纠缠这些问题。

天族离开后的这些日子里,鳍跃似乎焦虑不安。森林大会后,桠枝和鳍跃曾谈过,鳍跃决心留在雷族,这让桠枝十分宽慰。当然,鳍跃仍为失去自己的至亲感到难过。一开始,桠枝曾试图鼓励他,但他似乎一直沉浸在失去至亲的痛苦中,并渐渐表现得像是做

风暴来袭
FENGBAOLAIXI

出了错误的选择似的。鳍跃开始独自进食，并早早地爬回自己的窝里，不再与族猫分享舌抚。他表现得就像个外来者，桠枝内心的沮丧日益强烈。如果鳍跃不努力融入族群，又怎么会感觉到自己是雷族的一分子呢？至少他不再谈论生养幼崽了，他真的可以等到他们双方都做好准备再生养幼崽吗？桠枝并不确定问题是否解决了，毕竟她还有些怀疑鳍跃当初是否希望和天族一同离开。

飞爪停下来，嗅了嗅老鼠的粪便。"我们要在这儿狩猎吗？"她问道。

"我想带你去个新地方。"飞爪激动得眼睛闪闪发亮，桠枝感觉到一丝满意。她已经意识到，当前往森林里不常去的区域展开训练时，她的学徒会表现得更出色。新鲜的刺激似乎能使飞爪更专心，所以桠枝总会竭尽所能，用难以对付的战斗招数或难以捕捉的猎物来挑战飞爪。

桠枝避开天族的边界，雨水已将气味线冲洗得干干净净，正在渐渐消失的天族气味唤起了她对鹰翅和紫罗兰光的思念。桠枝尽力不想他们，开始奔跑起来。"快点儿。"她朝飞爪喊道，"我想带你看看雷族领地的尽头，还有很长的路要走呢。"她抖松毛发，沿着蜿蜒的小路向前跑去。桠枝在树林间弯曲着前行，钻过荆棘丛间的空隙，爪子在潮湿的地面上踉踉跄跄地滑行着。

她们靠近边界时，桠枝已经累得上气不接下气。

飞爪从她身旁跑过。"这条路没错吧？"说着她消失在小山坡后。

猫武士

"慢点儿！"这条小路变得泥泞光滑，她跟着飞爪爬过山坡，透过雨水望着远处的森林。一片潮湿的迷雾掩盖了边界，远处是独行猫和两脚兽的地盘。武士通常不会来这么远的地方，那里的猎物一定很丰富。

飞爪已经在山毛榉树根旁嗅探了起来。她绕着树干，潮湿的皮毛兴奋地竖了起来。"我闻到老鼠的味道了。"飞爪蹲伏着向后退去。

桠枝倍感欣慰。即便是在雨里，飞爪也能发现气味，并且与自己的猎物保持着一定的距离。桠枝蹲在她的身旁，顺着这只小猫的目光朝树根间的阴影处望去。

"那里有个洞。"飞爪低声说，"我们应该等老鼠出来，还是试着去挖那个洞呢？"

"你觉得呢？"桠枝考验着飞爪。

飞爪若有所思地皱皱眉头。"快到日高时分了，老鼠会睡觉的。"她的耳朵兴奋地竖了起来，"老鼠一定很困，我们应该挖洞，就算它要跑掉，动作也会很慢的。"

"我们试试吧。"桠枝知道，如果让飞爪亲自体验，她会学到更多。她让这只虎斑猫刮掉老鼠洞前的泥土，然后跳到她身旁的树根上帮忙。雨水使地面变得格外松软，所以很容易挖掘。桠枝向外刨出泥土时，淤泥在她的爪子间扑哧作响。

"我闻到了！"飞爪迫不及待地在洞口摸索着。突然，她的爪子抠进树根下的小洞里，一只老鼠仓皇蹿出，在飞爪的爪子旁溜了

风暴来袭

过去。飞爪稍一迟疑,接着便挺直了腰板,扭动着身子,动作敏捷地扑向那只老鼠,前爪一把抓住了它。她把老鼠拖到自己身边,一口结果了它。

桠枝甩掉爪子上的泥巴。"干得漂亮!"她的心中充满了骄傲。

飞爪开心地朝桠枝眨眨眼睛:"我们可以现在吃掉它吗?"

桠枝摇摇头:"留下来带回猎物堆吧。"

"可是我饿了。"

"你的族伴们也……"桠枝说到一半,一股熟悉的气味从边界外的森林里飘来。

飞爪眯起了眼睛:"你在抽鼻子,闻到什么了吗?"

"把老鼠藏在树叶下面,跟我来。"桠枝穿过一片常春藤,朝边界走去。

飞爪赶忙将自己的猎物藏到树根下,抓起一堆叶子盖在上面。"我们可以去领地外吗?"她匆匆跟在桠枝身后。

"当然。"桠枝瞥了飞爪一眼,并未理会她的问题。是阿树的气味,桠枝十分肯定。但他在这儿做什么呢?他没有和天族一起离开湖畔吗?桠枝的心中跳动着希望。如果他留下了,那么紫罗兰光或许跟他在一起。想到这儿,桠枝加快了脚步,她跨过气味线,走进了森林深处。

这里的荆棘丛越发茂密,橡树间的松树郁郁葱葱。桠枝知道,这片土地直通山岭,到这儿巡逻实在太远了,来这儿狩猎又太荒芜。百合心在育婴室里讲过的故事里,狐狸和獾经常在这附近出

没。森林地面倾斜着向上，桠枝紧张地嗅了嗅空气。她闻到血腥味中混杂着阿树的气味。他受伤了吗？桠枝爬上斜坡，爪子在潮湿的叶子上不住地打滑。地面上凸起几块岩石，桠枝从中间挤过。她越爬越高，地面也越来越陡峭。

"我们到底在找什么？"飞爪跟在桠枝身后问道。

"我只是想确认一件事。"阿树的气味越来越浓烈。他一定待在这里很多天了。桠枝心跳加速，嗅探着妹妹紫罗兰光的气味。如果没有紫罗兰光，阿树一定不会留在这里吧？他们一定在一起。桠枝爬过最后一块岩石，地面也平缓下来。树林间生长着一棵郁郁葱葱的冬青树，桠枝在冬青树旁来回走着，嗅探着地面，泥泞的地面被爪印踩平了。"是阿树吗？"桠枝轻声喊道。树林里有皮毛拂过树叶，她瞥见了树枝间移动的身影："是我，桠枝。"

"阿树？"飞爪听起来很惊讶，"他没有和天族一同离开吗？"飞爪从桠枝身旁超了过去，嗅了嗅草丛。

"小心。"桠枝将她推到一边，"你没闻到血腥味儿吗？"

"只是刚刚被杀死的猎物而已。"阿树走出灌木丛，在桠枝面前停了下来，他浓密的黄色皮毛蓬松开来挡着雨水。

桠枝看着这只公猫的眼睛，心猛烈地跳动着："紫罗兰光和你在一起吗？"

阿树的目光黯淡了下来："她和天族在一起。"

失望像块石头似的压在桠枝的肚子里。

"快进来躲躲雨。"

风暴来袭
FENGBAOLAIXI

说着，阿树在树枝间为她腾出地方。桠枝走了进去，尖利的叶子刮落了她皮毛上的雨水，飞爪也跟在她身后挤了进去。

临时搭建的巢穴边上有个蕨叶做的窝，窝旁放着一只还没吃完的兔子。虽然从巢穴顶往下滴水，但里面还是很暖和。

"你在这儿做什么？"桠枝探寻着阿树的目光。天族不愿带他去河谷吗？

"我想留在湖畔。"阿树坐下来，飞爪嗅着兔子。

"为什么？"桠枝眉头紧蹙。

"我不属于天族，而且我发现湖区一定很重要，有一位死去的武士让我请求叶星留下来。"

桠枝眨眨眼睛望着阿树："那紫罗兰光怎么办？我以为你们已经结为伴侣了！"

"我求她和我一起留下来，但她想追随自己的族群。"阿树对桠枝说道。

桠枝知道自己的妹妹有多爱阿树，但爱若不能让他们在一起，那爱还有什么意义呢？她思索着，突然想到了鳍跃，爱使他们在一起了，但他们幸福吗？桠枝的心很痛，她努力不去想这些。

飞爪扒拉着兔子。"我可以吃一口吗？"她问阿树。

阿树耸耸肩："你尽管吃，这片森林的猎物我根本就捉不完。"

飞爪的皮毛开心地竖了起来，然后咬了一口。

我不属于天族。桠枝疑惑地望着阿树："所以你又成独行猫了吗？"

"我想是的。"阿树移动着爪子。

219

"但我一直把你当作族群间的调解者。"他也一并放弃族群了吗?

"族群从不听我的。"阿树耸耸肩,"我只是在浪费时间。"

"浪费时间?"桠枝不懂为什么和族群在一起是浪费时间,当然,她也不了解其他生活方式,"独自在灌木丛下睡觉感觉更舒适吗?"

"并不是。"阿树伤心地望着桠枝,"我以为自己会很享受重新回到以前的生活,但并非如此。我很想念紫罗兰光,我很怀念有其他猫陪伴的日子,为自己狩猎也不如以前那么有趣了。"

桠枝同情地朝阿树眨了眨眼。他好像在哪儿都找不到归属感。"我想这糟糕的天气一定让你更加难过。"桠枝说道。

阿树皱皱眉:"天族离开后一直在下雨,风也越来越大。你注意到了吗?"

桠枝竖起耳朵,树叶温柔的沙沙声已变成一阵阵咆哮。

"就像幻象中一样。"阿树继续说道,"巫医说五棵小树苗全部被一场暴风雨摧毁了。"

桠枝的心中生起一丝警觉:"你觉得这就是他们在幻象里看见的暴风雨吗?"

"我不知道,但如果是这样,天族就应该留在这里,他们是第五棵小树苗,不是吗?"阿树琥珀色的眼睛里闪烁着焦虑的光芒,"如果他们不在这儿,那么这场暴风雨就会摧毁所有族群。"

飞爪坐起身,舔舔嘴唇说道:"或许天族看见天气这么糟,会

风暴来袭

回来的。"

桠枝瞥了飞爪一眼。这场暴风雨会让叶星重新考虑离开的决定吗？想到这儿，她的爪子隐隐作痛。这或许足以让天族族长意识到他们属于湖畔。"我们可以去追他们。"她望着阿树，"我们可以让叶星改变主意。"

"怎么做呢？"阿树眯起了眼睛，"天族在湖畔依然没有家园。"

"看看这场暴风雨吧。"桠枝继续说，"现在其他族长一定意识到了天族应该留在这里。我敢打赌，河族领地已经开始发洪水了，雾星一定在怀疑自己是否做出了正确的决定。如果雨势越来越大，所有族长都会改变主意，他们或许会意识到，自己得和天族分享自己的领地。"

阿树看起来仍有些不太确定："这种天气可能还不足以让他们改变主意，他们在森林大会上根本不在乎什么幻象，他们太固执了。"

"我们得让其他猫大胆地说出来，每个族群里一定都有担心幻象的猫，他们一定也希望天族留下来。"

"李爪和雕爪觉得天族本该留下来的。"飞爪说道，"河族的斑点爪和兔爪也是，只有族长希望天族离开。"

桠枝的胸中涌起一丝希望："倘若我们说服各族群的猫，让他们大胆谏言，我们就能让族长们改变主意。"

阿树歪着脑袋说道："如果我们不能说服叶星，说服其他族长也没用。"

"她一定会想通的吧？"桠枝想象着天族在滂沱大雨里蹒跚前

行的场景。

飞爪若有所思地说:"我们可以带领各族群的猫去找天族,然后告诉他们,我们希望他们留在湖畔。"

桠枝热切地点点头:"我们带他们回来后,说服其他族群,让天族留下来。"

阿树看起来若有所思:"我想,如果有足够的猫支持天族,族长们也不得不改变他们的想法。"

桠枝咕噜了一声。这些天来,她头一次感觉到希望,觉得鹰翅和紫罗兰光可以回到湖畔,族群也会安然无恙。"这样就太棒了,"她说道,"但我得先做一件事。"

阿树望着她:"什么事?"

"我要采用正确的方式。"桠枝挺起胸膛,"这次,我不会再像新叶季的野兔一样盲目乱跑了,我要去见黑莓星,告诉他我们的计划,我要征得他的同意。"

风暴来袭
FENGBAOLAIXI

第十八章

　　紫罗兰光跟在族伴身后走着。她低着头，躲避着倾盆大雨，耳朵耷拉在脑袋上，眯起了眼睛。早上醒来以后，她就一直觉得恶心。鹰翅带回来的那只湿漉漉的老鼠让她觉得更糟糕了。她已经不记得他们走了多远，沿着小路望去，什么都看不到。最开始几天，雀毛的身体状况拖慢了他们的速度，但他正在康复。虽然天气恶劣，他们还是加快了速度。

　　紫罗兰光的族伴似乎并不是很开心。她注意到他们步履艰难地在她身旁行走着，身上的皮毛湿漉漉的。

　　哈利溪在她身后咕哝道："如果再下大点儿，我们就要被水淹了。"

　　"我们应该找个地方避避雨。"梅柳大声喊道。

　　"我们会在河谷找到避雨的地方的。"走在族群前面的叶星吼道。

　　恼怒刺痛了紫罗兰光的肚子。叶星还能想起回河谷的路吗？他们已经走了好几天，天气也一天比一天糟糕，可叶星仍然无法确定他们还需要走多久。没有一只猫抱怨，他们只是乖乖地跟在叶星身

后。因为他们抛在身后的东西没有我多。她愤愤不平地想。郁结在她胸口的痛苦更加沉重了。她或许再也无法见到桠枝和阿树了。她的脚步越来越沉重。要是阿树跟着一起来就好了,这次旅途就会成为他们共同经历的一次冒险。如果阿树还在她身边,她可能压根就感受不到雨水的存在。

"我们可以去探探前方的小路吗?"晴爪的声音打断了紫罗兰光的思绪。这只姜黄色母猫正热切地看着梅柳,其他学徒也转向了他们自己的老师。

"我想应该没问题。"梅柳嘟囔道。

等到所有的老师都点头同意后,学徒们便一个个向前飞奔而去。

"别走太远!"看着他们消失在了小路拐弯处凸起的岩石周围,鼠尾草鼻喊道。

紫罗兰光抖了抖自己的皮毛,思绪又回到了阿树身上。为什么他要留下来?如果他真的爱她,就应该跟她一起来。一想到这儿,紫罗兰光的腹部好像有爪子挠似的。她将这些抛到脑后,冒着大雨抬头向山坡上看去。暴风雨冲刷着她的口鼻,她认出了那个长满金雀花的斜坡。山坡上零星地点缀着几棵赤杨树,半山腰处,石楠丛中出现了一个小洞。这是我第一次见他的地方!紫罗兰光的心隐隐作痛,她想起阿树第一次捉弄她时那副自以为是的样子,即使那让她在寻找松针尾的过程中分了心。后来,阿树便让她赶在自己死去的朋友去星族之前与她再次相聚。思乡之情牵动着紫罗兰光的心,她突然觉得十分失落,有点儿不知所措。他们都注定要离开她吗?

风暴来袭

芦苇掌用鼻子轻轻地推了推她:"紫罗兰光?"

"怎么了?"她想要独自静静地思考。

芦苇掌缩着身子。"很抱歉打扰了你。"雨滴从她的胡须上流了下来,"但是我们马上要上斜坡了。"

紫罗兰光惊愕不已,她看到自己的族伴已经偏离了山谷底部泥泞的小路,朝石楠丛走去。

"鹰翅说服叶星,让我们在那个低洼处休息一会儿。"芦苇掌紧张不安地看着紫罗兰光,"我只是觉得应该告诉你。"

"对不起,我不应该大声跟你说话。"紫罗兰光愧疚地说,"我心情不好。"一想到阿树她就十分难过,她瞥了一眼凸起的岩石,"我们应该把改变路线的事告诉晴爪和其他族伴。"

"我去说吧。"这只瘦小的虎斑母猫飞奔着离开了,紫罗兰光在斜坡上追上了自己的族伴。她不知道这儿的石楠丛上是否还留有阿树的气味。别这么兔脑子。他的气味数月之前就已经散去了。

"紫罗兰光!梅柳!"风中传来芦苇掌惊恐的叫声。

梅柳赶忙抬起口鼻,四处张望,紫罗兰光转过身子,她的皮毛闪现出一丝警觉。

芦苇掌在雨中奔跑,她的毛根根竖立:"晴爪陷进淤泥里了!她正在往下沉!"

微云和雀毛冲出族群,奔下了斜坡,他们的脚掌在湿漉漉的草地上不住地打滑。紫罗兰光飞奔在他们身后,此刻她几乎忘记了还在下雨。晴爪正身处险境。"其他学徒安全吗?"她追上了芦苇

掌,大声喊道。微云和雀毛继续奔跑着,他们的脚掌在岩石四周的水坑里打着滑,溅起一片水花。"应该是安全的。"芦苇掌睁大了眼睛,"他们试图接近她,但是泥潭太深了。"

"快点儿。"紫罗兰光飞奔在雀毛身后,微云早已不见了踪影。紫罗兰光转过弯,发现山谷出现一片宽广的泥潭。她看见花蜜爪和鹌鹑爪站在边上,毛竖立着。砾爪和浅爪站在他们身后,细小的爪子刺入了地面。

"救命啊!"晴爪惊恐的哀号声回荡在整个山谷。紫罗兰光看见她那姜黄色的脑袋正在光滑的棕色表面上挣扎。她向上伸出一只满是淤泥的脚掌,爪子张开着,抓向空中。紫罗兰光的心怦怦乱跳。这位学徒越是挣扎,就陷得越深。微云已经来到了鹌鹑爪身旁,她冲了过去,朝泥潭跳去。

"小心!"雀毛用牙齿咬住了微云的尾巴。这只公猫病后仍然消瘦,但是却足以把微云从泥潭边拖开。

"我们得救救她!"微云睁大了眼睛,责备着雀毛。

紫罗兰光扫视着山谷,必须要找一个安全的地方,可以够得着这位深陷泥潭的学徒。

紫罗兰光身后响起脚步声。是鹰翅,他停下了脚步,抖掉皮毛上的雨水。他顺着紫罗兰光的眼神望去,尾巴抽动着。"找一根木棍!"他吼道,"要足够长,可以够到晴爪。"

花蜜爪朝他眨了眨眼,便爬上了斜坡,奔向山坡的一个小树林。鹌鹑爪和雀毛追了上去,鹰翅也紧跟在他们身后。紫罗兰光急

风暴来袭
FENGBAOLAIXI

匆匆地奔向正在泥潭上方俯着身子的微云。紫罗兰光挤到这只白色母猫身旁，用脚掌试探着滑溜溜的淤泥下方坚固的地面。她将爪子刺入坚硬的地面，冒险前进着，眼神紧紧地盯着晴爪。"别再挣扎了！"她命令道。

"可是我正在下沉。"心中的恐惧让晴爪的声音变得十分尖锐。

微云靠近她。"将你的脚掌舒展开。"她喊道，"撑大自己的身子，就好像你正面对着一只狐狸。"

晴爪绝望地看着她的妈妈，慢慢地伸出一只前脚，放在了淤泥上。她咬紧牙关，挣扎着想要抬起另一只。

"雀毛去找木棍了。"微云喊道，"我们很快就会把你从那儿救出来，尽量保持冷静。"

紫罗兰光看得出来，这只年轻的猫正努力地抑制着恐慌，她那惊恐的眼神中闪烁着坚定。"你做得真棒！"紫罗兰光鼓励道。

梅柳和贝拉叶冲过岩石，来到了泥潭边缘，她们的族伴紧随其后。

叶星从他们身旁挤过，满眼恐慌地看着晴爪，问紫罗兰光："你能够着她吗？"

"泥潭太深了。"紫罗兰光答道。

微云看着天族族长："鹰翅去找木棍了！"

"我们找到了一根！"花蜜爪跳下了斜坡，朝树林那边摆了摆尾巴。雀毛和鹰翅正拖着一根木棍走在湿漉漉的草丛上。

"快点儿！"微云的眼睛没有从晴爪身上离开。这只年轻的猫在泥潭中陷得越来越深了，当淤泥没到她的喉咙处时，她抬起了口

鼻，左右拍打着脚掌，努力地让自己的鼻子远离淤泥。

紫罗兰光感到有树皮蹭到自己的后爪，是鹰翅拖着木棍从她身旁经过。她赶紧让开了路。雀毛将木棍移到了泥潭上方，紫罗兰光用自己的爪子稳住木棍。

"快点儿！"微云又向前探了探身子，看到晴爪的耳朵陷进了泥潭，她竭力地想要靠近自己的幼崽。淤泥遮住了这位学徒的眼睛，她的口鼻也开始陷入淤泥中，她呜咽了起来。

"抓住木棍！"雀毛将木棍伸得离晴爪更近一些。

她能听到吗？看着晴爪左右挥打的脚掌撞击着木棍，紫罗兰光屏住了呼吸。这位学徒拼命地用爪子抓住木棍的一端，开始向上拖拉着身子。她的口鼻一脱离泥潭，便猛地咬住了木棍，两只前脚环抱在木棍上。

"快拉！"鹰翅命令道。雀毛和鹰翅朝硬地上拉着木棍，紫罗兰光将爪子深深地刺入树皮，也拖拉着。淤泥如同一只饥肠辘辘的狐狸，拉扯着晴爪，晴爪却一直坚持着，淤泥糊住了她的眼睛。花蜜爪和鹌鹑爪也抓住了木棍，开始拖拉。大雨冲刷着晴爪皮毛上的淤泥，她的侧腹露出了泥潭，紧接着她的后肢也慢慢滑出了泥潭。晴爪哽咽着，随着扑哧一声，她挣脱了泥潭。晴爪刚到可以够得着的地方，微云便叼住她满是污泥的颈背，把她拽到草地上。晴爪躺在地上，浑身颤抖着，微云清理着她眼部的污泥。

族猫们凝视着滑溜溜的泥潭，惴惴不安地嘟囔着，他们湿漉漉的皮毛竖立着。

风暴来袭

叶星急匆匆来到泥潭边上问道："她没事吧？"

斑愿健步如飞，从叶星身旁冲过，将自己的耳朵紧紧地贴在晴爪的胸部。接着，她一下子坐在地上，眼睛流露出宽慰的光芒："她不会有事的。"

晴爪站起身子，咳出了吸入的泥水。梅柳匆忙飞奔到学徒身旁，惊慌得湿漉漉的皮毛都支棱了起来："你为什么要走那么远？"

微云用鼻子拱开了这只深灰色母猫："这是陌生的领地，她怎么会知道泥潭那么深呢？"

梅柳注视着微云，琥珀色的眼睛充满了恐惧："我们来这儿干什么？我们现在远离了湖畔，也离河谷又不是很近。大家就不应该在这种天气里远行。难怪星族想要我们留下呢。"她回头看着正在缓缓靠近自己的族伴。

鹰翅平静地朝她眨着眼睛："我们很快就到河谷了，到时我们就安全了。"

"很快？"哈利溪吼道，"我还记得我们花了多长时间才到达湖畔，记得我们失去了多少武士！谁知道我们这次回去的路途中会遇到多少危险呢！"

"谁知道我们到那儿会碰到什么事呢？"梅柳补充道，"我们已经离开了数月，或许已经有狐狸搬进去了。"

"或者是獾！"麦吉弗挤到了前面。

晴爪看着他，浑身颤抖着："我想回家。"

叶星一直心事重重地听着，她抽动着尾巴说道："我们就是在

回家啊!"

"那里不是我们的家。"鹌鹑爪朝她眨了眨眼睛。

"我们只想在湖畔生活。"花蜜爪说道。

晴爪甩掉耳朵上的淤泥:"我们是在湖畔出生的。"

叶星的颈毛竖立着。紫罗兰光看到这位天族族长眼里燃烧着怒火,她的心跳加快了。"那也不意味着你应该死在那儿!"她厉声说道,"我们在湖畔一无所有。没有领地!没有猎物!得不到尊重!我们不得不为一口猎物而战斗。这真的是你们想要的生活吗?被他们当成泼皮猫对待?难道你们忘了自己是谁了吗?你们是天族猫,湖畔从来都不是你们的家。星族想要我们待在那儿,只是为了某个跟我们毫不相干的预言。为什么我们要为了几个不尊重我们的族群而牺牲自己呢?"

哈利溪和麦吉弗互相交换着眼神,梅柳不安地挪了挪身子。他们身后的贝拉叶和荨麻斑焦虑不安地看着四周。

紫罗兰光看着自己的族伴,绷紧了胸部。晴爪浑身脏兮兮的,斑愿疲惫不堪,眼睛变得呆滞;而躁片浑身颤抖着。"一切都会好起来的。"紫罗兰光提高了声音,惊奇地发现自己居然大声地说了出来,"记住,我们是天族猫。无论我们身在何方,或者面临何种困难,这都不要紧,我们会一起面对的。"叶星朝紫罗兰光眨了眨眼。紫罗兰光继续说道:"你们是我所知道的第一个真正的族群。我是在影族长大的,当时它正变得分崩离析。那里的猫会互相攻击。当面对困难时,他们并不比泼皮猫好哪儿去。但是天族不同,

风暴来袭
FENGBAOLAIXI

你们接纳了我,欢迎我的加入。是你们教会了我族猫如何一起度过最艰难的时期。虽然你们失去了自己的家园,失去了彼此,但是你们又找到了彼此,从而继续前进。能成为天族猫,我觉得十分自豪,我永远不想属于其他地方。"她环视着自己族伴的脸庞,看到他们困倦的目光中闪现着希望,觉得身子一热。

"我们走吧。"叶星轻轻地摇了摇尾巴,此刻她已经不再愤怒,更多的是决绝。她脚步轻快地踏上泥潭另一边长满青草的斜坡,朝一片石楠丛走去。

鹰翅跳着跟在叶星身后,其他族猫也紧随其后。微云用自己的侧腹紧贴着晴爪,带领她爬上了斜坡。紫罗兰光回头看了一眼宽阔的泥潭,那根救了晴爪的木棍早已被雨水冲洗得干干净净。

她轻快地跟在族伴身后,斑愿来到她的身旁。"你觉得这雨明天会停吗?"紫罗兰光凝视着深灰色的天空,低声问道。

"我从没见到过这么阴暗的天空。"在山顶的那边,灰色的云层已经变成了黑色,"看这天气,雨会下得越来越大。"

紫罗兰光强忍着浑身的颤抖,向上攀爬着,涓涓细流从青草上流过。暴风雨短时间不会减弱,但是她所说的句句都是肺腑之言,只要同族群在一起,她就能战胜所有的事情。阿树现在离他们太过遥远,尽管失去他让紫罗兰光觉得自己的心里像装了块石头一样沉重,但是她知道自己只能继续前行。

即使这意味着她永远都无法再见到阿树了。

第十九章

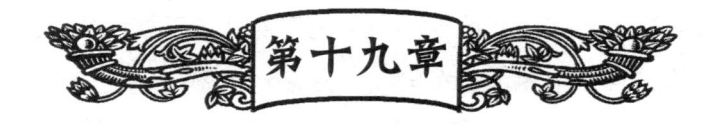

赤杨心来到了影族边界,他十分开心。边界的另一侧,橡树林逐渐过渡成了松树林,绿荫如盖,郁郁葱葱,更宜避雨。雨下得越来越大,沿着树枝流下了树干,赤杨心脚下湿滑的地面扑哧作响。

他停下了脚步,沿着气味线望去,并没有发现巡逻队,便穿了过去。如果有猫拦住了他,他就告诉他们,自己是要去检查洼光的伤口,没必要承认自己是想去找影族巫医询问族群的情况。

黑莓星已经不关心雀毛是如何中毒的,但赤杨心不会善罢甘休。即使雀毛已经康复并离开湖区,但一只曾起心谋杀其他猫的凶手仍然生活在他们之中。这太危险了。赤杨心曾把死亡浆果带入影族营地,而那条气味踪迹似乎正是从那里指向天族的。洼光在患病期间看到过什么可疑的事情吗?在天族离开后他听到过什么闲言碎语吗?影族里肯定有某些猫知道更多的事情,而不仅仅是他们说出口的那些。

地面上有道道沟渠,如同爪印一般,里面积满了水。赤杨心从未见过沟渠里蓄满水的样子,不禁有些心惊。倘若影族的部分领地被水淹没了,那么河族会变成什么样子呢?昨天,黄昏巡逻队带回

风暴来袭
FENGBAOLAIXI

了溪流附近发洪水的消息。经过了一晚上的瓢泼大雨,现在洪水一定更加严重了。星族,请保护他们。他祈祷着,但他仍然坚信星族并不会对这个深受重创的族群产生一丝怜悯。它们试着警告过我们。赤杨心小心翼翼地经过被水浸没的沟渠。五棵小树苗必须联合起来!雾星选择了忽视这个警告。既然天族已经离开了,她还指望河族不受暴风雨的影响吗?

前方的阴影处,有身影在移动,身上的皮毛被雨淋湿了。赤杨心停下了脚步,抬起了尾巴。如果这是一支巡逻队,他们就会嗅到他的气味,过来询问他。赤杨心等待着,眼睛看着昏暗处。

"赤杨心?"苜蓿足在雨中跟他打着招呼,"你在这儿干什么呢?一切都还好吗?"

她快速奔向赤杨心,莓心和杜松掌跟在身后。

"我过来检查一下洼光的伤口。"他喊道。

莓心来到赤杨心的身旁,热情地朝他眨了眨眼睛。苜蓿足低下了头,表示欢迎。"洼光挺好的。"她告诉赤杨心。

"听到你这么说真是太好了,但我还是想看看他的伤口。"赤杨心坚持说道,"他患的这种感染我以前从没见过,我想看看是如何治愈的。"

"你真好。"苜蓿足看着杜松掌。

影族副族长眯起了眼睛:"我确定洼光可以自己处理伤口。"

"有些地方自己很难够得着。"赤杨心轻声说道,"既然我这么大老远的来了,最好还是去看看吧。"

苜蓿足和莓心期待地看着杜松掌，这只黑色公猫点了点头："好吧。"

"多谢。"赤杨心快步朝影族营地走去，他可不想等杜松掌改变主意。快要走到黑莓墙时，他回头瞥了一眼。莓心和苜蓿足正朝远方走去，而杜松掌仍然看着自己，眼睛眯成了一条缝。

赤杨心抖了抖自己的皮毛，俯身进入了营地。

滂沱大雨浸透了空地，空地四周长满了参天大树。育婴室外，蛇牙和草心挤在一起。石翅快速奔向营地边上的肉桂爪，躲在了荆棘墙下。击石正拖着一只知更鸟朝武士巢穴走去。这只棕色虎斑猫好奇地看着赤杨心，将知更鸟放在湿漉漉的地面上问道："你在这儿干什么？"

"我来检查一下洼光。"赤杨心立刻告诉他，"我在外面见过杜松掌了，他说可以的。"

击石点了点头。"或许那儿会欢迎你的。"他猛地朝巫医巢穴抬起口鼻，"小影的痉挛又发作了。"

赤杨心的皮毛下闪现出一丝警觉，他想起了小影的上次痉挛，想起了那个伴随着痉挛的不祥的梦。小影曾看见自己溺水，鸽翅也告诉过赤杨心自己幼崽的痉挛越来越严重。这可能意味着他的幻象将会成为现实吗？赤杨心努力不去想积满雨水的沟渠离影族营地有多么近，他飞奔着穿过空地，小心翼翼地进入了巫医巢穴。

洼光在巢穴另一侧的窝里弯着身子。虎星和鸽翅蹲伏在他身旁，心中的担忧让他们的眼睛黯淡无光。赤杨心进入巢穴后，他们

风暴来袭
FENGBAOLAIXI

转过了身子。

"小影还好吗?"赤杨心急匆匆地奔向窝边,朝里面看着。小影虚弱无力地躺在窝底,洼光用苔藓为他擦洗了身子,他的皮毛湿漉漉的。

"痉挛刚刚过去。"洼光看着赤杨心,如释重负。

"痉挛刚一发作我就带他来这里了。"鸽翅告诉赤杨心。

"还好我在营地。"虎星忧心忡忡,皮毛竖立着。

"小影需要百里香来压压惊。"赤杨心说道,而洼光早已转身朝他的草药储藏室走去。他带来一些有叶的小枝,放在了窝边,鸽翅把苔藓轻轻地放在小影的侧腹上。

这只幼崽动了动身子,睁开了眼睛。他虚弱地向上看着,当看到鸽翅时,他努力地咕噜着。

"没事了。"鸽翅用自己的鼻子轻轻地触了触他的脸颊,"你安全了。"

洼光示意赤杨心离开他们一些,低语道:"你是怎么想的呢?这痉挛会一直伴随着他吗?"

赤杨心看着鸽翅和虎星,他们正把身子倾在窝边,安慰着小影。"我不知道。"赤杨心低着头承认道,"希望他长大以后,痉挛能不再发作。"

洼光不安地挪了挪身子:"他告诉过我他的上一次幻象。"

"关于大雨的吗?"赤杨心强忍着浑身的颤抖。

洼光的目光变得黯淡起来,他十分清楚这个幻象所预示的致命

意义。"你觉得这一切会成为现实吗？"他问道。

未等赤杨心回答，小影便在窝里有气无力地呼喊着他。

赤杨心连忙答道："我在这儿。"

小影的神情变得放松了许多。"太好了。"他挣扎着要站起来，鸽翅跳进窝里，将小影拉入怀中。"还是同样的幻象，"他喘息道，"和之前的一模一样。"

赤杨心咽了咽口水。"有时噩梦会不断重复的。"他轻柔地说道。

他避开了鸽翅的目光，但从她竖立着的皮毛中，赤杨心能看出她不比自己更相信这仅仅是场噩梦而已。

虎星挺起了胸膛。"小影，这只是一个梦。"他肯定地说道，"不会有什么坏事情发生的。"

"可是我以前也有过其他的幻象，它们都真的发生了。"小影说道。

"这次不会的。"虎星保证道，"我不会让它发生的。"

赤杨心瞥了一眼影族族长，在他的眼里看到了惊恐。他转换了话题。"我离开后你一直在帮洼光吗？"他问小影。

"是的。"小影抬起了下巴，"草心的伤口好多了，她现在已经回到了武士巢穴。"

"听到你这么说，我很高兴。"

"褐皮之前肚子疼，"小影告诉赤杨心，"焦毛也扭伤了自己的脚，洼光一直在收集新鲜草药，我在帮他将草药分类整理呢。"这只小幼崽很快便高兴起来，"洼光说我比一整支武士巡逻队干得

风暴来袭
FENGBAOLAIXI

还要多呢。"

"我想也是。"赤杨心满意地说道。看到鸽翅也放松了一些，他如释重负。

小影的耳朵抽动着说："苜蓿足一直在为我们搜集草药，她说她想要帮帮忙。她甚至还让焦毛也跟她一起呢，但是杜松掌没有回来帮忙。"

回来帮忙？赤杨心僵直了身子，他记得自己在营地的时候，杜松掌并没有来巫医巢穴帮过忙。"杜松掌以前有帮过忙吗？"他轻声问道。

"之前你去方便的时候，他来过一次巢穴。"小影解释道，"我醒来的时候他正在那儿翻挖着。"小影朝巢穴边缘点了点头，那儿是赤杨心曾经掩埋死亡浆果种子的地方，"我问他在干什么，他说他在处理一些种子，好让大家不会因其受伤。他一定是将它们全部处理了，因为他从那以后就再也没有回来过。"

赤杨心觉得自己的脊背发冷。难道紫罗兰光是对的吗？影族的副族长要为雀毛的中毒负责吗？他注视着虎星，这位影族族长一副不安的样子。赤杨心拿出百里香的小枝。"小影的精神现在看起来好多了，"他告诉洼光，"但是为了确保安全，应该让他把这些吞服了。"

"我也这样认为。"洼光开始从百里香的枝干上撕扯叶子。鸽翅用脚掌拾起叶片，递到了小影的嘴边。这只幼崽皱了皱鼻子，赤杨心从窝边走开，他用尾巴示意虎星过来。"我们需要谈谈。"他低声说道。

虎星疑惑地看着他，但是当赤杨心率先走出了巢穴时，他跟了出来，抖松皮毛挡着滂沱大雨。

"这边走。"虎星快速从赤杨心身旁经过，朝一个隐蔽的地方走去，那里花楸树舒展的低矮树枝遮住了整个营地围墙。

赤杨心匆忙跟在他身后。"你还记得森林大会吧！"他急促地嘶嘶道，"紫罗兰光说她看见杜松掌在天族的猎物堆旁。如今小影说自己看见过杜松掌翻挖死亡浆果种子。"他凝视着虎星，想必这位影族族长现在不得不认真对待雀毛中毒的事情了吧？

虎星挺直了身子。"影族猫不会干出这么狐狸心肠的事！"心中的愤怒使他的声音变得尖锐起来。

"杜松掌也不会吗？"赤杨心逼问道，"他曾是泼皮猫，还记得吗？"杜松掌之前还是学徒的时候就离开了影族，跟随了暗尾和他的泼皮猫。在暗尾暴露出自己是族群残酷无情的敌人后，他才重归族群。

"你是在质疑我的判断吗？"虎星的颈毛竖了起来。

"不是。"赤杨心毫不退缩。即使虎星在为自己的副族长做掩护，赤杨心也不会被吓得不敢说话。这真的太重要了。"你相信他如今是忠诚的，这或许是正确的，但是你有没有想过他为了证明自己的忠诚需要付出多少吗？"

有那么一刻，虎星的眼里闪现出一丝怀疑。赤杨心松了一口气，他十分确定这位影族族长并不知晓杜松掌的计划。虎星眨了眨眼睛："无论你觉得杜松掌干没干过这件事，我都不在乎。这是一

风暴来袭

个信任的问题。影族猫相信他们的族伴。此外,这是天族和影族之间的事,而天族已经离开了,这件事也就结束了。"

"但是如果杜松掌有能力做一些事……"

虎星打断了他的话。"这跟你有什么关系?"他将口鼻逼近赤杨心,"为什么一只雷族猫要干预影族的事情?"

赤杨心盯着虎星:"或许你的族群里有一个谋杀犯,难道你不关心吗?"

"没有一只猫被谋杀。"虎星缓缓地反驳道,"是黑莓星唆使你这样做的?"

"黑莓星让我忘记这件事,就像你一样。"赤杨心告诉虎星。

但是虎星并没有听进去:"黑莓星一直都是只爱多管闲事的老秃鹰。在其他猫的猎物面前,雷族应学会置身事外。"

"即使这意味着让猫破坏武士守则?"赤杨心凝视着他。虎星不能让杜松掌逃避惩罚。

"我想你该走了。"虎星的声音十分冷漠。

"可是我还没有检查洼光的伤口。"

"洼光很好,你自己也看到了。"虎星甩了甩尾巴,向蛇牙和草心示意着。她们匆匆忙忙地穿过了空地,虎星猛地将鼻子转向赤杨心。"我想要你们确保赤杨心抵达边界。"虎星告诉她们,"他该回家了。"

赤杨心仔细地观察着虎星的目光,他真的打算对这件事坐视不理吗?虎星扭头看向别处,赤杨心十分沮丧。他低垂着尾巴,跟着

草心和蛇牙走向入口。

草心注视着他:"你说了什么?虎星看上去十分生气。"

"我还以为他要扒了你的皮呢。"蛇牙说道。

"没什么。"赤杨心嘟囔着,沮丧使他的皮毛下隐隐作痛。为什么没有一只猫能认真对待中毒这件事呢?他到了入口处,黑莓丛微微颤动着。

杜松掌从通道里出来了,看着赤杨心。"你这是打算要离开了吗?"他的目光中带有一丝怀疑。

赤杨心注视着他,没说一句话。

"虎星让我们护送他去边界。"草心告诉影族副族长。

"是吗?"杜松掌眯起了眼睛。

"他想要确保我的安全。"赤杨心咕哝道。

"在影族领地上,所有的猫一直都是安全的。"杜松掌扭过头去,"只要他们被允许待在这儿。"

赤杨心到了营地,他迫不及待地想要告诉黑莓星,小影曾看见杜松掌拿走了死亡浆果种子。他的父亲想必得做点儿什么吧?族群的副族长绝对不能是个冷血无情的谋杀犯。

赤杨心急匆匆地穿过了湿淋淋的通道,扫视着整个营地。黑莓星蹲伏在营地围墙中的隐蔽处,与蕨毛共享着一只老鼠。桠枝在他们身旁来回走着,眼里闪烁着兴奋的光芒。她急切地看着黑莓星,仿佛是希望他快点享用完猎物。他们身旁,刺掌正小心翼翼地用鼻

风暴来袭
FENGBAOLAIXI

子拱着湿漉漉的猎物堆,而藤池正在育婴室大声叫喊着小海石竹、小翻和小鬃。

"进来!"藤池命令道。

幼崽们在空地附近的水坑边看着她。

"我们正在假装是河族猫!"小翻蹚入了浑水中。

小鬃在他身后哗啦哗啦地溅着水花。"快看!我会游泳!"水坑里的水几乎都没有淹过她的脚掌。

"我也是!"小海石竹尖叫道。

"你们看起来就像是溺水的老鼠。"藤池硬着头皮进入了雨中,雨水刺痛了她的皮毛。她急匆匆地奔向水坑,叼住了小海石竹的颈背,托举着她朝育婴室走去,并甩打着尾巴示意其他两只幼崽跟进跟上。

雨水顺着巫医巢穴后的悬崖流了下来,高石台上也不断有雨水飘落。灰条在长老巢穴痛苦地向外张望着,随后哼了一声,转身朝里走去。

"黑莓星。"赤杨心急匆匆地朝自己的父亲跑去。

黑莓星的目光离开了老鼠,他抬头向上看着。此时营地入口沙沙作响,狮焰冲了进来,樱桃落和黄蜂条紧随其后。他们急匆匆地从赤杨心身旁跑过,在黑莓星面前停了下来,不停地喘着粗气。雷族族长慌忙站了起来。

"我们遵照你的命令在湖周围走了走。"狮焰气喘吁吁地说,"河族被洪水淹没了,他们离开了营地,正在风族避难。"

桠枝冲上前，一脸哀求地看着黑莓星。"这样就简单了！"她说道，"你必须让我去带他们回来！"

黑莓星甩打着尾巴示意她离开，并朝这支巡逻队点了点头："他们现在怎么样了？"

赤杨心靠近黑莓星，心中的好奇使他的皮毛隐隐作痛。狮焰继续他的汇报："他们浑身都湿透了，痛苦不堪，但是似乎是安全的。不过雾星十分懊恼。"

"她说星族是对的，我们本该听它们的。"樱桃落告诉他。

"事实上，她和兔星都这么说了。"黄蜂条插嘴道，"如果我们想要在这场暴风雨中活下去，就需要天族的回归。"

黑莓星眯起了眼睛："我曾经说过，雷族愿意放弃一些领地。等到了那时候，他们会像雷族一样，放弃一些领地吗？"

樱桃落紧张不安地抽动着胡须。"这一点不太确定。"她说道。

"但他们都说愿意进一步讨论这个问题。"狮焰补充道，"我觉得他们或许会被说服。"

桠枝又向前凑了凑。"那我们还有机会。"她力劝道，"星族显然是想要所有的族群待在一起。假如我从每个族群挑选一些猫，努力说服天族，这里需要他们，会怎么样呢？"

赤杨心的胸中涌动着希望。"这样也没什么坏处。"他催促道，"但是……最大的阻碍还是在虎星身上。"

"虎星将不得不接受星族的意愿。"黑莓星怒吼道。

风暴来袭

"万一他仍然拒绝让出领地该怎么办呢？"黄蜂条问道。

"那他就必须单独去给星族答复。"黑莓星朝桠枝点了点头，"带上你需要的雷族武士，尽可能多的召集一些其他族群的猫，找到叶星，劝她回来。"

桠枝的眼睛亮了起来，她不顾大雨，抬起了口鼻，发出了咕噜声。"我会将天族带回来的。"她保证道。

当桠枝朝武士巢穴走去时，赤杨心试图吸引父亲的目光，他还需要告诉父亲杜松掌的事。

"你和桠枝一起去。"黑莓星告诉狮焰，"帮她的巡逻队召集一些志愿者，告诉雾星和兔星我们的决定。"

狮焰低着头转身离开了。赤杨心急忙走上前："我需要同你谈谈。"他满怀期待地朝自己的父亲眨着眼睛。

黑莓星眯起了眼睛："你看起来忧心忡忡的，难道是觉得现在带天族回家已经太晚了吗？"

"和天族无关。"赤杨心猛地将鼻子转向高石台，"我们去那儿谈吧。"他带着黑莓星离开了拥挤的猎物堆，在凸起的岩石下方找到了一个隐蔽的地方。

黑莓星焦急地看着他。

"我们必须帮帮影族。"赤杨心告诉他。

"帮帮他们？"黑莓星一副疑惑不解的样子。

"小影看见杜松掌从巫医巢穴带走了死亡浆果。"赤杨心平静地告诉他，"紫罗兰光说就在雀毛生病之前，杜松掌出现在天族猎

> 我需要同你谈谈。

赤杨心满怀期待地朝自己的父亲眨着眼睛。

你看起来忧心忡忡的,难道是觉得现在带天族回家已经太晚了吗?

和天族无关。

我们去那儿谈吧。

赤杨心带着黑莓星离开了拥挤的猎物堆,在凸起的岩石下方找到了一个隐蔽的地方。

帮帮他们？

小影看见杜松掌从巫医巢穴带走了死亡浆果。

我们必须帮帮影族。

紫罗兰光说就在雀毛生病之前，杜松掌出现在天族猎物堆附近。

所以你真的觉得是杜松掌毒害了雀毛？

我知道是他。

他说，影族领地上的每猫只都是安全的，只要他们被允许待在那里。

就影族而言，他们不允许天族踏入自己的领地。显然，他毒害雀毛是想警告天族。

他想让天族离开，并找到了无须战争便能将他们赶走的办法。

物堆附近。"

"所以你真的觉得是杜松掌毒害了雀毛？"

"我知道是他。"赤杨心坚持说道，"他告诉我，影族领地上的每只猫都是安全的，只要他们被允许待在那里。就影族而言，他们不允许天族踏入自己的领地。显然，他毒害雀毛是想警告天族。他想让天族离开，并找到了无须战争便能将他们赶走的办法。"

黑莓星的目光变得黯淡起来。"虎星就不该相信他。"他怒吼道。

"但是虎星却相信了他！"赤杨心充满期待地朝自己的父亲眨了眨眼。黑莓星打算怎么处理这件事呢？

黑莓星将头扭了过去："这是虎星的问题，我们不能干预其他族群的事务。"

"但是你必须做些什么！我告诉过虎星，但是他不愿意接受自己的武士违背武士守则的事实。他打算什么都不做。"

"那你想要我做什么呢？指控他的副族长是凶手？"黑莓星不安地挪了挪脚掌，"这件事还轮不到我插手。"

赤杨心盯着父亲的眼睛："影族正处于危险之中，杜松掌曾是一只泼皮猫。上次影族让一只泼皮猫告诉他们应该做什么后，我们都看到发生了什么。他们可能会再次放弃武士守则，而且族群一旦放弃了武士守则，就不再是一个真正的族群了。"

风暴来袭
FENGBAOLAIXI

第二十章

桠枝的爪子冻得发麻,天刚破晓,她就跟在阿树身旁,艰难地穿行在这片泥泞的土地上。夜云、飞爪、柳光与其他巡逻队成员跟在他们身后长途跋涉着,桠枝不知道他们现在是否后悔如此轻易地答应加入这场寻找天族之旅。她停下脚步,抖抖毛发,瞥了眼远处的树林。桠枝恨不得马上就能到达那片树林,这样树木就可以为他们提供一些庇护了。"我厌倦这种又湿又冷的感觉。"

阿树望着桠枝:"尽量适应吧,天气看起来不像是要放晴的样子。"

桠枝看了看前方灰暗的天空:"但愿我们能说服天族回来,不然天空永远不会放晴。"

他们在前一天日落之时出发,艰苦跋涉了半个夜晚,然后在族群领地外的临时营地里休息。阿树想起当初天族带他来湖畔时的路线,他建议大家现在沿着这条路线走,因为这或许是天族最有可能选择的路线。

他们很容易便在风族和河族找到了愿意主动参与寻找天族之旅的猫。天气越来越糟,众猫都很焦虑,他们匆忙行进着,迫切地想

把天族带回来，好早点结束这场暴风雨。但阿树坚持只带那些从始至终都希望天族留在湖畔的猫，桠枝同意了，选择了风族的夜云、鸣须和金雀花尾，河族的柳光、冰翅和蜥尾。

桠枝回头瞥了他们一眼，看到他们一个个低着头，垂着尾巴。飞爪走在他们之间，鳍跃、狮焰和樱桃落走在最后，桠枝希望鳍跃能看她一眼，但鳍跃并没有抬头。当初鳍跃志愿加入这支队伍时，桠枝倍感欣慰，她希望这场旅途能让他们更加亲近，但鳍跃就像当初回营地时一样，始终与她保持着距离。桠枝发现自己无法摆脱内心的焦虑，她担心当他们找到天族时，鳍跃会要求回归天族。悲伤撕扯着桠枝的肚子。也许他们不该在一起，桠枝确信，如果换一种生活，他们的爱情早已开花结果，但在这儿，他们的爱不足以克服他们面临的困难。桠枝眨眼望着阿树："你一定很期待与紫罗兰光重逢吧。"

"我早就迫不及待了。"阿树抖掉耳朵上的雨水，焦虑使他的目光黯淡下来，"我只希望我们能在这样的天气里追上他们。"

风越来越大，草地边缘的树呜呜作响。

柳光来到桠枝身旁。"这场暴风雨到底能变得多糟呢？"她提高嗓门儿，想让桠枝听清她在风中说的话。

桠枝眯起眼睛挡着雨："我不知道，但我们得继续前行。"

柳光点点头，用力地耸起肩膀。

树木为他们遮了会儿雨，但他们很快便走出了树林，跨过湿地，穿过莎草丛，爪子陷进被水淹没的土地里。桠枝看见河谷远处

风暴来袭

的雷鬼路,用口鼻指着那里。"我们是要去那儿吗?"她问阿树。

"是的,我们沿着这条路去荒原,但我们得先越过一条小溪。"

还没见到小溪,桠枝便已听到溪水的声音了。流水在远处的莎草丛下发出轰鸣,桠枝的毛不安地竖了起来:"听起来更像是瀑布,而不是小溪。"

柳光匆匆走上前,消失在灌木丛中。不一会儿,她便回来了。"水流很湍急。"她的眼里闪烁着恐惧的光芒,"我不知道我们怎样越过去。"

这只瘦小的灰色母猫招呼着桠枝穿过莎草丛时,桠枝跟了过去。在莎草丛的另一边,白色的水流咆哮而过,水面太宽了,很难跳过去。水流翻滚,泡沫迸起,愤怒地拍打在泥泞的堤岸上。"星族啊,我们该怎么越过它呢?"

"水流太急,我们游不过去。"冰翅和蜥尾跟着阿树穿过莎草丛,柳光看了他们一眼说道,"即便是河族猫也游不过去。"她的族伴们在堤岸上停下了脚步,沮丧地盯着泛着泡沫的水面。这时,风族的夜云带领其他巡逻队员跟了上来。

狮焰走到岸边。"如果我们让最强壮的游在前头,其他的彼此抓紧,能过去吗?"他望着冰翅。

这只河族猫的耳朵抽动着:"那些湍流会把我们全卷走的。"

"看。"阿树朝着远处岸边的一棵小赤杨树点头说道。这棵赤杨树垂向水面,几个月前折断的树干处有一个裂缝,那里露出新鲜、苍白的木头,这场暴风雨已将裂缝撕扯得越来越宽。赤杨树在

猫武士

风中呜呜作响,裂缝处已弯曲变形,树枝垂向水面。"如果我们爬上那棵断裂的树干,就会将其压得更弯,"他说道,"这样它的树枝就能够到对岸,我们就可以利用它跨过去了。"

这棵赤杨树看起来很脆弱,在大风的撕扯下发出尖锐的响声,无须太多重量就可以压断树干,从而形成一座临时的小桥。

夜云浑身颤抖着:"看起来太危险了!"

鸣须的眼里也闪烁着恐惧的光芒:"水流或许会连同这棵树一起卷走的。"

桠枝眨眼望着阿树:"或许我们能找到其他可以通过的地方。"

阿树摇摇头:"这是唯一的通道,如果我们朝下游走,水流会更湍急,朝上游走,水岸又太陡峭了。"

飞爪瞪大了双眼。"万一我掉下去了怎么办?"她喘息道。

"我不会让你掉下去的。"桠枝将尾巴搭在飞爪的脊背上,瞥了其他猫一眼,"我们先试着折断树干,然后再做决定。"

阿树点点头,走在了前面。他跳过断裂的木头,在倾斜的树干上保持着平衡,沿着树干缓缓向前移动,用力按压着。"帮帮我。"他叫道。

鸣须和狮焰跳到阿树身旁,和他一起用力下压树干。樱桃落则绕着树的另一边,远离水流,伸出爪子钩进了树皮。其他猫按压树干的时候,她用力拉着。桠枝赶忙跑过来帮忙,她以后腿为支撑,将前爪抠进潮湿的木头里。这时,她听到一声碎响,这棵树弯了下来,樱桃落急忙躲开。树干倒向对岸时,桠枝也赶忙躲闪,狮焰和

风暴来袭
FENGBAOLAIXI

　　鸣须忙从树干上跳了下来，木头在阿树身旁裂开了。这棵赤杨树颤动着，像只猎物似的倒落下来。

　　桠枝的胸口涌起一阵胜利的喜悦，这棵赤杨树并未掉进水里，水在它下方流动着。"我们可以过去了！"这棵树虽然很窄，但是很平滑，他们可以很容易找到一条路，爬过树枝，到达对岸。桠枝跳上树干，眨眼望着其他猫。

　　狮焰的皮毛乱成一团，眼睛却闪闪发亮。他跳上树干，向前走去，大风吹动着他凌乱的皮毛，他将爪子抠进树皮中。鳍跃紧跟其后，当他从桠枝身旁蹭过去时，桠枝鼓励地朝他眨眨眼，但鳍跃避开了桠枝的目光。蜥尾和鸣须紧跟在后，其他猫也依次跟着。桠枝等着他们跨过去时，阿树轻推着飞爪从她身旁经过，跳上了树干。

　　这位学徒的耳朵不安地抽动着，桠枝将尾巴搭在这只年轻母猫的脊背上安慰着她。"我就在你身后。"她保证道。飞爪小心翼翼地向前走着，桠枝跟在身后，与她保持着很近的距离。这样，倘若飞爪失足，她便能一把抓住飞爪，这样的距离也不至于挤到飞爪。下方的水面剧烈翻滚着，水花溅落在树皮上。飞爪走得很慢，但桠枝强忍着没有催促她。桠枝知道，让这只年轻的母猫按自己的速度前进，她会表现得更好。飞爪沿着树干缓缓移动，她的尾巴瑟瑟发抖，毛都倒立着。快走到树干尽头时，飞爪加快了速度，猛地向前蹿去，跳到了树枝间，在树枝里摸索着，想要触及坚实的地面。

　　桠枝顺着树干爬上最粗的树枝，在小树枝里摸索着前进，直到

看得见下面的土地。她跳下树枝并回头望着阿树,看见这只黄色公猫已经跨过了树干。看见阿树如此从容,桠枝十分钦佩,阿树仿佛每天都会跨过凶险的河流似的。他循着桠枝的路线跳到她身旁。

"真是个伟大的计划呀。"桠枝开心地抽打着尾巴,对阿树说道。

狮焰敬重地朝阿树点了点头:"我不知道独行猫竟会如此机智。"

阿树的胡须高兴地抽动着:"在森林里,并不是只有武士是聪明的猫。"

鳍跃皱起了眉头。"快走吧。"他刻薄地说道,"没时间互相恭维了,我们得赶紧追上天族。"鳍跃走开时,阿树疑惑地瞥了一眼桠枝。

桠枝看向远方。"鳍跃说得对,我们得继续前行。"成立这支巡逻队是她的主意,这些猫都听她的指挥,她不能因为鳍跃乱了方寸。

整个下午,他们都在艰苦跋涉。在阿树的带领下,他们来到了雷鬼路,然后沿着雷鬼路前行,直到地面变得平坦起来。离开那片坦途后,他们的路途越来越陡峭,这条通向荒原的道路起起伏伏,巡逻队消失在一片石楠丛中。夜幕渐渐降临,但雨势并未减弱,风似乎越来越猛。桠枝的身子湿漉漉的,她努力不去理会自己肚子发出的饥肠辘辘的声音。桠枝跟着阿树,她几乎什么也看不到,什么也感受不到,只知道雨水划过脸颊,爪下的地面十分潮湿。

"这就是我初遇天族的地方。"阿树的话使桠枝一惊,她抬起

风暴来袭

头,发现阿树正凝视着山崖边的一片石楠丛,"接下来我也不知道他们的确切路线了。"

桠枝不安地瞥了阿树一眼:"你觉得我们能识别出他们的气味吗?"

"在这种天气或许会很难。"阿树说道,"我们得猜猜他们接下来会去哪儿,要是幸运的话,或许会有独行猫见过他们。"

"但愿如此。"桠枝心跳加速。他们已经走了这么远,难道要就此失去天族的踪迹吗?桠枝看见灌木丛中有一个可以避雨的洼地,便说道:"今晚我们可以在那里建立营地。"

阿树摇摇头。"这片土地太松软潮湿了。"他告诉桠枝,"我熟悉这里,远处高一点的地方有一个合适的地方。"说着,他朝着树林点点头,那里有一片陡峭的斜坡。

桠枝疲倦地望着树林,似乎还有很长的路要走。"没有更近些的住处吗?"她问道。

"快走吧。"阿树的语气很温柔,"那个斜坡值得一爬。"

桠枝回头瞥了其他猫一眼,他们的眼睛因为疲惫而变得迟钝。"我们前往休息的地方吧。"她告诉他们。

狮焰竖起耳朵问道:"远吗?"

"在那片树林后。"阿树告诉狮焰,"那里猎物丰富,还有一个洞穴。"

狮焰步履艰难地从桠枝身边走过,鸣须和冰翅跟在他身后。自日高时分之后,他们第一次抬起了头。飞爪走路有些蹒跚,桠枝赶

忙走到她身旁。"过不了多久，你就可以休息啦。"她鼓励道。

鳍跃和樱桃落在桠枝前面匆匆走着，阿树带头走在最前面，桠枝紧挨着飞爪，这只年轻的母猫正挣扎着在凹凸不平的草地上站稳脚跟。山坡越来越陡，桠枝顶着风，用侧腹紧靠着自己的学徒，引导她爬上愈发陡峭的山坡。她们来到树林时，桠枝感觉飞爪放松下来。为了遮风挡雨，巡逻队加快了脚步。夜幕降临，他们跟着阿树，很快穿过了树林，最后来到一片空地。陡峭的斜坡上凹进去一堵岩石墙壁，在黑漆漆的山腰形成一个浅浅的洞穴。阿树走了进去，转身看着其他猫。

桠枝将瑟瑟发抖的飞爪推进洞穴，虽然这里连洞檐都没有，但由于处在背风处，仍能为他们提供庇护。

一进洞穴，飞爪便重重地坐了下来："我饿了。"

"我去狩猎，你休息一会儿。"桠枝告诉她。

飞爪摇摇头。"如果你去狩猎，那我也去。"飞爪的眼里闪出坚决的神色。

桠枝涌起一阵自豪，她用鼻子触着飞爪的脑袋："好吧。"

夜云嗅探着洞穴的后面。"这里很干爽。"她的声音碰到石头上发出回响。

狮焰抖掉皮毛上的雨水。"你带金雀花尾去收集些铺垫。"他告诉夜云，"我们去狩猎。"说着他瞥了桠枝一眼，"这样可以吗？"

桠枝点点头，经验如此丰富的武士却在请求她的允许，这种感

风暴来袭
FENGBAOLAIXI

觉有些奇怪。她注意到鳍跃正盯着她,于是满怀希望地迎上鳍跃的目光,但鳍跃却垂下头,匆匆走出了洞穴。

"你准备好去狩猎了吗?"桠枝眨着眼睛望着飞爪。

"嗯。"这只年轻的虎斑猫站起了身。

桠枝带着飞爪行走在树林间,她们循着一条兔子路穿过灌木丛。整座森林沐浴在夜色之中,桠枝张开嘴巴,嗅闻着猎物的气息,但这里的雨水已将猎物的气味冲刷得干干净净,桠枝只好朝树林深处走去。狂风在树枝间咆哮,雨水穿透了树冠,她仔细地巡视着一片荆棘丛,但却没发现猎物的踪迹。桠枝精疲力竭,突然感觉一阵眩晕,这才意识到自己太累了,根本无法狩猎,如果她今晚能建造些温暖的窝,或许会对巡逻队更有帮助。

这时,鳍跃的皮毛在远处的荆棘丛一闪而过,他看起来像是在追踪着什么。

"你去帮鳍跃。"桠枝朝鳍跃的方向挑挑尾巴,对飞爪说道,"我去帮夜云。"

飞爪赶忙跑向鳍跃,桠枝回到洞穴里。天族也在这儿避过雨吗?他们在前方多远的地方呢?桠枝在一簇荆棘丛前停下脚步,她尽可能多地扯出蕨叶,用嘴巴咬住茎秆,拖到洞穴,放在夜云身旁。

这位风族武士已经在洞穴后面堆起蕨叶,夜云向桠枝点头致谢,然后将蕨叶摊开,放在剩余的铺垫上,说道:"今晚我们会睡得很舒服的。"

"太好了。"桠枝咕噜一声,"我们想要追上天族,就得养精蓄锐。"

"你觉得明天我们能找到他们吗?"夜云的眼睛在幽暗中闪烁着。

"但愿如此吧。"桠枝也不知道能不能这么快就找到天族。一路上,都非常艰辛,暴风雨也没有缓和的迹象。她走到洞口,注视着黑暗的树林。

阿树从树干间轻快地走了出来,嘴里叼着一只肥硕的兔子。桠枝不由自主地舔了舔嘴唇。阿树向她走来时,她闻得到这只兔子温暖的气息。

阿树将兔子放在桠枝爪边的地面上:"你愿意跟我一同分享吗?"

"嗯,求之不得呢。"桠枝感激地朝阿树眨眨眼。

他们坐下来,轮番撕扯着兔子肉。桠枝的舌头上沾满了甜甜的麝香味儿,她终于开始感觉到温暖,皮毛也渐渐干燥起来,蓬松着抵御夜间的寒冷。

阿树吞掉一口肉,开心地伸展着身子:"好久都没这么饿了。"

"那是因为你一直和族群生活在一起。"桠枝一边咀嚼着,一边对他说。

"或许吧。"阿树坦率地说。

"你以前一直都是独行猫吗?"说着桠枝又从兔子身体上扯了一块肉。

"是的。"阿树的眼睛在黑暗中瞪得溜圆,"当我还是只幼

风暴来袭
FENGBAOLAIXI

崽的时候，我的妈妈就离开了我，我自己学会了如何狩猎和寻找住所。"

"那一定很艰难。"

"我想是的。"他趴下身体，"太久了，我都记不清了。"

桠枝吞掉一口肉："你喜欢独居的生活吗？"

"我喜欢自由，"阿树告诉她，"我唯一担心的就是下一顿饭。我喜欢无拘无束，直到我遇见了紫罗兰光。"他听起来有点懊恼，眼里充满了渴望。桠枝忍住想发笑的咕噜声，显然，紫罗兰光已经打破了他钟爱的独行猫生活。"我第一次开始考虑拥有一个家，我想要承担责任，我太想念她了。"阿树愣愣地盯着森林，桠枝的心不由为他感到疼痛。阿树眨眨眼，继续说道："但我们会找到她的，我要告诉她我的感受。"

桠枝顺着阿树的目光看了过去。"我从不敢想象生养幼崽。"她愧疚地说道，"鳍跃早已经想要了，可我还没准备好放弃做一位武士。"

"你不必放弃。"阿树提醒她，"幼崽断奶后，猫后就不必守在育婴室了，不是吗？"

"我想是吧。"是她太自私，一心只想着自己了吗？"但我不想考虑那些，我喜欢做一位老师，每天我都会学到很多东西。"

"你还年轻。"阿树温柔地说，"不必那么着急。"

"紫罗兰光也很年轻啊！"

"是啊。"阿树的目光柔和起来，"但她总想有个家，我觉得

她会是一位好妈妈。"

"我也觉得是。"桠枝突然很想念紫罗兰光，她感到一阵钻心的悲伤，自从她的妹妹离开后，这是她第一次出现这种感觉。桠枝和阿树沉默间，飞爪从树林边缘的荆棘丛蹿了出来，她的眼睛闪闪发亮，嘴里的鼩鼱荡来荡去。

飞爪匆匆跑向桠枝，把鼩鼱放在地上。"我一下子就抓住了它。"她自豪地说道。

"做得好！"桠枝赞赏地咕噜一声，这时，她看见鳍跃叼着一只浑身湿透的麻雀，向他们走来。这只麻雀看起来又干又瘦，不像猎物，反而更像是鸦食。

鳍跃停在飞爪身旁，将麻雀丢在地上。"我想我们可以分享这只……"这时，他看见了桠枝和阿树之前吃到一半的肥硕兔子，"但我想你并不需要了。"愤怒使他的语气格外尖锐。

桠枝不安地挪了挪身子："我没想到你会给我带食物，我很饿，阿树又刚好带了猎物。"

鳍跃并没有听她讲话，仍死死地盯着这只兔子："我想他知道哪里有最好的猎物，这里曾是他的家，当你熟悉一片土地的时候，狩猎自然容易些。"

阿树冷冷地盯着鳍跃："我在哪儿都能捕到兔子。"

"过去你常靠抓兔子来打动紫罗兰光吗？"鳍跃尖刻地说道，"还是说你已经忘记了紫罗兰光？"

阿树颈毛直立："我不必打动任何猫。"

风暴来袭
FENGBAOLAIXI

"真的吗?"鳍跃的耳朵抽搐着,"可你似乎花尽了心思来打动桠枝。"

阿树轻蔑地瞥了一眼鳍跃那骨瘦如柴的猎物:"是比你更努力些。一路上,你都对她不理不睬,现在又给她带来那样的猎物。"

鳍跃卷起了嘴唇。"独行猫。"他嘶嘶了一声,便大步走开了。

飞爪朝桠枝眨眨眼问道:"到底怎么回事儿?"

桠枝没有理会飞爪的问题,她爬起身。鳍跃在吃醋吗?她的心中闪过一丝希望,也许他还爱着我。"我最好去看看他有没有事。"

刚刚阿树对鳍跃很刻薄,但那是鳍跃挑起了争端。虽然鳍跃表现出一副狐狸心肠的样子,但桠枝还是忍不住对他感到抱歉。桠枝匆匆穿过洞穴。鳍跃正在嗅探着铺垫,毛竖立着。"哦,你竟然舍得离开阿树?"鳍跃说道。

桠枝眨眼望着他:"你在胡说什么?阿树爱的是紫罗兰光!"

鳍跃愤怒地瞥了桠枝一眼,走出洞穴。

"你要去哪儿?"桠枝匆匆跟在鳍跃身后,"我们得谈谈。"

鳍跃开始爬上洞穴旁陡峭的斜坡。

"别走!"桠枝的皮毛下闪过一丝失望,她爬在鳍跃身后。

到了坡顶,森林变得开阔起来,荒原开始下沉,黑漆漆的山坡上挤满了石楠丛。桠枝跟着鳍跃跨过狂风呼啸的草地,雨水拍打在她的脸上,她只好眯起眼睛。

鳍跃走到一片石楠丛旁停了下来,转身看着桠枝:"我敢打赌,你根本就不想找到天族!或许你现在很乐意看到紫罗兰光不在，因为你已经引起了阿树的注意。"

桠枝惊呆了。"你脑子里进蜜蜂了吗？"她盯着鳍跃，"你怎么能说出这样的话？我永远都不会背叛自己的妹妹，我也没想过引起阿树的注意！我告诉你，他只是我的朋友，他也不会做出背叛紫罗兰光的事！"

"自打我们离开营地，你就从未离开过他的身旁。"鳍跃咆哮着。

"我负责带领这支巡逻队，而他刚好认识路！"桠枝厉声说道。

"每次我看你的时候，你的口鼻都是贴在他的耳边。"

"我们只是在聊天而已！我总要跟其他猫交流的，自从天族离开森林后，我觉得我无法跟你交流。"她的心中涌动着悲伤，"我不知道你为什么还跟我在一起，很显然，你希望和天族一同离开。"

"我留下来是因为我爱你！"鳍跃争辩道。

"你几乎看都不看我。如果那就是爱，那我宁愿不要！"桠枝抽打着尾巴。

"你根本不知道爱是什么！"鳍跃责难地瞪着桠枝。

"我当然知道！"他为什么变得这样小气呢？"我也爱你！"

"但你却不愿意跟我生养幼崽。"

桠枝盯着鳍跃，风不停地撕扯着她的毛发："就因为这件事吗？如果我不能为你生养幼崽，你就不想跟我在一起了吗？"

风暴来袭
FENGBAOLAIXI

"我希望你足够爱我，愿意为我生养幼崽。"痛苦使鳍跃的目光犀利起来。

"如果你真的爱我，那么我希望你能再等等。"桠枝突然感觉很疲惫，她受够了这样的争吵，"算了吧，鳍跃。"雨水顺桠枝的胡须流下来，"我们很快就会找到天族的，到时候你就可以回到他们的队伍里了。"桠枝转身离开时，余光看到有一个身影在移动。她眯起了眼睛。

一只黑色的公猫从石楠丛中挤了出来，雨水把他的皮毛打得格外光滑，他耷拉下耳朵抵御着寒风。"嘿！"这只公猫一边靠近他们，一边喊道。

鳍跃警觉地弓起后背："你是谁？"

"我叫蜘蛛。"这只公猫在他们面前停下脚步，似乎一点也不在意鳍跃的敌意，"我住在这附近。"

"你独自一个？"鳍跃问道。

"当然。"蜘蛛眨眼望着他。

鳍跃使自己的颈毛平顺下来："你为什么不躲避暴风雨呢？"

"我是在避雨。"蜘蛛告诉他，"然后我就闻到了猫的气味，还有其他猫跟你们在一起吗？"

桠枝点点头："他们留在了洞穴。"

"我想也是。"蜘蛛坐下来，耸起肩抵御着雨水，"我在这儿通常都没什么猫做伴的，另一群猫刚刚离开，你们就出现了，可真是奇怪。"

桠枝绷紧了身子："另一群猫？"

"你见到天族了吗？"鳍跃身体急切地倾向前。

"天族……"蜘蛛若有所思地说，仿佛记起了什么，"没错，他们就是那样称呼自己的。"

"你是多久前见到他们的？"桠枝的心跳似乎停止了。

"他们昨天从这里经过。"这只公猫的话含糊不清，"然后他们朝那边走了。"说着他朝一片沼泽地抬了抬口鼻，"但愿他们安全无恙，我听到那边有洪水的声音，如果他们陷进去了，那可就太遗憾了。"

鳍跃瞪大了双眼。"我们快追上他们了！"他朝洞穴走去，"我们得告诉其他猫。"

桠枝跑着追向鳍跃。"谢谢你，蜘蛛！"她扭头喊道。

"乐意效劳！"这只黑色的公猫已经消失在石楠丛中。

桠枝跟着鳍跃爬下洞穴旁陡峭的山坡，在湿滑的草地上连滚带爬的。

"我们知道天族去哪儿了。"鳍跃已经走进了洞穴，他和狮焰分享着这个消息，"我们快追上他们了，昨天他们刚从这里经过。"

阿树正坐在吃剩的兔子肉旁，而飞爪正和夜云还有金雀花尾分享着她的鼩鼱。这只黄色的公猫凝视着森林深处，当桠枝匆忙告诉他从蜘蛛那里得到的消息时，她注意到阿树的眼神有些发愣，低声嘟囔着，仿佛在与谁交谈似的。

风暴来袭
FENGBAOLAIXI

桠枝停在飞爪身旁问道:"阿树怎么了?"

飞爪耸耸肩。"我不知道,你离开后,他便一直这样。"飞爪又咬了一口鼩鼱,若有所思地咀嚼着,"一开始我以为他在对我讲话,但他一定是在自言自语,或许是这个天气使他心烦吧。"

桠枝走近阿树,警惕地嗅了嗅。"阿树?"她轻声呼唤着,"你还好吗?"

阿树眨巴着眼睛,转身面向桠枝。他绷紧了身子,目光清亮:"不是很好,我在和一位死去的武士交谈。"

桠枝愣住了。那位武士还在这里吗?她的皮毛不安地竖了起来,是告诉阿树留在湖畔的那只猫吗?"这位武士是谁?"

"是告诉我天族应该留在湖畔的那只猫。"

桠枝觉察到了阿树眼里的惊恐:"他说了什么?"

"天族遇到麻烦了。"第一次,阿树看起来如此担心,"我们今晚不能待在这儿了,我们得赶去帮助他们。"

桠枝想起蜘蛛关于洪水的警告,心中紧张起来:"这位武士告诉你他们遇到什么麻烦了吗?"

阿树摇摇头:"她也不知道。"

她?是松针尾吗?桠枝知道紫罗兰光的老朋友松针尾曾与阿树交谈过。"她叫什么名字?"桠枝问道。

"我不记得了,我曾经见过这只猫……我是指,我做独行猫的时候,那时她还活着。"阿树突然瞪大了双眼,"但实际上……她看起来很像你,但她的皮毛不像,她有一身白色的皮毛,长着棕色

猫武士

的斑点，但她的眼睛……"阿树犹豫着，脊背上的毛竖了起来，"她的眼睛和你很像。"

一阵寒意蹿过桠枝的皮毛。"绿色的？"她低声问道。

"和你的眼睛一样。"阿树再次喘息道。

桠枝知道这位武士是谁了，这位死去的武士有着和桠枝一样的眼睛，而且她很担心天族。只有一只猫符合这样的描述，桠枝的心跳似乎停住了。

"卵石光。"桠枝的话堵在了嗓子眼儿，"哦，阿树——你在和我的妈妈说话。"

第二十一章

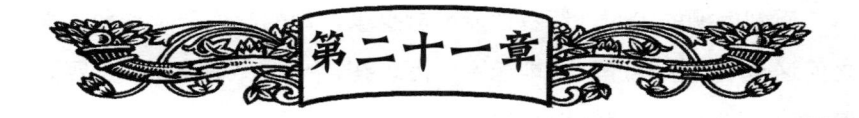

紫罗兰光正在做梦。

阿树。雨停了,她躺在自己的窝里,阿树就在她的身旁。她嗅了嗅阿树的气味,又往他身边凑了凑。

阿树用鼻子蹭着她的耳朵:"我好想你。"

这么多天来,紫罗兰光头一次感觉自己身体由内到外都暖暖的,她往蕨叶深处蜷了蜷身子,幸福得心里有些疼痛。他们再次安全地聚在天族营地了。她听得见湖水拍打湖岸的声音。多么奇怪啊!过去湖水离营地可没有这么近。

"再也不要离开了。"阿树轻声说道。

我不会再离开了。紫罗兰光想要说话,但话未说出口,水却从她的嘴里汩汩流出,滴落在阿树的皮毛里。阿树一跃而起,皮毛惊讶地竖了起来。对不起!紫罗兰光刚想道歉,但更多的水带着泡沫从她的嘴边流出。阿树向后退去,一脸厌恶的神情,目光也黯淡下来。他转身离开时,紫罗兰光的皮毛间感觉到一丝寒意,腹部闪现出一丝警觉。

"快醒醒!"露泉的吼声使紫罗兰光从梦中惊醒,她睁开眼,

朝雨中望去，想起昨晚天族在山上搭建了营地，内心不由涌起一阵沮丧。微弱的晨光照在她族伴竖起的皮毛上。

"发洪水了！"

听到梅柳的尖叫，紫罗兰光爬起身来，她的皮毛下涌动着恐慌。之前这座小山被泥泞的土地包围，而现在，一大片湖泊在小山四周翻滚涌动，湖水拍打着他们的窝。

"洪水还在上涨。"鹰翅在族群四周匆匆走着，将他们推向斜坡高处。在坡顶，一棵高大的榆树在风中摇晃着，族群在这棵树下建立了营地，因为这是他们目前能看到的最高的树。在离这儿不远处生长着一棵枫树，但它要小一些，能提供的庇护也相对较少。枫树根旁的树苗郁郁葱葱，他们曾想在那里搭窝的。此时，紫罗兰光盯着它，真希望他们是在那儿搭建了营地。枫树生长的地面向上倾斜，洪水难以触及，但是他们无法过去，水流切断了他们的路，他们被困在了急速缩小的岛上。

紫罗兰光的爪子似乎被钉在了地面上，她盯着洪水漫过草地，泥泞的水流翻滚涌动着。

"快回来。"洪水越涨越高，鹰翅赶忙将紫罗兰光拽向榆树，紫罗兰光刚刚所站的草地转瞬便消失了。

叶星眺望着被洪水淹没的景象，眼睛瞪得溜圆，似乎难以相信："星族啊，快救救我们吧！"

贝拉叶将口鼻转向惊慌失措的族长："星族试图警告过我们，记得吗？"

风暴来袭

"我们本该和其他族群待在一起!"洪水越涨越高,鼠尾草鼻猛地跳了起来。

露泉耷拉下了耳朵:"这就是你不听星族警告的后果。"

叶星眨眼望着他,眼中流露出一丝恐惧,声音有些发紧:"我们在湖畔并没有安居之所。"

"我们本该再努力争取一下的。"贝拉叶厉声说道。

"那样我们就不会淹死在这鬼地方了!"露泉的皮毛竖了起来。

鹰翅瞪着他的族伴:"别责怪叶星!她一心为族群着想,她怎么知道未来会发生什么呢?"

鼠尾草鼻咕哝道。"星族知道。"他冲着树苗点点头,"看!"

紫罗兰光顺着他的目光望去,发现枫树的树荫里生长着五棵树苗。

"星族警告过我们。"梅柳低声说道。

"星族知道如果我们离开了会发生什么。"鼠尾草鼻疯了似的转着圈。

斑愿走到她的族伴面前。"这五棵树苗很健康。"她朝他们摆了一下尾巴,"它们不会被这场暴风雨摧毁的。"

鹰翅抬起口鼻:"斑愿说得对,这五棵树苗会在暴风雨中幸存下来的,我们也一样。"

洪水拍打在鹌鹑爪的爪子上,他尖叫一声向后跳去:"我们要被水淹了!"

鹰翅抬眼瞥了瞥榆树。"我们可是天族,"他怒吼道,"我们可

以爬树！"说着他跳上树干，轻松地爬上最低的树枝。

他倚着树枝向下喊道："这里的地方很大。"

紫罗兰光将晴爪推向树干，其他族伴也都跑了过来，纷纷爬上树枝。

躁片向上攀爬时，斑愿在树下等待着，紫罗兰光贴近她问道："这些树苗意味着我们都会安然无恙吗？"

斑愿看着她，目光空洞："至少现在我们还很安全。"

恐慌使紫罗兰光肚子发紧，斑愿爬上树时，她回头瞥了一眼枫树。榆树与枫树之间的水面像条河一样宽，他们若能跨过这条河，便能逃脱洪水。

"紫罗兰光！"鹰翅向下喊道。

紫罗兰光这才意识到只有自己还留在地面上，山顶四周的洪水越涨越高，一片波浪冲刷着她的爪子，最后一小片草地渐渐消失了。紫罗兰光向上爬去，拖着身子爬到鹰翅身旁的树枝上。

哈利溪和麦吉弗已经跳到最高的树枝上，他们帮忙将其他猫拽上树。紫罗兰光瞥了一眼依次挤在树枝上的族伴，他们就像乌鸦似的在树上等待着黎明的到来。

叶星坚决坐在鹰翅所在的树枝的末梢，看着滚滚的洪水。"或许我们真的应该留在湖畔。"她喃喃自语道。

鼠尾草鼻在她上方的树枝上弯下身子说："我真希望你早已做出了这样的决定。"

紫罗兰光瞪着他。"叶星是我们的族长，她誓死都会保护我们

风暴来袭

的。"她吼道,"她把我们带到这儿,自然有这样做的理由,你怎么就能肯定我们留下来就不会遇到危险呢?"

哈利溪透过树叶向下方窥探着。"现在我们还很安全。"他喊道,"我们应该对此心存感激。"

紫罗兰光望着父亲问道:"多久后水位才会下降呢?"

鹰翅目光黯淡地回道:"只有等到雨停。"

梅柳从头顶上的一根树枝上喊道:"恐怕一时半会儿雨停不了的。"她抬起口鼻看着天空:"看那乌云。"

乌云将地平线遮蔽得黑漆漆的,雨水在巨大的黑影里倾泻而下,远处的山也模糊起来。

荨麻斑将尾巴盘在爪子上,耸起肩抵抗着暴风雨:"就算我们不会被淹死,也会被饿死。"

紫罗兰光早已饥肠辘辘,荨麻斑的话使她感到害怕,她往自己的父亲身旁凑了凑:"我们会找到逃生的办法的,对吗?"

鹰翅用口鼻触着紫罗兰光的脑袋:"星族不会让我们死在这里的。"

紫罗兰光想相信他,但星族已经警告过他们不要离开湖畔了,星族早就知道这场洪水在等待着他们吗?在巫医猫的幻象里,暴风雨将树苗连根拔起,它也会如此轻易地摧毁天族吗?

过了日高时分了吗?紫罗兰光无法确定。乌云让他们很难辨别出到了什么时候,她只知道自己的爪子一直紧握着树皮,十分疼痛。雨

水拍打在她的脸上,狂风撕扯着她的皮毛,她努力使自己的牙齿不打战。

身边的族伴一片寂静,大家都在等待暴风雨结束,就连鹰翅的肩膀也垂了下来。

紫罗兰光靠近鹰翅。"我们不会有事的。"她低声说道,却没有一丁点儿信心。

鹰翅望着她,圆圆的眼睛里尽是惋惜:"有机会认识你和桠枝,我很庆幸。"

紫罗兰光的心猛地一跳。他觉得我们都要死了!"我们会再次看到桠枝的。"她绝望地说,"这不是终点。"

树枝远处,叶星的耳朵抽动着,她望着紫罗兰光。"你说得对。"她坚定地说,"这不是终点。"她坐起来,提高嗓门儿说道,"天族不会死在这里的。"当她继续说时,一张张脸从上方的树枝间探了出来。"我们已经历经万难,走了这么远,一定不能死在这里。"叶星站起身,"我带你们来这儿可能是错了,但我不会让大家因为我自己的错误而丧命的。我们是天族,自建立族群以来,我们就依靠自己的勇气、力量和智慧,现在我们还可以依靠这些。如果我们团结奋战,就一定能找到安全的出路!"她抬头看着自己的族伴们,眼里闪烁着决心。

麦吉弗跳到下面的树枝上:"我们何不游过去呢?"

"太危险了。"叶星摆了摆尾巴,"天族猫可不擅长游泳,况且水流看起来那么湍急。"

风暴来袭

洪水不再上涨，但水流仍在榆树树干周围肆虐盘旋，被暴风雨折断的树枝顺着水流漂过。

"我们可以跳到一根漂浮的树枝上。"紫罗兰光朝下方水面漂浮的一根树枝点头说道。

"可我们又怎么知道它会不会到达陆地呢？"鹰翅提醒说。

"比起漂在浮木上，我更愿意被困在树上。"鼠尾草鼻喊道。

我真希望阿树在这儿。紫罗兰光渴望着阿树的出现，渴望着他能为他们带来一丝安慰，他一定能想出个好点子。

"或许我们可以从这儿跳下去。"梅柳滑下树干，站在一根朝枫树伸出来的又粗又长的树枝上。她沿着这根树枝往前走着说道："这根树枝差不多够得到对岸。"

叶星从紫罗兰光身旁走过，敏捷地跳到梅柳所在的树枝上，从这只深灰色母猫身旁走到树枝的末梢。

紫罗兰光屏住了呼吸：梅柳找到逃生路线了吗？

树枝在叶星的重压下向下倾斜，叶星赶紧停住脚步，透过树叶往前看着："这根树枝不够长。"

梅柳匆匆来到她身旁："我们只需要跳过去就行。"

"距离有一狐狸远。"叶星反驳道，"这对有些猫来说太远了，我们得找个更有把握的地方，以确保能越过这么宽的空隙。"叶星走动时，树枝摇摇晃晃。

梅柳望着距离那么近却又难以触及的枫树说道："如果枫树的树枝能再低些，就能在空隙上架桥了。"

鹰翅走到梅柳身旁,紫罗兰光也跟了上来,她的爪子被痛苦的希望刺得生疼。对岸似乎突然近了些,但仍然难以企及。"枫树枝很嫩。"鹰翅透过树叶往外望着,评论道,"这些树枝很容易弯曲。"

梅柳不耐烦地抽打着尾巴:"可我们怎样折弯这些树枝呢?我们根本够不到它们。"

叶星眯起了眼睛。"如果有一只猫能过去。"她温柔地说道,"那么就能折弯树枝了。"

"两只猫过去更好。"鹰翅依然盯着枫树。

"或者三只。"梅柳插言道。

"我去吧。"鼠尾草鼻说道。

"我也去。"麦吉弗从上方喊道。

"应该让我先去。"鹰翅挺起胸膛。

"不!"紫罗兰光的皮毛竖了起来,鹰翅绝不能离开她!"万一你被淹死怎么办?"她盯着下方浑浊的洪水,感到一阵眩晕。

叶星抬起口鼻。"我去。"她看了一眼自己的族伴,"是我把你们带到这儿的,我要带你们逃出去。"

"你是我们的族长。"鹰翅眨着眼睛望着她,"你千万不能拿自己的生命冒险。"

"我有九条命。"叶星辩驳道,"可你们只有一条。"

"我们再等等,看看雨能否停吧!"花蜜爪害怕的呼喊声从上空传来。

"如果你淹死了,对其他猫也没有任何益处。"哈利溪喊道。

风暴来袭

"我不会淹死的。"叶星抖抖潮湿的皮毛,"我们得找到出路,我们不能永远在这棵树上生活。"说着她朝树梢走去。树梢在她的重压下摇摇晃晃,向下倾斜着。

叶星盯着枫树枝,整个族群都默默地望着她。她蹲下身,绷紧后腿的肌肉,然后颤颤巍巍地纵身跃起。

紫罗兰光感觉树枝抖了一下。叶星跳入空中时,时间似乎过得格外慢,紫罗兰光为她祈祷着:拜托让她成功吧!叶星下落时,紫罗兰光的皮毛竖了起来。天族族长叶星在空中拍打着,她抓到了枫树,但却没有抓稳。叶星落入水中,溅起一片水花,消失在水面之下。

紫罗兰光十分震惊,她盯着旋转的洪水,耳朵里的血液在咆哮。

露泉跑到树梢:"我去救她!"

"不行!"鹰翅命令道,"她比你命多,你瞬间就会没命的。"

紫罗兰光喉咙发紧,问道:"她在哪儿?"天族族长还没有浮出水面。

"等等看。"鹰翅绷紧了每一块肌肉,向下盯着水面。

这时,泥泞的洪水里出现了一个身影,叶星的脑袋突然浮出了水面。这位天族族长的眼里闪烁着恐惧,眨着眼睛望着族群。随后又喘了口气,消失不见了。叶星努力重新浮出水面时,洪水中生出许多泡沫。她张开嘴,又滑了下去。

"我们得救救她!"紫罗兰光慌张地冲上前,鹰翅猛地叼住她拖了回来,牙齿刺破了紫罗兰光的脖颈。紫罗兰光转身瞪着他:"怎么了?我们不能眼睁睁看着她丧命!"

这时，远处的岸上闪过一个棕色的身影，在大雨中有些模糊不清。这个身影猛冲入洪水中时，紫罗兰光倒吸了一口气。是一只猫！他在做什么？这样会被淹死的！她看着这只猫跳入水下，迅速浮出水面，然后又潜入水中。在这个身影消失之前，紫罗兰光瞥见了宽广的肩膀和宽大的额头。这是一只公猫。他能强壮到在洪水中活下来吗？公猫再次浮出水面，这一次他将叶星拽了上来。他不住拍打着湍流，把叶星拖向岸边。

紫罗兰光认出了这只公猫，吸了一口气。她挣脱了鹰翅的束缚。鳍跃？他在这儿做什么？她惊讶地观望着，这时，越来越多的猫涌现在岸边，将鳍跃和叶星从洪水中拖了出来。阿树和他们在一起！还有桠枝。即便是下着滂沱大雨，紫罗兰光也能认出他们。她的心里顿时汹涌澎湃起来。

榆树上方传来激动的呼声。

"雷族派来了队伍！"

"蜥尾和他们在一起。"

"还有金雀花尾。"

"所有的族群都来了吗？"

哈利溪和麦吉弗跳下来，挤在紫罗兰光身旁，花蜜爪和鹌鹑爪在他们上方的树枝间抻着脖子看着。

紫罗兰光盯着叶星。她在动吗？鳍跃及时将她从水中拖出来了吗？她认出了柳光那灰色的虎斑皮毛，这只河族巫医正在用爪子按压着叶星的胸口。

风暴来袭
FENGBAOLAIXI

柳光在为叶星治疗时,叶星毫无生气地躺在岸上。紫罗兰光屏住了呼吸。让她活下来吧!这时,叶星抽搐了一下,这位天族族长猛地抬起头,吐出浑浊的洪水。

"她还活着!"叶星无力地四处张望时,鼠尾草鼻激动地喊道。

树上响起一阵欢呼声,岸上的猫转过身看了过来。

鳍跃看见自己以前的族伴陷入困境,一脸的沮丧。阿树走到岸边朝他们喊道:"别担心!我们会找到办法救你们的。"

紫罗兰光从父亲的身边挤了过来,拼命地对阿树喊道:"你来了!"她浑身涌过一阵喜悦,因为她原本以为自己再也见不到阿树了。

阿树看到紫罗兰光,不禁瞪大了眼睛:"你们没事!"

"没事。"紫罗兰光抬起口鼻,"我们需要你们折弯那棵枫树枝,这样我们就可以爬过去了。"

阿树立刻点点头,转身面向巡逻队。不一会儿,阿树、桠枝、鸣须和狮焰纷纷爬上枫树,在树枝间朝已经垂向水面的树枝移动着。他们挤在那个树枝上,抻着身子,用前爪按压着树枝。树枝向下弯曲时,阿树用尾巴示意狮焰和鸣须。他们从其他猫身上爬过,在树枝上站稳身子。重压之下,树枝又向下沉了一些。他们沿着树枝小心翼翼地向前移动,直到树枝晃动着垂到水面附近。

紫罗兰光眨眨眼睛。就要成功了!她看见梅柳所在的树梢与枫树的树枝折叠在一起。

梅柳第一个跨了过去,麦吉弗和哈利溪紧随其后,他们爪下的树枝不住颤抖着。天族猫一只接着一只安全地爬了过去。

鹰翅将紫罗兰光向前推。"快走。"他低声说。

"你先走。"紫罗兰光不想让鹰翅消失在自己的视线里。

"我不会有事的。"鹰翅告诉她,"相信我。"

紫罗兰光这才沿着树枝走了起来。快接近树梢时,她的心跳加快起来。下方的流水打着转儿,但她始终盯着枫树,滑到树枝上。紫罗兰光跑向树干时感觉树枝颤动着,她的心怦怦乱跳。跳到地面后,她赶忙回头察看鹰翅是否安全。

一阵欣慰如同温暖的阳光漫过紫罗兰光全身,她几乎已经忘记了雨水。

片刻之后,阿树用口鼻贴紧她的身子,桠枝在鹰翅身旁欢快地绕来绕去。

"见到你真开心。"阿树咕噜一声,用口鼻蹭着紫罗兰光的脸颊。紫罗兰光紧紧地依偎着阿树,喜悦之情漫过全身。"我再也不想做一只独行猫了。"他告诉紫罗兰光,"从现在开始,你去哪儿,我就去哪儿。"

紫罗兰光抽出身,深情地望着阿树的眼睛,爱在她的心里涌动:"再也不要离开我了。"

"不会了。"

"哪怕是一整支由死去武士组成的巡逻队都要你这样做。"

"我保证。"

紫罗兰光用鼻子触着阿树的脸颊,转身看向鳍跃:"谢谢你!"

紫罗兰光匆匆朝鳍跃走来时,鳍跃的眼睛闪闪发亮。"看来我们

风暴来袭

来得还算及时。"鳍跃说道。

"你太勇敢了!"紫罗兰光朝他眨眨眼,"你是在哪里学会游泳的?"

"那不是游泳。"鳍跃开玩笑说,"那是溺水。"

"你救了叶星。"

紫罗兰光说话间,桠枝跑到她身旁,用口鼻顶着她的耳朵,咕噜道:"我真怕自己再也见不到你了。"

紫罗兰光呼吸着桠枝的气息:"你在这儿做什么?"

"我说服黑莓星让我带领一支巡逻队请求叶星回湖畔。"

"但河族猫和风族猫也跟你们在一起。"紫罗兰光有些疑惑。

"我们想让叶星知道,所有族群猫都希望天族留在湖畔。"桠枝解释道,"我们觉得这是说服她回来的唯一办法。"

紫罗兰光抬起口鼻,望向天空,雨水冲刷着她的脸庞:"我想她现在已经知道我们当初本不该离开的。"

"但愿如此。"桠枝瞥了一眼叶星,此时的叶星在柳光身旁看起来十分茫然,"我们等她康复后再和她谈吧。"

紫罗兰光又朝鳍跃眨眨眼:"我还是不敢相信,你居然冒着生命危险去救她。"

鳍跃耸耸肩:"任何一只猫都会这样做的。"

"但你是唯一真正这样做的。"紫罗兰光盯着桠枝的眼睛,"我知道你为什么这么爱他了,他是一位优秀的武士。"

桠枝望着鳍跃。她的眼里是伤悲吗?"是的。"她低声说,"我确实爱他,很爱很爱他。"

第二十二章

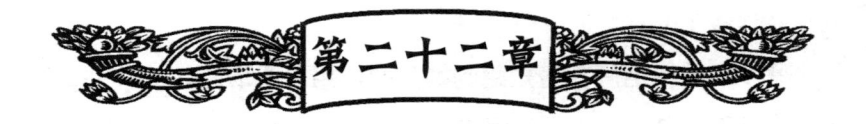

赤杨心抑制着浑身的颤抖,沿着气味线走来走去。自从日高时分以来,他便和黑莓星一直在影族边界处等候着。树木在暴风雨中左右摇晃着,雨水沿着树冠缓缓地滴落。"我们能直接越过边界去他们营地吗?"

"不能。"黑莓星甩掉胡须上的雨滴,"我们要等到巡逻队来带我们去营地。我可不想一开始就搞砸我们的会面。"

自从赤杨心告诉黑莓星,杜松掌从巫医巢穴偷走了死亡浆果种子以来,已经过去两天了,黑莓星终于愿意去影族同虎星讨论这件事。"各大族群之间需要和平相处。"他那天早上就告诉了赤杨心,"你是对的,一只泼皮猫心肠的猫怎么能成为副族长呢?他怎么能被信任呢?万一他将来成为族长该如何是好呢?"

赤杨心听后松了一口气。他从父亲的脸上可以看出,黑莓星并不看好他们这次的任务。但是随着暴风雨的日益加剧,赤杨心非常清楚他不能再忽视这个问题了。

此刻,赤杨心查看着影族领地,希望能看见一支巡逻队。"虎星必须听听我们的意见。"他说道。

风暴来袭
FENGBAOLAIXI

"虎星还很年轻,"黑莓星警告道,"而且他离开影族出走后,带回了一位雷族伴侣和几只混血的幼崽。对他来说,承认自己让杜松掌当副族长是一个错误的选择,是相当困难的。"

"但是他必须要面对这个事实啊。"赤杨心坚持道,"杜松掌曾试图谋害其他猫。虎星不能让他逃脱惩罚。"

"虎星可以做自己喜欢的事。"黑莓星的眼睛变得阴暗下来,"我不知道他是会承认自己的错误呢,还是会掩盖它。"

"他不能掩盖错误!"

"为什么不能?"黑莓星扫视着影族的森林,"他雄心勃勃,并且对自己的族群绝对忠诚。"

黑莓丛那边传来了脚步声,黑莓星竖起了耳朵。

"他们过来了。"赤杨心抖了抖自己的皮毛观望着,击石、炽爪和蛇牙从灌木丛中钻了出来。

他们在边界处慢慢地停下了。蛇牙看到了黑莓星,皮毛竖立了起来:"你在这儿干什么呢?"

"我想同虎星谈谈。"黑莓星平静地看着她。

击石眯了眯眼睛:"为什么?"

"难道暴风雨还不够你忙的吗?"蛇牙怒吼道,"我们以为你应该忙着应对洪水呢。"

炽爪低下了头:"或许雷族领地上此刻正阳光明媚呢。"

击石撇了撇嘴。"阳光总是照在雷族领地上。"他挖苦道。

黑莓星不耐烦地甩了甩自己的尾巴。"我没有时间跟你们说这

些。"他告诉他们,"带我去见虎星。"

击石和蛇牙相互看了一眼。

"好吧。"击石抬起了口鼻,"但是快点儿,由于天族离开了,我们需要巡逻的领地太广阔了。"

"也有大量的猎物需要狩猎。"蛇牙用尾巴示意黑莓星越过边界。

赤杨心跟在黑莓星身后,他的皮毛竖立着。影族难道忘记了幻象吗?"天族已经离开了,你们到现在还不担心吗?"

"为什么要担心?"蛇牙开始朝影族营地走去,"这正是我们想要的。"

赤杨心被她的冷漠惊到了。"那暴风雨呢?"想必他们也都看到幻象正在成为现实吧?

"暴风雨会过去的。"击石咕哝道,"比这更艰难的处境我们都挺过来了。"

赤杨心看向黑莓星。他的父亲正凝视着前方,目光难以捉摸,唯有脊背微微竖起的皮毛透露出了他的不安。赤杨心走在黑莓星身旁,击石、蛇牙和炽爪站在他们的两侧。他心中的乐观情绪正在消失,影族显然对赶走天族毫不后悔。也许他们并不关心杜松掌做过什么。

他们跟在击石身后,弯着身子进入了营地。炽爪和蛇牙紧随其后。苜蓿足和焦毛正在猎物堆旁共享一只老鼠,雨水打湿了他们的皮毛。伸出来的赤杨树和松树为他们稍稍遮掩着身子,宽阔的空地泥泞湿滑。褐皮坐在空地的边缘,皮毛湿漉漉的,然而她没有丝毫想移动

风暴来袭

的意思,即便是看到了黑莓星。

焦毛一边咀嚼着猎物,一边抬起了头。他朝巡逻队眨了眨眼,一跃而起。"黑莓星和赤杨心来了。"他一边大喊着,一边急匆匆地朝虎星的巢穴奔去。

虎星走了出来,鸽翅跟在他身后。这位族长的目光中充满了警惕。他显然是想知道我们来干什么。赤杨心心想。

这只深棕色公猫在空地边上停了下来,注视着黑莓星:"欢迎欢迎。"

黑莓星在离这位影族族长一尾远的地方停下了脚步,他不安地挪了挪脚掌。"你听说了河族遭遇洪水了吗?"他开口道。

"我们亲眼所见。"虎星告诉他。

"河族正在同风族一起避难呢。"赤杨心告诉他。

"他们本可以来找我们的。"虎星平静地说,"我们现在有足够多的猎物,可以分些给一个被迫离开家园的族群。"

但不是天族。赤杨心欲言又止,朝巫医巢穴望去:"小影怎样了?"

"还是经常出现同样的幻象。"虎星毫不畏惧地站在雨中,"但是痉挛得到了缓解,只是如今老是做噩梦。"

"你一定担心坏了。"赤杨心同情地朝他眨了眨眼睛。

"他不会有事的。"虎星唰唰地甩着尾巴,"我不想让他离开我们的视线。"

他怎能如此确定这只幼崽的幻象不会成为现实呢?"但是洪水泛滥,难道你不……"

黑莓星打断了赤杨心："我确信虎星知道如何照顾自己的幼崽。"

话音刚落，小扑和小光蹦跳着跑出了育婴室，奔向了黑莓星。鸽翅朝她们竖起了尾巴，示意她们停下。随后她看向黑莓星："这就是你想跟我们说的吗？"

黑莓星摇了摇头："不是的……还有别的事情，我们需要讨论一下。"

"赤杨心！"洼光出现在巫医巢穴入口，他眨巴着眼睛，开心地穿过了空地。赤杨心朝自己的这位朋友低了一下头，但身体没有动。潮湿的空气似乎变得紧张起来，洼光似乎也感受到了，眼睛变得黯淡起来。

虎星的目光紧紧地盯着黑莓星："什么事？"

他知道。赤杨心不安地挪了挪脚掌，上次来访的时候自己就已经指控了杜松掌，这位影族族长一定猜得到他们这次来要讨论的内容。但是虎星却打算要黑莓星大声说出来。

"赤杨心告诉我，有猫看见杜松掌从巫医巢穴带走了死亡浆果种子，紫罗兰光后来在天族的猎物堆旁看到了杜松掌。"黑莓星缓缓地说道。

鸽翅竖起了耳朵，显然是被惊到了。褐皮也靠了上来，苜蓿足停止咀嚼正在享用的老鼠。

击石露出了牙齿："你是在指控我的兄弟毒害了雀毛？"

虎星猛烈地甩动着尾巴，示意大家安静。他的眼睛一直没从黑莓

风暴来袭

星身上离开。"我以为我已经表明了自己的立场。"他轻轻地吼道,"天族已经离开了,这件事情也就此结束了。"

"虎星?"鸽翅急匆匆地来到虎星的身旁,"这是真的吗?是杜松掌下的毒吗?"她焦急地竖起了皮毛。赤杨心为自己的这位前族伴感到痛心。对鸽翅来说,发现自己的新族群如此残忍一定令她十分震惊。

虎星看着鸽翅:"赤杨心确信这是真的。"

"是这样的吗?"鸽翅的声音颤抖着。

虎星有些犹豫。

"天族或许离开了,但是杜松掌依然是你的副族长。"黑莓星心平气和地说道,"难道你不担心终有一天,这样一只擅长泼皮猫把戏的猫会取代你吗?那就是你想看到的影族的未来吗?"

虎星的眼里闪现出一丝疑虑。

"你不能无视这件事。"鸽翅步步紧逼,"你不能让影族再次成为泼皮猫,你难道忘了上次的事了吗?"

虎星朝她眨着眼睛:"你是想让我因为雷族的闲言碎语而背叛自己的族猫吗?"

"这不是闲言碎语!"赤杨心怒不可遏,脚掌隐隐作痛,"我们有证据。"

"杜松掌离得不远。"鸽翅瞥了一眼营地的入口,"他正在沟渠旁狩猎,可以派谁去找他,让他自己来解释。"

虎星看着鸽翅的眼睛片刻,便朝焦毛点了点头:"将杜松掌找

来。"

赤杨心看见这只公猫快速离开了营地。他在黑莓星身旁等着，雨水从他的胡须上滴落。大家都一言不发，直到最后，外面响起了脚步声。

杜松掌进入了营地，他的眼睛阴沉着。

击石匆匆忙忙地跑到了自己的兄弟身旁："告诉这些雷族猫那不是真的！"

杜松掌并没有看自己的族伴，而是怒视着赤杨心。

"你早就知道我将死亡浆果种子埋在了哪里！"赤杨心吼道，"小影看见你将它们挖了出来，紫罗兰光也看见你在猎物堆旁。是你在天族的猎物上下了毒！"

击石紧紧靠着杜松掌，但其他的影族猫并没有动。

"所以呢？"虎星咆哮着，"这是真的吗？"

杜松掌贴起了耳朵："正是因为我这样做，影族才得以摆脱无数的战斗。我们拿回了自己的领地，只有草心受了重伤。"

"并不是只有草心。"黑莓星愤怒地抽动着尾巴，"雀毛差点儿死了。"

杜松掌的目光看向虎星，他的眼睛里第一次闪现出了怀疑："我这样做是为了保护自己的族群！"

"这么说，是真的了？"击石从自己兄弟身旁退开了。

赤杨心顿时如释重负。是杜松掌擅自做的！影族的诸位武士仍然是值得尊敬的。他看见击石缩起了嘴唇。

风暴来袭
FENGBAOLAIXI

"只有泼皮猫才会下毒!"这只棕色虎斑猫怒吼道,"你难道就没从暗尾身上学到什么吗?"

鸽翅愤怒地抽打着尾巴:"他似乎是学了不少呢!"

"我对族群忠心耿耿!"杜松掌发狂似的看着自己的族伴,"是我让你们避免了战斗。"

"我们是武士。"虎星凝视着他的副族长,"我们会战斗,但我们不会去谋害别的猫。难道你从未学过武士守则吗?"

"我保护了我的族群!"杜松掌反驳道。

赤杨心的胸中升起一阵惋惜。怎么会有武士对自己的错误如此执迷不悟呢?

"你不再是影族的副族长了。"虎星紧紧地盯着杜松掌,眼睛阴沉,"我甚至都不确定你是否有资格做一位影族武士。"他猛地将口鼻朝向褐皮和焦毛,"带他去武士巢穴好好看管,我稍后再决定如何惩罚他。"

杜松掌的肩膀垂了下来。这两位武士护送他来到了巢穴,他默默地溜了进去。

"是我的错。"虎星黯然地看着黑莓星,"我不该选他做副族长。我以为他与暗尾一起的经历会让他更加忠于武士守则,不会去违背它。"

"我明白你为什么会这样做。"黑莓星告诉他,"你想要通过包容那些曾背叛过你的猫来团结你的族群。这是很高尚的举措。"

"却是错的。"虎星低下了头。

鸽翅靠近他："你也不知道这些。"

"我做错的不仅仅是杜松掌这一件事。"虎星朝滂沱大雨抬起了口鼻，"星族曾经警告过我们，暴风雨已经来临，我却赶走了天族。我一心一意地重建影族，却忽视了祖灵们的警告。"

他在为天族的离开感到后悔！赤杨心的心中闪现出希望的火花。但还没等赤杨心询问虎星是否会让天族回来，小扑从育婴室里向外张望着："鸽翅，我们饿了！我们能吃些猎物吗？"

"我去给你们找一些。"鸽翅告诉这只灰色母猫。她转向猎物堆，朝小扑喊道，"你们俩愿意同小影共享一只鼩鼱吗？"

"小影不在这儿。"小扑朝她妈妈眨了眨眼。

鸽翅的眼睛顿时黯淡下来，她急匆匆地奔向了育婴室："你这是什么意思？"

虎星急忙追了上去，从鸽翅的身旁挤过，飞快地进了育婴室。"他在哪儿？"说着虎星又低头出了育婴室，小扑和小光簇拥在他身旁。

"他在做游戏。"小光告诉虎星，"他正假装肩负着拯救自己族群的重要使命。小扑想同他一起去，但是他说这件事必须要自己亲自去做。"

"搜索营地！"虎星用绝望的目光看向自己的族猫。

鸽翅发疯似的冲到小光和小扑之间："他有没有说自己要去哪儿？"

小扑惊恐地说道："没有。"

风暴来袭

"他只是说他必须救我们,然后就偷偷地溜出了巢穴。"小光告诉她。

黑莓星此时已经在营地边缘湿漉漉的草丛里搜寻起来,焦毛匆忙跑进了长老巢穴,而炽爪则在长老巢穴后面搜寻着。褐皮和击石也离开了武士巢穴外的位置,开始嗅探着地面。

赤杨心凝视着入口通道。这只幼崽可能离开营地而不被大家发现吗?他突然想起了方便通道,便急匆匆地跑去检查。赤杨心正在武士巢穴后面搜寻,这时,他看见一个黑色的身影消失在了阴影中。他十分好奇,眼睛一下子睁大了。这个身影的皮毛太深了,不可能是小影。是谁要偷偷地溜出去呢?他匆忙进入狭窄的通道入口,嗅到了杜松掌的气味,这位影族前副族长的气味闻起来十分恐慌。"杜松掌逃跑了!"赤杨心飞快地跑回了空地。

虎星心烦意乱地看着他。"让他走吧。"他厉声说道,"我们族群不需要像他这样的泼皮猫。"说完,他从击石身边挤过,嗅了嗅通往入口的泥泞小路,立刻竖起了皮毛,"小影走过这条路。"他顺着小路穿过了通道,随后又飞奔回来,"他离开了营地!"

"我没有看见他离开啊!"鸽翅的眼里充满了愧疚。

"或许我们应该派只猫去风族。"黑莓星建议道。

褐皮跳到她的儿子跟前:"我去吧!"

虎星朝这只玳瑁色母猫点了点头。"好的……到了风族,告诉他们小影不见了。告诉兔星和雾星务必找到小影,他……"此刻他的声音如同耳语一般,"……他的处境非常危险。"

褐皮飞快地离开了营地。赤杨心看着自己的父亲，而黑莓星正盯着虎星。这位影族族长的眼里闪烁着恐惧。"我们会找到他的。"黑莓星保证道。虎星默默地盯着黑莓星，赤杨心一阵惋惜，喉咙紧绷着。"要有信心，虎星。"黑莓星继续说道，"如果几大族群齐心协力，我们一定会救下他的。"

风暴来袭

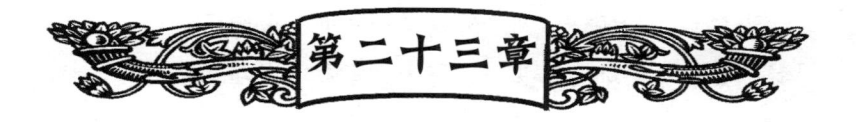

第二十三章

椏枝在雨中张望着。随着夜幕降临,天空一片黝黑。她的鼻子里充满了天族的气味。她身后的天族猫蜂拥而至,进入了阿树找到的那浅浅的洞穴,为能摆脱大雨并将重返湖畔而感到欢欣鼓舞。椏枝不安地挪了挪脚掌。在同鳍跃一道从被洪水淹没的沼泽地回来的途中,他们俩没有说过一句话。鳍跃的前族伴簇拥着他,夸赞他救了叶星,并跟他讲述了他们自己的冒险经历。

当他们抵达洞穴时,发现之前搭建的窝依然完好。多亏有伸出来的岩石遮挡风雨,窝才没有被大雨淋湿。他们需要搭建更多的窝,洞穴里的空间也足够。虽然他们从森林里拖来的新鲜铺垫湿淋淋的,但是等他们休息一夜,这些铺垫还是有可能变得干燥暖和的。

"嘿。"

有皮毛轻拂着椏枝的身体。她转头看向身旁的鳍跃,心中隐隐作痛。她又能同鳍跃靠得如此近了吗?"嘿。"

鳍跃注视着椏枝,黄色的双眼闪烁着迟疑:"对不起。"

"对不起?"椏枝朝他眨了眨眼睛,"为什么这么说?"

"因为我说你与阿树走得太近。"鳍跃回头瞥了一眼紫罗兰光。

她正在为天族学徒搭窝。飞爪也在帮忙,她兴奋地向花蜜爪展示着如何用爪子把蕨叶塑造成合适的形状。"我只是在生气,我从未真正想过……"

"没关系。"桠枝打断了他,"现在都不重要了。"

鳍跃疑惑不解地歪着头:"是因为紫罗兰光回来了吗?"

"因为我们找到了天族。"桠枝面向森林,"我想你会重新加入他们。"

"回到天族?"

"如果我不打算为你生养幼崽,你最好还是回到自己的至亲身边。"桠枝的眼睛里流露出阵阵悲伤。她应该改变主意吗?现在生养幼崽或许没那么糟了。

"可是我以为你爱我。"鳍跃听起来有点儿惊讶,"你告诉过紫罗兰光你非常爱我。"

"我的确非常爱你。"桠枝轻声说道,"但是还没有到为你生养幼崽的程度。不是现在,或许永远也不会。"

鳍跃看着自己的脚掌:"我们忘了幼崽的事吧,嗯?"

桠枝惊奇地眨巴着眼睛:"忘了?"

"我错了,桠枝。再次见到天族,让我意识到……无论我有多爱自己的至亲,我最爱的还是你。如果你不想要幼崽的话,我不会勉强你。没有他们,我可以活下去,但是我不能没有你。"

桠枝凝视着他:"你是真心的吗?"

"是的。"鳍跃的眼里闪烁着爱意,"我一直都沉浸在悲伤之

风暴来袭
FENGBAOLAIXI

中,没有意识到对你造成了多严重的伤害——或者说是对我们之间的关系造成了多大的伤害。"

"那下次当你沮丧失落的时候怎么办呢?"桠枝嘴巴有些发干,"你还会对我不理不睬吗?"

"不会。下一次我们会妥善地进行讨论,不会有更多的争吵。"鳍跃郑重其事地看着她的眼睛,"通过过去几天的观察,我了解到你有多么的了不起,桠枝。你说服黑莓星让你带领一支巡逻队来这儿,你找到了使天族重返湖畔的办法。能够拥有你是我的幸运,我向你保证,再也不会伤害你。"

桠枝凝视着他,胸口涌动着希望:"所以即使不能跟你生养幼崽,你也真的愿意和我在一起?"

"是的。"他身子前倾,靠桠枝更近了些,"让你经历了这些,我十分抱歉,我猜,可能是离开天族比我想象中还要难。一段时间以后,我才意识到自己在雷族没有至亲,于是便情不自禁地想起自己曾抛诸脑后的一切,而忘记了珍惜所拥有的。快看。"鳍跃猛地将鼻子再次朝向天族。阿树牢牢地按着窝的一侧,让花蜜爪将一根蕨类的长茎编入叶片之间。紫罗兰光则正靠在窝的边缘,按压着窝里的苔藓。"现在我知道拥有至亲并非是融入族群的唯一方式,我会找到其他的方式,让自己觉得是雷族的一部分。"

"也就是说,你不打算回天族了?"桠枝的脚掌颤抖着。

"既然你在雷族,我为什么要回去呢?"鳍跃朝她眨巴着眼睛,"我们就先好好享受当武士和老师的乐趣吧。"

猫武士

"如果我要和谁生养幼崽的话，那一定是你。"桠枝喃喃自语道。她究竟准备好了吗？

"好的。"鳍跃满意地答道，"但是只有当我们都想要的时候。"

桠枝用自己的口鼻紧紧地贴着鳍跃的口鼻，这么多天以来，她第一次感觉幸福温暖了她的皮毛。"我真的很爱你，鳍跃。"她说道。

"我也爱你。"

这时，阿树从森林里走了出来，嘴里叼着一只松鼠。麦吉弗和砂鼻各自带着一只鸽子，跟在阿树身后。他们将猎物放在洞穴的入口处。

麦吉弗朝桠枝眨了眨眼："这儿的猎物可真多。"

"哈利溪和露泉带回来的会更多。"砂鼻告诉桠枝。

鳍跃嗅了嗅其中的一只鸽子："闻起来很好吃。"

麦吉弗将鸽子朝鳍跃推了推："拿去享用吧。"

"我们自己可以狩猎。"桠枝立刻告诉他。想到还有好多张嘴等着吃饭，她可不想拿走麦吉弗所捕获的猎物。

"为什么要那么麻烦呢？等到两支巡逻队都回来了，猎物足够大家享用的。"阿树轻声说道。

麦吉弗冲她眨了眨眼："况且，你们俩好像有好多话要说似的。"

桠枝扭过头去，耳根有些发烫。

麦吉弗惬意地咕噜着："别害羞……我们大家都恋爱过。"

"你是在戏弄我的姐姐吗？"紫罗兰光从洞穴的后面走了过来，

风暴来袭
FENGBAOLAIXI

严肃地看着麦吉弗。

"开玩笑啦。"麦吉弗捡起自己的猎物,轻推着砂鼻离开了。

阿树抖了抖皮毛上的雨水,在他们之前放下的鸽子身旁坐了下来:"浪费猎物可耻。"

紫罗兰光趴下身,偎依在阿树身旁。她用爪子将鸽子拖到自己身边,咬了一口。"我实在太饿了,没力气争论了。"

鳍跃注视着桠枝。"我们也吃吧。"他告诉她,"我想我们都有资格吃今天的晚餐。"

"你觉得我们应该吃吗?"桠枝满怀愧疚地瞥了一眼天族猫。

"当然。"鳍跃顺着桠枝的目光望去。哈利溪和露泉狩猎回来了,他们看起来都很开心的样子,正分发着猎物。叶星躺在一堆蕨叶上张望着,眼里充满了倦意,但却十分满足。飞爪正在向其他学徒演示狩猎蹲伏姿势。鹰翅急匆匆地爬上了斜坡,嘴里叼着三只老鼠,跟在他身后的芦苇掌和梅柳叼得更多。

看到大家都如此放松,桠枝松了一口气,坐在了鳍跃身旁。鳍跃从鸽子身上扯下了一根翅膀,将剩下的鸽子肉递给了桠枝。桠枝闻到了鸽子温暖的气味,嘴里口水直流。她一口咬进鸽子柔软的胸部,美美地撕咬了一口,一边不停地咀嚼着,一边看着阿树:"鳍跃说得对,你还真知道最好的猎物都在什么地方。"

阿树的眼睛一下子亮了,"知道猎物都在什么地方和有能力捕获它之间是有区别的。"他戏弄似的瞥了鳍跃一眼,"你还想再抓一只骨瘦如柴的麻雀吗?桠枝晚上可能会饿的。"

鳍跃气哼哼地说道："我今天心情不好。"

阿树咕噜了一声。"或许你应该试着捕鱼，而不是狩猎。你是天生的游泳健将。"他看向叶星，"我不知道你是如何将她从洪水里拉出来的，你真是太了不起了。"

"我猜是星族指引我这样做的。"鳍跃高兴地从鸽子的翅膀上咬了一口。

紫罗兰光用脚掌拂去鼻子上粘着的一根羽毛："你们是如何找到我们的？我们离湖畔那么远。"

"我们现在仍离湖畔很远。"阿树嘴里塞满了猎物，咕哝道。

"派出搜索巡逻队是桠枝的主意。"鳍跃解释道。

"是阿树带的路。"桠枝插嘴道，"倘若没有他，我们根本不知道要走哪条路。"

"作为一只独行猫，他十分聪明。"紫罗兰光的眼睛调侃似的闪烁着。

"他会成为一只优秀的族群猫。"桠枝又冲着鸽子咬了一口。

紫罗兰光竖起了耳朵："你听起来好像很认可他。"

桠枝咽了一口："当然。"

他们在一片惬意的寂静中结束了晚餐。之后当他们开始梳洗时，鹰翅朝他们走来。他边走边舔着嘴唇。"这里到处都是美味的猎物。"他在他们身旁停了下来，"自从离开河谷之后，我还没有吃过如此美味的松鼠呢。"

紫罗兰光翻着白眼："别谈论河谷的事，我们不会再回去了。你

风暴来袭
FENGBAOLAIXI

必须习惯湖畔的松鼠。"

  鹰翅用自己的鼻子轻轻地触了触紫罗兰光的头，坐在了她身旁。此时林中一片漆黑，黑夜已经降临。在他的身后，其他天族猫正爬入自己的窝里，哈利溪已经在打鼾了。

  紫罗兰光凝视着洞穴远处的阴影，一副若有所思的样子。"你怎么知道过了山谷该走哪条路的？"她问道，"阿树也不会知道该走哪条路的。"

  "一只独行猫看见了你们。"桠枝告诉她。

  "是蜘蛛！"紫罗兰光似乎想起了他。

  "是的。"桠枝咕噜道。

  "你们追得还真快。"鹰翅评论道，"而且非常及时。"

  "我们知道你们遇到了麻烦。"鳍跃用一只脚掌清洗着耳朵。

  鹰翅看着他："你们是怎么知道的？"

  鳍跃和阿树相互看了一眼。

  "卵石光告诉阿树的。"桠枝轻柔地说道。

  紫罗兰光猛地将口鼻朝向桠枝，眼里闪现出了惊奇的目光。

  "卵石光？"鹰翅看着桠枝，目光中充满了疑惑。

  "是的。"桠枝低声说道。

  "是她跟阿树说的？"心中的悲痛使鹰翅的声音变得粗重起来。

  "是的。"当意识到父亲有多么想念母亲时，桠枝替父亲一阵惋惜，内心隐隐作痛，"当时我们正在这儿扎营过夜。"

  紫罗兰光的皮毛竖立了起来："你确定是她？"

阿树的尾巴轻拂着紫罗兰光的身体。"卵石光有着跟桠枝一样的眼睛。"他低声说道,"我早就应该猜到她是桠枝的母亲。"

"你以前见过她吗?"紫罗兰光朝阿树眨着眼睛。

"见过。她活着的时候,我们有过一面之缘。她就是那位告诉我天族应该待在湖畔的武士。"

"为什么你不告诉我是卵石光呢?"紫罗兰光站起身来。

"在向桠枝描述她的长相之前,我也没意识到她是谁。"阿树解释道,"那时我早就忘了她的名字。但突然间一切都真相大白了。"

鹰翅的眼睛变得婆娑起来:"她幸福吗?"

"你可以自己问问她。"阿树抬起头说道,"她仍在这儿。"

桠枝的心猛地一跳:"在这儿?"

紫罗兰光跳了起来:"她在哪儿?"

鹰翅盯着阿树:"你现在能看见她吗?"

阿树点了点头。"我也可以帮忙,让你也看见她,就像我在湖畔帮那些迷失的影族猫那样。"他站起身子,闭上了双眼。他静若磐石,一动不动地站着,他们周围的空气似乎在闪烁。当一个深色的身影在洞穴前面的斜坡上移动时,桠枝摇摇晃晃地站起身来。一个温暖的气息触碰到她的鼻子,她开心得心里隐隐作痛。"卵石光。"她低声说着。

一只白色母猫在离他们一尾远的地方停下了脚步,她柔和的绿色双眼在黑暗中闪闪发光。她的皮毛上有棕色的斑点,如同猫头鹰的羽毛,光滑透亮,让桠枝想起了紫罗兰光的皮毛。她看起来是那么熟

风暴来袭
FENGBAULAIXI

悉，即便桠枝之前从未见过她。

紫罗兰光身子前倾，嗅了嗅。

鹰翅从他们身旁走过，小心翼翼地用自己的鼻子轻触着卵石光的口鼻。"我的挚爱，"他闭上了眼睛，似乎沉浸在了卵石光的气息中，"我以为我再也看不到你了。"

"很抱歉留下你自己。"卵石光低声说道，"我被困在怪物里面了，我能感觉到，它把我带得越来越远。我努力想逃脱，但是却无能为力。"

"真希望能早点找到你。"鹰翅的声音有些哽咽。

"我难以忍受失去你的痛苦，但是当时……"卵石光的目光从鹰翅身上移开了，她朝桠枝眨了眨眼，随后又向紫罗兰光眨着眼睛，"当时我们的幼崽出生了。"卵石光的声音中充满了怜爱。她走上前，围绕着她们。当母亲的皮毛拂过桠枝的皮毛时，桠枝不禁战栗起来，仅仅是一阵微风，但却冷若铁石。"自从你们出生以后，我便一直同你们在一起。"卵石光喃喃细语道，"即便是我死了，也不会离开你们的。我不会去星族，不会让你们独自面对生活。"

"她们现在有我了。"鹰翅轻声说道，"还有她们的族伴。"

卵石光瞥了一眼阿树，随后又转向鳍跃。"而且她们都有了爱自己的猫。"她的声音中透着一些咕噜，"谢谢你让我同他们说话，阿树，哪怕只是一小会儿。"

阿树看着卵石光，竖起耳朵专心地听着："这是我的荣幸。十分抱歉没有早点儿发现你们的关系，我知道你是族群猫，但是……"

卵石光咕噜着道:"阿树,你很优秀,总是在我需要的时候帮助我。看到她们被爱护着,我十分高兴。她们不再需要我了。"

一阵慌乱在桠枝的心中涌起:"我们永远需要你!"

紫罗兰光发狂似的盯着她的妈妈:"我们才刚刚找到你。"

"你们如今拥有的远远超过我曾经能给你们的。"卵石光朝阴暗的森林慢慢退去。

紫罗兰光冲向前,但鹰翅用尾巴示意她回去。"让她走。"他轻声说,"让她去星族吧,那里才是她的归属。她在这儿一定会觉得孤独的。"

"她有我们!"桠枝怒气冲冲地看着他,鹰翅目光柔和地回视着。一阵羞愧传遍了桠枝的皮毛,她低下了头:"对不起。她当然得走。"

"我依然会在星族看着你们的。"卵石光保证道。

"但是你不在我们身边。"桠枝强忍着心中的悲痛。

"我会一直在你们的心里,就像你们在我心中一样。"卵石光爱怜地朝她眨着眼睛,"你会是一位优秀的武士,桠枝,我已经看到了。还有你,"她将柔和的绿色双眼转向紫罗兰光,"对幼崽们来说,你会是一位好母亲。"

"幼崽?"紫罗兰光疑惑不解,低下了头。

卵石光瞥了一眼她的腹部:"你不知道吗?"

紫罗兰光的眼里流露出了惊愕:"我要当母亲了!"

桠枝竖起了耳朵。母亲!她欣喜若狂地竖起了尾巴。紫罗兰光终

风暴来袭
FENGBAOLAIXI

于要有自己一直想要的家了。她听到阿树大声地咕噜着。他的口鼻轻抚着紫罗兰光的脸颊,说道:"我都等不及要当父亲了。"

鹰翅的眼睛也亮了起来。"这就是你一直疲倦烦躁的原因吗?"他说,"我还以为只是天气让你情绪低落呢。"

"我也以为是这样呢。"紫罗兰光咕噜着对他说。

桠枝注视着她的妈妈,卵石光正在离去。"等等!"桠枝在雨中急匆匆地追赶着她,想要再闻闻她的气息。可是当桠枝赶上时,母亲的气味已经消失了。她的母亲如同一个阴影,朝森林深处移去。

"我会一直爱着你的!"鹰翅在她身后大喊着。

"再见!"紫罗兰光大声叫道。

"再见,卵石光。"桠枝轻声低语着,看着母亲消失在了一片漆黑中。雨水敲打着她的皮毛,失去母亲让她心痛难忍。这时,她看到,卵石光经过的草地上,繁星在她的脚印里闪闪发光。

第二十四章

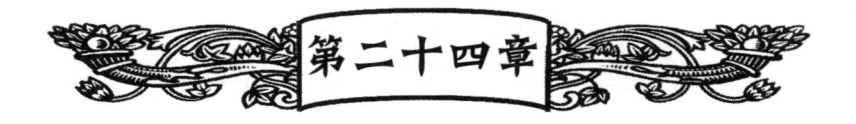

他们爬上山顶，紫罗兰光眯起眼挡着雨水。雨水从湖面上扫过，伴着刺骨的狂风。紫罗兰光想到自己的幼崽在腹中既温暖又安全，倍感欣慰。若能使自己的幼崽免受痛苦，她愿意承受暴风雨的侵袭。

阿树就在紫罗兰光身旁。自从离开洞穴往回走，阿树便寸步不离紫罗兰光。昨晚，天族决定穿过河族领地，靠近湖畔，避开洪水，直接前往影族营地。虎星是唯一需要说服的族长，叶星已派遣信使前往风族和雷族领地，请求他们派遣巡逻队，在天族与影族族长会面时给予支持。

"你们去风族。"叶星告诉麦吉弗和梅柳，"请雾星和兔星派一些猫去影族。我们不想战斗，但我们需要有猫支持我们的主张。"同时，叶星又派遣荨麻斑和砂鼻前往雷族，并告诉他们同样的话。

现在，他们走下斜坡，来到河族领地，紫罗兰光的心中燃起一丝希望。也许，天族的领地问题最终会得以解决，虎星不可能顶得住其他四个族群的压力吧？

鹰翅跟着紫罗兰光他们，叶星在他身旁，斑愿、躁片和他们的族伴跟在身后。花蜜爪一瘸一拐的，她因为一次笨拙的跳跃扭伤了爪

子,砂鼻和贝拉叶紧挨着她,帮着她往前走着。

阿树带着队伍向河流走去,河水顺着山坡滚滚而下。虽然这条河因下雨水位上涨,但这里的水面依然狭窄。河水流向湖畔,水面越来越宽。过去,这条河静静地围绕着河族营地,在河族领地上分散成缓缓的溪流。此时,河水汹涌,不住咆哮着,河族营地已经消失在了泥泞的洪流之下。

紫罗兰光停下脚步,向下看着湖岸。看见湖水涨得那么高,她吓了一跳:"如果雨还不停的话,所有族群的营地都会消失不见!"

"五大族群会团结在一起的,"阿树提醒她,"我们会在这场暴风雨中活下来的。"

"我们还没团结在一起呢。"她的皮毛间生出一丝疑虑。

叶星走到她身旁。"要有信心。"她温柔地说道,"我们已经坚持了这么久,不会失败的。"

紫罗兰光与天族族长对视一眼。看到她如此坚定,紫罗兰光松了口气。

阿树停在河水旁,朝着一棵倒下并横跨在水面的树点点头说道:"我们从这里跨过去吧。"

"好。"叶星先行一步,鹰翅和雀毛跟在她身后。紫罗兰光等贝拉叶和鼠尾草鼻引着花蜜爪走过去。这位受伤的学徒一瘸一拐地走过湿滑的木头时,紫罗兰光屏住了呼吸,直到花蜜爪走到河对岸,她才松了口气。斑愿也跟了上来。

桠枝停在紫罗兰光身旁。"你先过去。"她用鼻子将紫罗兰光朝

倒树的方向推了推。

紫罗兰光说道："我们先确保飞爪安全过去。"她朝这只年轻的母猫点点头。

飞爪瞪圆了双眼，看着独木桥。桥下，泥泞的河水汹涌翻滚。"这次旅途过后，"她说道，"我再也不怕跨过独木桥去小岛了。"

"别担心，飞爪。"桠枝同情地朝她的学徒眨眨眼，用鼻子将她推向前，"这是我们需要跨过的最后一条河了。"

飞爪爬上桥，桠枝跟在身后。这只年轻的母猫小心翼翼地在桥上爬行着，她潮湿的毛发恐惧得竖了起来。

鳍跃跳到她们身后。"你们相互间挨得近一些。"他提醒道，"看自己的爪子是否抓稳了。"

"我们不会有事的。"桠枝告诉他。

紫罗兰光看着他们跨越树桥时，强忍着颤抖，直到飞爪、桠枝和鳍跃依次安全到达对岸，她才放松下来。

"快点儿。"阿树跳上树桥，回头看着紫罗兰光，"紧跟在我身后。"

紫罗兰光眨眨眼。阿树和她在一起使她倍感欣慰，她在阿树身后攀爬着。当她的脚掌在潮湿的树皮上打着滑时，她的心猛地一紧。紫罗兰光晃动起来。*身怀幼崽使我很难掌握平衡。*她心里想道。她的爪子抓进木头，稳住身体，眼睛紧紧盯着阿树，跟了上去。当独木桥颤抖时，她的心又猛地一跳，蜥尾和鸣须在他们身后跳了上来。紫罗兰光停下脚步回头望着他们，她硬着头皮，迎着寒风，看他们是否站

风暴来袭
FENGBAOLAIXI

稳了脚跟。他们依次跟在她身后，专注得连胡须都不敢颤动。紫罗兰光又朝前看了看，当她瞥见身下翻滚的白色河水时，不禁喉咙动了一下。

阿树已经到了对岸，他从远处的河岸望着紫罗兰光，担忧地瞪大了双眼："小心。"

紫罗兰光朝他眨眨眼，安慰道："我不会有事的……"

突然，一阵咆哮使紫罗兰光僵住了，河的上游传来了如雷的响声。她抬起头四处张望，一堵墙似的洪水和碎片朝她席卷而来。看着眼前的一切，紫罗兰光浑身的皮毛漫过一阵恐慌。洪水拍打在树桥上，瞬间便将鸣须和蜥尾卷走了。紫罗兰光也被巨大的冲击力向河流下游卷去，她以为自己要被洪水拍打成碎片了。不一会儿，紫罗兰光打着转儿露出了水面，河水在她四周翻滚着，她的鼻子、耳朵、嘴里都灌满了水，有个坚硬的东西打中了她的后腿，还有些其他东西击打着她的脑袋。紫罗兰光被突如其来的洪水遮住了双眼，她万分恐惧，胡乱拍打着洪流。洪水将她卷起时，她伸出前爪，触到硬物，她的心中闪过一丝希望。紫罗兰光的爪子紧紧插入硬物，洪水漫过时，她紧紧抓住硬物不放。水流拖着她的四肢，试图将她拽到下游。突如其来的洪水慢慢平息了下来，紫罗兰光的脑袋露出了水面，她拼命地吸了一口气，眨巴着眼睛，甩掉眼角的水珠。

她刚才抓住的东西是从河岸突出来的一个树根。紫罗兰爪挣扎着想要沿着它爬回安全的河岸，但洪水的阻力将她困在原地。她感到水流正在将她拖往湖心，不由得更加奋力地抓紧了树根。她不能就这样

被吞入漆黑的深渊。

紫罗兰光向上游望去,看到鸣须和蜥尾正像湿老鼠似的紧抓着河中央的一块岩石,心中闪过一丝安慰。他们被岩石拦住了,紫罗兰光看见他们爬出了水面。她朝他们身后望去,恐惧再次攫住了她的心,她不知道是否还会有一堵墙似的洪水向他们袭来,并将他们卷走。

"紫罗兰光!"阿树滑到她身旁的河岸,抻着身子来够她。但紫罗兰光离得太远了,她就像湍流中漂浮的一棵杂草。这棵树根很强健,虽然很细,无法在它上面行走,但却足以支撑紫罗兰光,只要她有力气抓紧树根。

我不会放弃的。紫罗兰光对腹中的幼崽保证道,她前腿上的肌肉绷得紧紧的,仿佛在尖叫着抗议。紫罗兰光顾不上疼痛,她得拯救自己的孩子。

在河岸另一头,狮焰和金雀花尾弯下身,朝蜥尾和鸣须呼喊着。

"我们会找到办法让你们脱身的!"狮焰吼道。

金雀花尾焦急地望着四周,仿佛在找可以用来够到这些受困族群猫的东西。樱桃落、夜云和梅柳聚在金雀花尾的周围,惊慌地瞪圆了双眼,露泉和鹌鹑爪惊恐地盯着紫罗兰光。

紫罗兰光再次尝试沿着树根挪动,若是洪流可以暂停一会儿就好了,那样她便有力气脱身到安全的地方了。她努力不去想阿树恐慌的脸庞,叶星和鹰翅已经追上了阿树,桠枝和鳍跃跟在他们身后。紫罗兰光稳住呼吸,继续坚持着。洪水很快就会平息的,然后我就安全了。她自我安慰着。

风暴来袭
FENGBAOLAIXI

这时，上游的河水中有个又小又黑的东西上下起伏着，这个小东西漂过瑟瑟发抖的鸣须和蜥尾所在的岩石时，紫罗兰光立刻认出那不是什么碎片。它旋转得越来越近时，紫罗兰光辨认出了脑袋的形状，随着脑袋的旋转，一双耳朵抽动着。是只幼崽！紫罗兰光盯着他。天族没有这么小的幼崽，是河族逃离营地时落下的幼崽吗？这只幼崽越来越近，紫罗兰光认出了他的灰色毛发。是小影！他为什么会在河族领地呢？小影目光惶恐，爪子在湍流中无力地拍打着。阿树顺着紫罗兰光的目光，看见这只幼崽时，眼睛里闪烁出惊恐的光芒。河的对岸，柳光和露泉正盯着小影，他们的毛竖了起来。

"星族啊，救救他吧！"柳光跑到岸边，疯狂地哀号着。小影从她身旁旋转而过，绝望地瞥了她一眼，但他够不到柳光。

"我得救他！紫罗兰光松开一只爪子，准备冲向小影。

"别松开爪子！"阿树惊恐地尖叫一声，又朝小影瞥了一眼，他已经猜到了紫罗兰光的计划。

小影在洪流中飞速移动着，越来越近，他随时有可能冲到自己身边。紫罗兰光必须松开爪子，她得抓住小影并尝试游动，只要她能使他们的头露出水面足够长的时间，他们就能游到岸边。她必须这么做。紫罗兰光绷紧肌肉，计算着跳入水中的时间。这时，她的余光瞥见了一个身影。一只黑色的公猫从对岸跳了下来，他潜入湍急的水流中，抓住小影，旋转而过。

杜松掌！紫罗兰光认出他时，心跳似乎停止了。这只影族公猫在这里做什么？河水冲刷着紫罗兰光的口鼻，她再次用两只爪子抓紧树

根望着身后。

　　她身后的水流平缓了一些，杜松掌正在那里的旋涡里打着转。杜松掌用牙齿叼着小影的颈背，河水在小影的周围涌过。小影在河水中扑腾着，惊恐地呜咽着。杜松掌拼命地游着，他的表情坚决得有些扭曲。旋涡的回流使他向上游移动了少许。紫罗兰光伸出后腿，感觉到了公猫的拉扯，于是更加用力地抱紧树根，让杜松掌得以借力靠近过来。随着拼命一吼，杜松掌顺着紫罗兰光的身体够到了树根，他紧紧抓住树根，然后奋力一吼，用口鼻将小影拱到了树根上。

　　这只幼崽喘着粗气，爬到粗糙的树皮上，颤抖着闭上双眼。阿树探出身子。"我能够到他！"叶星和鳍跃抓住他的皮毛，阿树小心翼翼地用牙齿咬住小影的尾巴，猛地一抬头，将他拖到了岸上。

　　紫罗兰光扭过头，杜松掌在她和河岸之间紧紧抓着树根。"你救了他。"她喘息道。

　　杜松掌震惊地看着紫罗兰光，愣住了。

　　"杜松掌！"阿树从岸上喊道，"你能把紫罗兰光救上岸吗？"

　　"从我身上爬过去。"杜松掌咕哝道，河水流进他的嘴里，他吐了出来。

　　"不！"紫罗兰光惊恐地盯着他，她不能冒杜松掌被冲走的危险，"万一你抓不住了怎么办？"

　　"我挺得住。"杜松掌保证道。

　　"照他说的做！"阿树在岸边抻着身子，"他比你强壮得多！更何况他没怀有幼崽！"

风暴来袭

杜松掌瞪大了眼睛。"幼崽?"他的眼神越发焦急了,"快从我身上爬过去!你绝对不能死。"更多的水涌进他的嘴里。紫罗兰光看见他绷紧了身子,狠狠地抓紧了树根,用发狂般的眼神恳求着她。

紫罗兰光的心跳到了嗓子眼儿,她松开一只爪子,抓住杜松掌的肩膀。她将爪子抠进杜松掌的身体时,杜松掌疼得龇牙咧嘴。紫罗兰光松开另一只爪子,爬上杜松掌的后背,用后腿盘住杜松掌,像钩子似的紧紧抓住他。河水拖拽着紫罗兰光,她听见杜松掌努力抓紧树根时的咆哮。爬到杜松掌的另一侧后,紫罗兰光再次抓住了树根。现在她离河岸又近了些,这里的水流也稍缓一些。摆脱了洪水的控制,紫罗兰光努力沿着树根走着,直到距离陆地一鼻远。向河岸移动时,她感觉有牙齿咬住了自己的颈背,原来阿树已经冲了过来并抓住了她。他将湿淋淋的紫罗兰光从河水里拉了出来,放到岸上。

紫罗兰光瘫倒在地上。"快救杜松掌。"她抬起头,抻着身子去看那只黑色的公猫。

杜松掌正用爪尖抓着树根。"告诉虎星,非常对不起。"他瞥了一眼紫罗兰光,眼里尽是释然,随后便滑走了。河水将他卷入翻滚的浪花中,不一会儿,他便从大家的视线中消失了。

"不!"紫罗兰光涌起一阵愤怒。星族怎么能让他死!他救了小影。阿树用鼻子抚摩着她,但她几乎感觉不到。她既震惊又悲痛,身体似乎失去了知觉。

"快看!快看!"小影在他们身旁喊道。他正盯着上游。

在远处的河岸上,柳光跳入了水中,狮焰用爪子抓住她的身体,

从我身上爬过去。

不!
万一你抓不住了怎么办?

我挺得住。

照他说的做!他比你强壮得多!

快从我身上爬过去!你千万不能死。

紫罗兰光的心跳到了嗓子眼儿,她松开一只爪子,抓住杜松掌的肩膀。她将爪子抠进杜松掌的身体时,杜松掌疼得龇牙咧嘴。

快救杜松掌。

筋疲力尽的松杜掌爪子一松,滑入水中。河水将杜松掌卷入翻滚的浪花中。

猫武士

拖着她，金雀花尾和夜云从后面抓住狮焰，天族猫聚在他们身后，每只猫都依次抓着前面的猫，形成一条长长的链子，延伸到洪水中。在这条链子的顶端，柳光向岩石游去，鸣须和蜥尾正在岩石上瞪大眼睛，惶恐地观望着，随着最后奋力一推，柳光够到了他们，站在了石头上。

紫罗兰光的呼吸和缓下来，她逐渐镇定了，突然感觉非常疲惫。她得睡了。

"给她暖暖身子。"斑愿的声音仿佛来自远方，"她受到了惊吓。"

紫罗兰光恍惚意识到阿树和桠枝紧挨着她，他们十分温暖，她感觉到了他们在自己身旁的心跳。

"紫罗兰光。"鹰翅的叫声从迷雾中传来，"快醒醒，你得醒醒，为了你的幼崽。"

紫罗兰光的皮毛下闪过一丝警觉。她的幼崽！她现在还不能睡！紫罗兰光让自己清醒过来："鸣须！蜥尾！"她记起柳光拼命游泳的样子。

阿树朝她眨巴着眼睛："没事，他们现在很安全。"

紫罗兰光朝上游望去，蜥尾和鸣须正在远处的河岸上瑟瑟发抖，金雀花尾和叶星正把狮焰和柳光从水中拖出来。

紫罗兰光凝视着阿树的眼睛。"你救了我。"她的心头涌过一阵爱意，口鼻贴在了阿树的口鼻上。

阿树温暖的呼吸触动着她，小影在他们身旁抖抖皮毛。"我做到

风暴来袭

了！"小影骄傲地叫道，"我依照我的幻象告诉我的去做了，使族群团结在了一起！"

紫罗兰光抽出身，盯着小影："你的幻象告诉你做什么？"

"我必须溺水，这样族群才会互相帮助。"这只幼崽激动得眼睛闪闪发光。

"你故意掉入水中的？"紫罗兰光竖起了耳朵，"你脑子里进蜜蜂了吗？"

"但确实奏效了，不是吗？"小影骄傲地看着四周的猫，紫罗兰光顺着他的目光，发现确实每个族群的猫都赶来帮助他们。这只幼崽是对的吗？

他一定受到过星族的眷顾。紫罗兰光贴近小影，抬头望着天。乌云已经开始散去，风也逐渐平息下来，她的心中涌起一阵激动。周围的一切看起来很静谧，紫罗兰光竖起耳朵。这时，雨突然停了，她的心跳加快了。

第二十五章

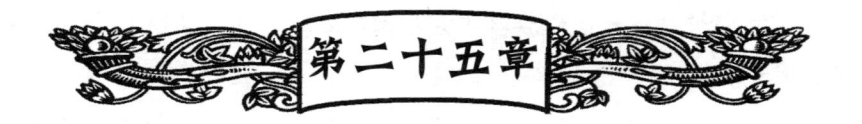

赤杨心抬头望着漆黑清澈的天空,皎洁的月光照得他眯起了眼睛。小岛上空,繁星闪烁。这些天来,他头一次感觉皮毛干爽,重新吹来的和风预示着新叶季的到来。

小岛空地上熙熙攘攘,穿过一片似海的皮毛,赤杨心看见桠枝、紫罗兰光和鹰翅、阿树还有鳍跃坐在一起,他们瞪圆了眼睛,皮毛蓬松,显然因重聚而感到欢愉。赤杨心在松鸦羽耳边低声说:"大家好像都来了。"

松鸦羽嘟囔道:"经历了这一切,谁还会像鼠脑子似的错过这次森林大会呢?"

赤杨心轻轻咕噜一声。天族到达影族营地后,虎星召集紧急森林大会,现在各大族群都抬头望着大橡树。黑莓星、兔星、虎星、雾星还有叶星紧挨着坐在最低的树枝上,他们的副族长分别坐在下方的树根上,只有杜松掌不在。赤杨心心头一痛,他知道自己说出真相是对的,但他并不希望自己的调查以杜松掌的丧命来结束。

洼光在赤杨心身旁挪了挪身子,赤杨心热情地朝他眨眨眼。这只公猫的皮毛再次顺滑起来,伤疤掩藏在浓密的皮毛之下。他目光炯炯

风暴来袭

有神,迫不及待地注视着大橡树。

这时,虎星站起了身,扫了一眼聚在四围的猫。"我们来这里是想讲一讲改变。"他说道,"族群想要生存下去,就必须有所改变。但我首先要讲讲杜松掌的消息。你们很多猫都知道他死了,但也许你们并不知道事情的整个经过。杜松掌承认自己在天族的猎物堆下了毒,他自认为找到了轻而易举将天族赶出湖区的办法,虽然他知道这破坏了武士守则,但还是选择了去那么做。他相信通过这种方法,可以让我们免受战争之苦,就能赢得领地,从而保护他的族群。但倘若一个族群,为了自己的领地不得不战斗时,却选择了逃避,那它就不是族群了。杜松掌为自己的罪行付出了沉重的代价,他失去了副族长的职位,也丢掉了性命。"

各族群静静地望着虎星。虎星继续说道。

"但他死得光荣,他拯救了许多生命。小影落入河族领地的洪水里,杜松掌在小影被卷入湖泊前将他推了上来。他本可以自救的,但他却选择将紫罗兰光救出洪水。他牺牲了自己的生命,拯救了天族武士。但愿他在星族得以安宁。"这位影族族长低头望向苜蓿足。此时,苜蓿足正坐在其他副族长身旁的橡树根上,扭动着身子。"现在,苜蓿足是影族的新任副族长了,虽然她曾像杜松掌一样背叛过族群……但我相信,她也像杜松掌一样,为忠诚坚定地服务自己的族群做好了准备。"

"苜蓿足!"焦毛是第一只呼喊苜蓿足名字的影族猫。

雪鸟也跟着喊了起来:"苜蓿足。"

"苜蓿足。"影族族伴欢呼着苜蓿足的名字,声音响彻空地,在其他族群间扩散开来。

赤杨心向苜蓿足低下头,对她被选任影族副族长表示庆祝。苜蓿足骄傲地挺起胸膛,扭头看着赤杨心,眼睛里映着月光。

黑莓星抬起口鼻。"桠枝带领一支由雷族、河族和风族猫组成的巡逻队寻找天族,并说服天族回到了湖畔。"大家转身看向桠枝时,桠枝低头盯着自己的爪子。鳍跃往她身边凑了凑。黑莓星继续说道:"他们不畏暴风雨,努力将天族带回来……"

正在观望的众猫突然爆发出一阵欢呼声。黑莓星停了下来,他的眼里露出一丝惊讶。显然他很开心,竖起耳朵,等待着欢呼声散去。"我们依旧必须解决他们的领地问题,但这一次,我们都确信天族一定会和所有族群一起居住在湖畔。"

击石从影族猫中喊道:"一定得平均分配领地。"

"每个族群都得帮忙!"蜥尾从河族猫中喊道。

黑莓星低下了头:"没错!这一次,每个族群都将放弃自己的一部分领地,让天族重归家园。"

兔星满怀歉意地瞥了一眼叶星:"我们本该早些同意的。"

叶星看了他一眼。"你们是该如此。"她责备的目光掠过兔星和雾星,"如果其他族长第一时间承担了责任,很多苦难就能得以避免了。"

雾星低下了头:"河族不会再对你们坐视不管了。"

"下次,风族也不会等其他族长做出决定后,再做正确的事

风暴来袭

了。"兔星保证道。

叶星看起来很满意,然后转向了虎星:"那么影族呢?"

虎星平静地看着她的眼睛:"影族一直都呼吁公平。如果我不为影族的利益挺身而出,那么一切都不会改变,你们还只能拥有我们原先一半的领地,而我的族伴将在今后数不尽的日子里忍饥挨饿。"

叶星的耳朵抽动着:"那样看问题有些太狭隘了。"

赤杨心焦虑得爪子有些发疼,森林大会要变成一场辩论会了吗?他快速探寻着天族族长的目光。虎星拒绝承认自己导致了天族的苦难,这冒犯了叶星吗?他歪着头,一脸的惊讶。叶星的眼里是开玩笑的神情吗?这种眼神只持续了片刻。叶星眨眨眼,转向黑莓星。赤杨心松了口气,显然,现在叶星乐意纵容虎星的傲慢。

"过去的事情就让它过去吧。"黑莓星说道,"我们得团结一致,共筑我们繁荣昌盛的未来。"

"那怎样分配领地呢?"雾星问道。

"天族熟悉森林。"黑莓星开口说道,"他们可以在雷族和影族的领地交界的地方分得一块,也就是从山岭边界到湖畔。"

叶星眯起了眼睛:"那么河族和风族给我们哪块呢?"

"我们可以挪动我们的边界。"兔星建议道,"这样雷族可以从我们的领地上得到补偿。"他满怀期待地望着河族族长,"你们也可以为影族这样做。"

雾星歪了歪头:"五个族群的领地顺次排成一圈,将大湖围在中心。"她若有所思地小声说道。

下面的族猫不安地相互看着，赤杨心也紧张起来：族长们会赞成黑莓星的计划吗？

雾星点点头："我觉得这样可以。"

黑莓星期待地看着虎星："你觉得呢？"

虎星瞥了一眼族伴，月光在他黯淡的目光中闪烁着。

赤杨心不安地推了推洼光："他为什么还在犹豫呢？"

"嘘。"洼光摆了摆尾巴让赤杨心保持安静。

虎星缓慢地朝黑莓星眨眨眼："你是建议天族重新做我们的邻居吗？"

叶星怒声问道："有什么问题吗？"

虎星的胡须抽动着。"我想不出更好的主意了。我们已经受够雷族了，换个新邻居更好。"他打趣地看了看黑莓星。

黑莓星哼了一声："雷族也很乐意与影族不做邻居。"

"你们会怀念我们的气味标记的！"击石从聚集的猫中喊道。

族群间传来一阵愉快的笑声。

鸣须从族群后喊道："如果没有雷族和影族像八哥似的吵来吵去，森林大会会是什么样子呢？"

雾星咕噜了一声："我敢肯定，他们总能找到争吵的话题。"

黑莓星焦躁地摆摆尾巴："那领地就这样划分了？"

"嗯。"虎星低下头。

"从现在开始，各族群拥有平等的土地和平等的发言权。"兔星说道。

风暴来袭
FENGBAOLAIXI

"天族可以开始另建营地了。"叶星夸张地翻了个白眼。

"我们会派武士帮忙的。"黑莓星提议道。

"影族也会派武士帮河族重建营地。"虎星插言。

幸福漫过赤杨心的皮毛。以前他从未见过各族群如此团结协作，这是和平时代的开始吗？他瞥了阿树一眼。从现在起，如果他们之间出现了纠纷，或许大家都能学着听听调解者的话。

阿树用口鼻贴着紫罗兰光的耳朵。紫罗兰光将鼻子埋进阿树的颈毛里，她的皮毛在月光下熠熠生辉，对她来说，怀孕显然是件最美好的事情。

紫罗兰光身旁，桠枝望着族长们，目光中充满了愉悦。桠枝似乎比平时要大一些，赤杨心怀疑她是不是长高了，现在的她看起来完全和武士松鼠飞一般大。飞爪挤到她和鳍跃之间。桠枝温情地瞥了学徒一眼，挪了挪身子为她腾出空间。

赤杨心涌起一阵自豪，心里十分温暖。他和松针尾发现这两只小小的幼崽并把她们带回营地，似乎才过了几个月的时间。若是他能预见未来就好了，他从未想过她们会给族群带来多大的影响。赤杨心再次抬头仰望着星星。此刻，松针尾也在天上看着这一切吗？她也为这些幼崽感到自豪吗？谢谢你帮我找到她们，松针尾。他高兴得心都痛了，但愿你在星族会幸福。

呼吸着夜晚柔和的空气，赤杨心祈祷族群间的和平能够持久。从现在开始，让我们共同面对星族暗示的新挑战吧——五族团结！

精彩内容抢先看

下集预告

　　五个族群终于在湖区安顿下来,这里第一次成为了他们真正的家。

　　但当异常严峻的寒冬降临时,族群与他们的武士祖灵失去了联系,只有一位影族学徒能听到来自亡者的声音。

　　新的黑暗开始扩张——一道阴影,威胁着一位备受爱戴的族长的生命安全,威胁着猫群与星族祖灵的联系,也威胁着武士守则本身。

　　敬请期待《猫武士七部曲》。